W0280100

Die Boxerin

Manuela Kuck

Die Boxerin

Roman

Krug & Schadenberg

I

Sie bewegt sich wie eine Tänzerin, dachte ich, als Nadine zum ersten Mal in den Boxclub kam. Wie eine klassische Tänzerin. Das war im Sommer, vor den Anschlägen in New York und Washington, als viele Frauen neugierig auf den Boxsport geworden waren, nachdem Regine Halmich Stefan Raab verprügelt hatte und die Töchter von Joe Frazier und Muhammad Ali aufeinander losgegangen waren. Nadine erinnerte mich sofort an Joy – wahrscheinlich war es die Art, wie sie ihr Kinn hob, als ich mit einem kurzen, schnellen Blick ihren zarten, fast zerbrechlich wirkenden Körper erfasste. Vielleicht verglich ich auch die meisten jungen Frauen, die ähnlich leicht und zierlich gebaut sind, mit meiner ehemaligen Schülerin, die ich vor beinahe zehn Jahren kennengelernt hatte, als sie wie Nadine Anfang Zwanzig gewesen war und ihre Heimatstadt Hamburg verlassen hatte, um nach Berlin zu ziehen. Wundern würde es mich nicht – wir haben einander viel bedeutet, und so ist es trotz aller Veränderungen bis heute geblieben.

Nadine kam zögernd näher, und ich sah, dass es abgesehen vom Gewicht und der Größe mehr Unterschiede als Ähnlichkeiten zwischen den beiden gab. Joy hatte sehr kurze blonde Haare, die auch heute noch einen widerspenstigen Wirbel im Nacken bilden, rätselhafte graue Augen und machte mit ihrem muskulösen und sehnigen Körper sofort einen energiegeladenen Eindruck auf mich – allerdings war sie bereits seit einigen Jahren Boxerin, als sie zu mir kam. Mit Anfang Dreißig ist sie heute immer noch genauso durchtrainiert wie damals, aber sonst hat sich viel in ihrem Leben geändert. Nadine trug ihre langen dunklen Haare hochgebunden, so dass ihr schmaler Hals zur Geltung kam. Sie hatte einen blassen Teint und verträumte blaue Augen. Während ich mir bei Joy sofort hatte vorstellen können, dass sie sich flink und kraftvoll im Ring bewegen würde, spürte ich bei Nadine mit jedem Schritt, den sie auf mich zukam, meine Skepsis wachsen: Diese feingliedrige junge Frau schien mir in einem Boxclub völlig fehl am Platz. Eine Einschätzung, zu der ich in den fünfzehn Jahren meiner Tätigkeit als Boxtrainerin noch nie so schnell gelangt war.

Die Frauen, die in meinen Boxclub kommen, haben ganz unterschiedliche Motive, ausgerechnet diesen Sport zu wählen. Die einen machen jede Mode mit, die anderen wollen erfahren, ob sie sich auf einen Zweikampf einlassen können, manche möchten sich lediglich fit halten, viele suchen eine Möglichkeit, in kurzer Zeit jede Menge Kalorien zu verbrauchen oder ihre Aggressionen loszuwerden. Manchmal entdecke ich eine echte Kämpferin. Eine Frau, die in den Ring will oder muss. Aber nicht jede ist talentiert genug. So wie Joy. Nadine konnte ich mir als Tänzerin vorstellen. Oder als Turnerin. Aber nicht als Boxerin, schon gar nicht in einem richtigen Zweikampf im Ring.

Wahrscheinlich bekam sie meine Bedenken mit, denn als wir einander vorgestellt hatten und ich ihr von den verschiedenen Trainingsangeboten berichtete, während wir durch die Halle schlenderten, hörte sie zwar aufmerksam zu und stellte viele detaillierte Fragen, erwiderte aber mein Lächeln kaum. Ich war verunsichert, denn auf der einen Seite sehe ich es durchaus als meine Aufgabe an, herauszufinden, warum jemand boxen möchte, auf der anderen Seite steht es mir nicht zu, noch vor der ersten Stunde ein Urteil zu fällen. Ich traute mir und meinen Bedenken nicht so recht über den Weg, denn Nadine ist genau der zarte, mädchenhafte Typ, den sich kaum jemand mit Boxhandschuhen vorstellen möchte, geschweige denn mit einer blutigen Nase. Meine Irritation wuchs, als ich feststellte, dass sie die einzelnen Trainingsgeräte offensichtlich zumindest dem Namen nach kannte. Die meisten Menschen wissen, was ein Sandsack ist und auch, wozu man ihn benutzt, aber dass es so was wie eine Maisbirne gibt, gehört nicht unbedingt zur Allgemeinbildung.

„Schauen Sie regelmäßig *Wer wird Millionär?*, oder warum kennen Sie sich in der Trainingshalle so gut aus?“ versuchte ich die Stimmung ein wenig aufzulockern.

Tatsächlich ließ Nadine die Spur eines Lächelns erkennen, bevor sie antwortete.

„Mein Freund boxt und treibt Kraftsport“, sagte sie. „Da habe ich so einiges aufgeschnappt.“

Ich nickte. „Ach so. Sagen Sie, was halten Sie davon, wenn ich Ihnen zunächst unsere Informationsbroschüre mitgebe, und Sie lassen sich die ganze Sache noch einmal in aller Ruhe durch den Kopf gehen?“

Nadine blickte mir ins Gesicht. „Da gibt's nichts mehr zu überlegen.“

„Sie haben sich entschieden?“ Fitness, dachte ich, sie will bestimmt nur ein straffes Fitnessprogramm durchziehen.

„Ja. Schon vorher. Eine Bekannte meines Freundes boxt seit Jahren in Ihrem Club, und zwar richtig. Sie hat Sie mir empfohlen. Wann kann ich anfangen?“ Sie verschränkte die Arme vor der Brust und hob das Kinn.

Ich gab mir einen Ruck. „Und Sie möchten auch ‚richtig‘ boxen?“

„Ich möchte es lernen.“

„Sind Sie sicher?“

Sie wandte den Blick kurz ab und sah plötzlich sehr müde aus.

„Verstehen Sie meine Nachfrage bitte nicht falsch“, fügte ich hinzu. „Manchmal trifft man im Überschwang eine Entscheidung, die man hinterher bereut. Lassen Sie sich doch einfach ein paar Tage Zeit. Ich dränge Sie nicht.“

„Ich treffe keine Entscheidungen im Überschwang“, erwiderte sie. „Ich möchte in den Club eintreten und einen Aufnahmeantrag unterschreiben, und zwar jetzt gleich.“ Sie schob sich eine Haarsträhne hinter ihr Ohr zurück.

„Gut, dann kommen Sie. Wir gehen ins Büro.“

Nadine las sich den Aufnahmeantrag nur flüchtig durch, unterschrieb und verabschiedete sich rasch, nachdem ich ihr einen Zettel mit den Trainingszeiten in die Hand gedrückt hatte. Ich blickte ihr eine ganze Weile nachdenklich hinterher. Fast war ich versucht, Joy anzurufen, um ihr von der jungen Frau zu erzählen. Dann fiel mir ein, dass sie mit ihrer Lebensgefährtin im Urlaub war. Elena und sie waren nun schon gut zweieinhalb Jahre ein Paar, und nach der stürmischen Anfangszeit schienen sie gut miteinander auszukommen. Ich freute mich für Joy, auch wenn es hin und wieder melancholische Momente gab, in denen ich damit haderte, dass unsere Beziehung damals keine Chance gehabt hatte. Inzwischen wusste ich ja, warum. Außerdem gab es seit einigen Jahren Petra. Sie war meine Steuerberaterin. Und meine Lebensgefährtin.

Wie ich es nicht anders erwartet hatte, stand Nadine zwei Tage später wieder auf der Matte. Sie trug unauffällige Sportklamotten, und ich entschied mich, zunächst mal ihre Kondition zu testen und sie ruhig ein wenig schwitzen zu lassen.

„Okay, fangen wir an", sagte ich. „Es ist hier üblich, sich zu duzen. Bist du damit einverstanden?"

„Na klar, Charlotte."

Nadine verzog keine Miene, als ich sie durch ein anstrengendes Gymnastik- und Aufwärmprogramm jagte. Sie schien nicht einmal schneller zu atmen, nachdem sie zusätzlich gut fünf Minuten mit dem Springseil verbracht hatte und dabei kaum aus dem Tritt geraten war. Da die meisten Menschen Mühe haben, fünf, sechs Sprünge hintereinander fehlerfrei hinzubekommen, war ich schwer beeindruckt.

„Sieht aus, als könntest du solche Übungen im Schlaf. Nun sag schon, was hast du vorher gemacht?" fragte ich.

„Turnen und Ballett", sagte sie.

„Turnen und Ballett", wiederholte ich.

Sie blickte mich an, als erwartete sie eine dumme Bemerkung oder Frage und versuchte, sich dagegen zu wappnen.

„Daher also die gute Kondition und Beweglichkeit", sagte ich schließlich und nickte beifällig. „Dann kann ich mir ja weitere Tests in diesem Bereich sparen."

Sie atmete tief aus. Sehr tief. „Wann boxe ich?"

„Am Sandsack sofort."

„Und im Ring?"

„Ich weiß nicht. Später."

Damit gab sie sich zufrieden. Ich holte ihr ein Paar Boxhandschuhe und half ihr, sie anzuziehen und zu schnüren.

„Nimm einen von den leichteren Sandsäcken", wies ich sie an, und Nadine folgte meiner Aufforderung.

Ich blieb neben ihr stehen, erklärte, sah zu, korrigierte, machte ihr Schlagfolgen vor und war irritiert. Meine neue Schülerin bewies durchaus Talent, was die Beinarbeit anging und mich nach ihrem Hinweis auf ihre sportliche Vorbildung auch nicht weiter verwunderte – sie war ständig in Bewegung, und es sah mühelos leicht aus, wie sie über den Boden flog –, aber mit ihren Fäusten wusste sie kaum etwas anzufangen. Jede Anfängerin hat ihre Mühe, Schlagtechniken zu erlernen, die eine mehr, die andere weniger, die meisten sind jedoch von Beginn an in der Lage, die Faust mit einem gewissen Elan in den Sandsack zu schlagen. Und sie haben Spaß daran, es befriedigt oder verblüfft sie. Doch Nadines Schläge waren erstaunlich kraftlos, und es sah nicht so aus, als hätte sie eine wie auch immer geartete Freude daran, auf den leblosen schweren Sack einzuschlagen. Nun war sie zwar ein Leichtgewicht und völlig ungeübt in dieser Disziplin, aber eine Frau, die jahrelang geturnt und getanzt hat und unermüdlich ein Springseil kreisen lassen kann, müsste normalerweise ihre Faust so in einen Sandsack hauen können, dass der sich bewegt, und sei es nur ganz leicht. Das war bei Nadine kaum der Fall. Ein zehnjähriges Kind hätte mehr Kraft aufgebracht.

„Der beißt nicht“, sagte ich. „Hau mal richtig drauf!“

Es folgten zwei Schläge, die diese Bezeichnung kaum verdienten.

„Weiter“, sagte ich. „Stärker!“

Nadine mühte sich noch zehn Minuten, dann beendete ich das Training kommentarlos.

„Übermorgen geht's weiter“, sagte ich.

Sie streifte die Handschuhe ab und schaute mich an. Jetzt, dachte ich, jetzt erzählt sie mir, was sie hier eigentlich will oder dass sie es sich doch anders überlegt hat.

„Okay. Vielen Dank“, erwiderte Nadine mit ernster Miene und verschwand im Umkleideraum.

Nach diesem Muster ging es in den nächsten Wochen weiter. Nadine kam alle zwei, drei Tage, doch trotz ihres Eifers schaffte sie es kaum, ihre Schlagkraft an den Sandsäcken zu verbessern. Ich verkniff mir jegliche Fragen und trainierte sie weiter. Und sie war so unermüdlich wie es eine Ballettänzerin nur sein kann – hundertmal, tausendmal die gleiche Übung, ohne eine Miene zu verziehen. Darin wiederum ähnelte sie Joy. Ich spürte dennoch, dass sich hinter der Maske ihrer Disziplin und ihres eisernen Willens eine gehörige Portion Ungeduld verbarg. Nadine brannte darauf, in den Ring zu steigen, und ich brannte darauf, zu erfahren, warum eine Frau im Zweikampf boxen wollte, die kaum in der Lage war, einem Sandsack einen kraftvollen Hieb zu verpassen.

An einem Freitagabend war es soweit. Nadine konnte kaum noch die Arme heben, nachdem sie Übungen zur Kräftigung der Schultermuskulatur hinter sich hatte und dann eine halbe Stunde am Sandsack gewesen war. Ich setzte eine gleichmütige Miene auf, als ich ihr ein schönes Wochenende wünschte und mich zum Gehen wandte.

„Warte, Charlotte!“ rief sie mir hinterher, als ich schon halb aus der Tür war.

Ich drehte mich um. „Ja?“

Sie kam langsam näher. „Wann lässt du mich in den Ring?"

Sie war verschwitzt und blass, und ihre Augen wirkten noch größer als sonst. Ich war versucht, ihr über die Wange zu streichen, war mir aber sicher, dass sie das nicht gewollt hätte.

„Ich lasse dich in den Ring, wenn ich von dir erfahren habe, warum du hier bist", entgegnete ich.

Einen Moment sah es so aus, als wollte sie davonlaufen. Sie war nicht der Typ, der anfing zu mosern oder sich wütend ereiferte wie Joy, aber es war deutlich, dass ihr der vorgeschlagene Handel ganz und gar nicht behagte. Dann glättete sie ihr Gesicht und versuchte ein kleines Lächeln. „Ich will boxen lernen."

„Das genügt mir nicht. Ich will wissen, warum."

„Warum ist das so wichtig? Fragst du jede Schülerin, warum sie hier ist?"

„Ich weiß es früher oder später bei fast allen, und das hat noch keiner geschadet. Boxen ist anders als Turnen, Radfahren oder Schwimmen."

Sie sah auf ihre Hände. „Aber ist das nicht eigentlich meine Sache?"

„Eigentlich schon."

Sie blickte wieder hoch. „Aber uneigentlich nicht, stimmt's? Ich könnte auch einfach irgendwo anders hingehen, wo niemand nachfragt."

„Das könntest du tun", gab ich zurück.

Sie verlagerte ihr Gewicht von einem Bein aufs andere. „Ja, könnte ich."

„Wir könnten auch eine Kleinigkeit essen gehen und uns ein wenig unterhalten", schlug ich vor. „Zwei Straßen weiter gibt es ein nettes Bistro."

Sie überlegte einen Moment und schien das Für und Wider sorgfältig abzuwägen.

„Na schön, einverstanden", sagte sie schließlich.

Nadine sah in ihrem kurzärmligen schwarzen Nicki und der grauen Leinenhose sehr gut aus. Sie trug einen silbernen Armreif mit dazu passender Kette, war leicht geschminkt und saß mit eleganter Selbstverständlichkeit kerzengerade auf ihrem Stuhl. Warum sollte eine zarte, junge Frau, die Spaß an einem gepflegten Äußeren und schon früher viel für ihren Körper getan hat, nicht plötzlich den Ehrgeiz entwickeln, eine halbwegs passable Boxerin zu werden? rief ich mich selbst zur Ordnung, als ich merkte, wie meine Verwunderung wuchs. Weil sie gar keinen Spaß daran hat, beantwortete ich mir meine Frage gleich selbst. Aber vielleicht geht es gar nicht um Spaß.

Wir bestellten beide Pasta und Salat, und als der erste Durst mit großen Gläsern Apfelschorle gelöscht war, seufzte Nadine leise. Ich lächelte sie an. „Du sprichst nicht gerne über dich, stimmt's?"

„Nicht besonders. Wir kennen uns ja auch nicht sehr gut, und ehrlich gesagt, ist mir nicht ganz klar, was du von mir hören willst."

„Das kann sich ja ändern. Erzähl mir doch einfach mal, wie du auf die Idee gekommen bist zu boxen."

„Das ist gar nicht so einfach", entgegnete sie. „Fest steht, dass ich mir vorgenommen habe, mal etwas ganz anderes zu machen, egal, wer was warum dazu sagt."

Der Blattsalat wurde serviert – er war mit Krabben garniert und mit einer Balsamico-Vinaigrette angerichtet und einfach köstlich. Nadine aß langsam und bedächtig. Ich ließ mir nicht anmerken, wie gespannt ich war, und wartete ab, ob sie von sich aus fortfahren würde. Schließlich legte sie Messer und Gabel nebeneinander auf den geleerten Teller und schaute mich an.

„Wer sagt denn etwas dazu?" fragte ich. „Deine Eltern?"

„Meine Mutter", antwortete sie. „Mein Vater ist schon lange tot. Wir hatten vor einigen Wochen einen hässlichen Streit, der ziemlich eskaliert ist. Wenige Tage später bin ich ausgezogen. Dabei ist es sonst nicht unsere Art zu streiten", begann sie zu erzählen. „Es ging um meinen Freund Bernd – vielmehr fing es mit ihm an."

„Der Boxer", fügte ich hinzu.

Sie nickte. „Ja. Er boxt und studiert und passt meiner Mutter nicht, überhaupt nicht."

Der Kellner brachte unser Essen. Ich hatte Spaghetti carbonara gewählt, Nadine überbackene Makkaroni. Ich schnupperte genussvoll und bestellte ein Glas Chianti.

„Warum nicht?"

„Es ist in ihren Augen keine angemessene Verbindung", sagte Nadine in einem schärferen Tonfall, mit dem sie wohl ihre Mutter imitieren wollte, und plötzlich röteten sich ihre Wangen. „Das sehe ich natürlich ganz anders, und auf einmal ging es um alles mögliche: um mich und mein Leben und Bernd, um sie und, na klar, ums Boxen – das sind natürlich alles irgendwelche blöden Proleten für sie, und boxende Frauen sind nun wirklich das Allerletzte." Sie machte eine wegwerfende Handbewegung. „Da hatte sich sehr viel angestaut. Ich habe viel zu lange immer nur das getan, was meine Mutter wollte, und nun ist sie fassungslos, dass ich meine eigenen Entscheidungen treffe. Entscheidungen, die ihr nicht passen." Nadine zuckte die Achseln. „So einfach ist das. Ich bin eben nicht mehr das kleine Mädchen, das nach ihrer Pfeife tanzt." Sie spießte ein paar Makkaroni auf und führte die Gabel anmutig zum Mund.

Ich sah, dass ihr kleiner Finger zitterte. „Wie sah denn der Tanz nach ihrer Pfeife aus?"

„Nun, meine Mutter ist sehr vermögend und konnte es sich leisten, ihre Tochter zum Turn- und Ballettunterricht bei den besten Lehrern zu schicken, was sie ungeheuer nobel fand", antwortete Nadine, nachdem sie geschluckt hatte. „Also habe ich getanzt und geturnt. Bis zu meinem vierzehnten Lebensjahr hat sie bestimmt, welche Klamotten ich zu tragen hatte. Sie schickte mich auf die besten Schulen und hatte ein wachsames Auge auf meinen Umgang, wie sie es nannte. Als ich mich entschied, Kunstgeschichte zu studieren, war das für sie gerade noch so in Ordnung." Nadines Stimme war hell geworden.

„Ballett war demnach scheußlich?"

Sie hielt inne und schüttelte dann langsam den Kopf. „Manchmal schon, aber ... ich war zu gut und zu lange dabei, um einfach behaupten zu können, dass dieser Sport völlig an mir vorüberging. Doch ich bin nie gefragt worden, verstehst du? Meine Mutter hat mich angemeldet und fertig."

„Sie hat für dich entschieden."

„Genau, und die Zeiten sind jetzt vorbei."

„Weil du jetzt weißt, was du willst", stellte ich fest und trank einen Schluck Wein. „Aber es ist dir klar, dass Boxen etwas anderes ist als Surfen oder Tennis oder Reiten? Es ist ein harter Kampfsport, und ich kann verstehen, wenn deine Mutter zunächst mal schlicht befürchtet, dass du dir ein blaues Auge holst, und sich bemüht, dich davon abzubringen."

Nadine legte ihre Gabel beiseite und starrte mich. „Das befürchtet sie kaum, denn als ich ihr sagte, dass ich ihr hochnäsiges Getue samt Ballett und Turnen und ihre Bevormundung satt hätte und daran denken würde, das Boxen einfach mal auszuprobieren, wie es andere Frauen heute auch machen, hat sie sich fast ausgeschüttet vor Lachen! Und Bernd, der es ganz angenehm fand, dass ich mich so eindeutig auf seine Seite gestellt hatte, war ziemlich perplex, als ich ihm von meinem Vorhaben erzählte. Er sieht in mir wohl auch eher das verwöhnte Püppchen, das nicht auf eigenen Füßen stehen kann, und ist ganz baff, dass ich tatsächlich von zu Hause ausgezogen bin." Sie atmete tief durch. „Und du traust es mir auch nicht zu, stimmt's? Warum traut mir eigentlich keiner etwas zu?"

Ich hielt ihrem Blick stand. „Ich traue dir viel zu und mir auch, aber ich kann aus einer Tänzerin keine Boxerin machen."

„Vielleicht doch. Du hast es noch nie versucht, oder?“

Ich lächelte. Damit hatte sie unbestreitbar recht.

„Ich kann hart trainieren“, fügte sie hinzu.

Wie Joy, dachte ich, aber die war ein Naturtalent.

„Du befürchtest schon, dem Sandsack weh zu tun. Was glaubst du, was im Ring passiert?“ wandte ich ein.

Sie zuckte zusammen. „Wenn ich lerne, dem Sandsack weh zu tun, lässt du mich dann in den Ring?“ fragte sie leise, und ihr Gesicht war plötzlich weiß.

„Ich werde dich weiter trainieren“, antwortete ich einen Moment später. „Außerdem werde ich dir ein wenig von einer ehemaligen Schülerin erzählen. Wenn du dann immer noch in den Ring willst – okay.“

„Ist es eine Geschichte, die mich abschrecken soll?“

Ich schüttelte den Kopf. „Darum geht es nicht. Es gibt Parallelen zwischen euch – und auch große Unterschiede. Als ich Joy kennenlernte, was sie genauso alt wie du jetzt. Sie hatte mit siebzehn angefangen zu boxen und ihre Eltern damit fürchterlich auf die Palme gebracht.“

„Und sie boxt heute noch?“

„Ja, sie ist Anfang Dreißig und boxt immer noch. Ihre Einstellung hat sich jedoch grundlegend geändert.“

Nadine lehnte sich zurück. „Na schön, wie du meinst. Aber wie wäre es jetzt erst mal mit Nachtisch?“

Eine Stunde später war ich zu Hause. Petra erwartete mich auf dem Sofa vor dem Fernseher, wo sie in ihrem violetten Pyjama hingelümmelt *7 Tage 7 Köpfe* schaute und sich bestens amüsierte. Ich setzte mich zu ihr, nahm mir eine Handvoll Erdnüsse und lachte mit ihr, während ich in Gedanken noch bei Nadine war, die sich unbedingt durchboxen wollte. Und bei Joy, die erst knapp anderthalb Jahre zuvor, nach dem Tod ihrer Mutter, angefangen hatte, Fragen über sich selbst zuzulassen.

2

Joy wollte vor ihrem Aufbruch noch ein wenig frische Luft auf der Terrasse schnappen, doch sie blieb in der Tür stehen, als sie ihren Vater mit verschränkten Beinen auf seinem Kissen sitzen sah. Simon rührte sich nicht. Er saß mit geradem Rücken in sich versunken da und schien weder den Wind noch die Kühle wahrzunehmen. Er schlief nicht, er träumte nicht, er meditierte, aber er nannte es sitzen. Simon saß. So lange Joys Erinnerung zurückreichte, kannte sie ihren Vater als Sitzenden. Morgens, abends, meist zwanzig, dreißig Minuten, hin und wieder aber auch für Stunden; mal in seinem Zimmer, wo er dann ein Räucherstäbchen anzündete, mal draußen. Simon selbst würde sich als Zen-Übenden bezeichnen. Joy war die Bezeichnung egal. Ihr Vater, ein erfolgreicher Landschaftsarchitekt mit Schwerpunkt japanische Gärten, war ihr immer fremd geblieben – seine Begeisterung für fernöstliche Philosophien erst recht. Und ihr Zuhause, das ganz von der tiefen Beziehung ihrer Eltern geprägt gewesen und in dem sie sich meist als fünftes Rad am Wagen vorgekommen war, hatte sie früh verlassen. Sie hatte Probleme gehabt mit einem Vater, der ihre Fragen in der Regel mit eigentümlichen Gegenfragen beantwortete oder seltsam lächelte und ein Rechteck mit gleichmäßig geharktem Sand und einigen nach welchem Prinzip auch immer verstreuten Steinen als Inbegriff eines harmonisch gestalteten Gartens, als perfekte Symbiose von Natur und Kunst bezeichnete. Und der Aufmerksamkeit ihrer Mutter, die ganz auf ihren Mann konzentriert gewesen war und sich neben ihrem Beruf als Lehrerin für Englisch und Kunst in verschiedenen christlich-sozialen Projekten engagiert hatte, war sie vergeblich hinterhergerannt. Joy war mit neunzehn Jahren kurzerhand und hocherhobenen Hauptes ins nahe gelegene Hamburg gezogen, um tagsüber an einer Sprachenschule Dolmetscherin zu lernen und abends im Boxclub zu trainieren. Später war sie nach Berlin gegangen, wo sie skandinavische Sprachen studiert hatte und mittlerweile ihre Brötchen als freiberufliche Übersetzerin und Dolmetscherin verdiente. Es war ihr recht gewesen, dass der Kontakt zu ihren Eltern immer flüchtiger geworden war und sie manchmal monatelang nichts von ihnen hörte. Sie brauchten einander nicht, so einfach war das. Und so schwer. Joy verspürte einen schmerzhaften Stich, als ihr bewusst wurde, aus welchem Anlass sie an diesem Wochenende, wenige Wochen nach ihrem dreißigsten Geburtstag, in ihr Elternhaus gekommen war.

Simon wandte den Kopf so plötzlich zu ihr um, dass sie erschrak. Er hatte graue Augen, so wie sie, und sehr kurzes graues Haar. Zum Lesen und Arbeiten brauchte er eine Brille, beim Sitzen nahm er sie ab. Joy nickte ihm zu. „Habe ich dich gestört?"

„Nein."

Er stand auf und machte einige Schritte auf sie zu. Joy sah, dass er geweint hatte. Sein Gesicht war noch schmaler, als sie es in Erinnerung gehabt hatte, und er hatte Mühe, sich gerade zu halten. Seine Frau Dorothea war tot. Gestorben während einer Bypass-Operation, einem Routineeingriff, bei dem vorher nichts darauf hingewiesen hatte, dass es Komplikationen geben könnte. Ihr Herz war einfach stehengeblieben. Simon legte seiner Tochter kurz die Hand auf die Schulter, und Joy zuckte zusammen. Meine Mutter ist tot, dachte sie, fast erstaunt, wie fremd sich der Gedanke immer noch anfühlte, wie unwirklich. Als könnte so etwas nicht geschehen. Gestorben wird nur woanders. Sie blickte ihrem Vater ins Gesicht. Im Gegensatz zu dir glaube ich nicht an Reinkarnation, dachte sie mit einer nur zu bekannten Heftigkeit. Tot ist tot. Hör auf zu weinen, Papa, für dich ist sie doch eine Seele auf Reisen, die bald wiederkommt – das müsste es doch einfacher machen!

„Du willst aufbrechen, nicht wahr?" sagte Simon mit fester Stimme.

Joy atmete tief durch. „Ja. Es ist eine lange Fahrt bis Berlin."

„Du bist hier jederzeit willkommen."

„Danke."

„Grüß deine Freundin von mir."

„Das mache ich."

Sie gingen gemeinsam ins Wohnzimmer, einen hellen, karg eingerichteten Raum mit einigen Kalligraphien an den weißen Wänden und einem alten, stets auf Hochglanz polierten Mahagonisekretär, den Simon von seinem Vater geerbt hatte. Ein Sofa und zwei Sessel waren um einen niedrigen Holztisch gruppiert, auf dem ein Tablett mit Teegeschirr und ein Blumenstrauß standen.

„Deine Mutter hat dir einen Brief hinterlassen", sagte Simon und blickte seine Tochter an.

Joy stellte die Reisetasche, die sie ergriffen hatte, wieder ab. „Was für einen Brief?"

„Sie hat ihn im Krankenhaus geschrieben", antwortete Simon.

„Also hat sie befürchtet, dass etwas schiefgehen könnte ..."

Simon ging zum Sekretär, nahm einen Umschlag aus einem Seitenfach und reichte ihn ihr.

„Zumindest wollte sie wohl nicht ausschließen, dass trotz der günstigen Prognose auch Unerwartetes geschehen könnte. Du weißt, dass sie immer sehr besonnen war", sagte er.

Meine Mutter ist kaum je krank gewesen, und die Situation muss sie sehr geängstigt haben, überlegte Joy. Sie berührte Simons Hand, als sie den Brief an sich nahm – sie war warm und sah auf einmal sehr alt aus. Plötzlich fiel ihr ein, wie er ihr als Kind Pfeil und Bogen geschnitzt hatte und sie auf eine große Scheibe schießen durfte. Nie hatte sie die schwarze Mitte getroffen, die doch so groß schien. Er schon. Seine Hände waren bereits damals sehnig gewesen, voller Furchen und hervortretender Adern. Arbeitshände. Doch der Spaß war ihr vergangen, als er ihr erklärt hatte, dass gar nicht er selbst schießen würde, sondern eine große, unerklärliche Kraft, der er sich anvertraut hätte. Joy war verwirrt gewesen, denn sie hatte nur ihren Vater gesehen und keine unerklärliche große Kraft. Und wenn die unsichtbar war und überall und für alle da und man nur auf sie vertrauen musste, warum sollte sie dann noch mit Pfeil und Bogen üben?

Joy steckte den Brief nach kurzem Überlegen ein. Sie wollte allein sein, wenn sie ihn las, und bei sich zu Hause. In aller Ruhe. Simon begleitete sie zum Auto. Er umarmte sie nicht, sondern legte ihr nur kurz die Hand auf die Schulter. „Bis bald, Joy. Alles Gute." Damit drehte er sich um und ging zurück ins Haus.

Joy biss sich auf die Unterlippe, aber sie brachte es nicht übers Herz, ihm zu folgen und ihn zu fragen, ob er Hilfe bräuchte. Ihre Hilfe.

Joy traf am späten Abend in Berlin-Charlottenburg ein, wo sie seit einigen Jahren in einem mehrstöckigen Mietshaus aus der Gründerzeit in einer großzügigen Wohnung lebte, die sie sich während des Studiums mit einer Kommilitonin geteilt hatte. Claudia war mittlerweile längst verheiratet und wohnte mit Kind und Kegel in Mitte. Joy hatte den anfänglichen Gedanken, sich eine andere Mitbewohnerin zu suchen, rasch wieder aufgegeben und sich in allen Räumen ausgebreitet. Claudias ehemaliges Zimmer, das am ruhigsten war, funktionierte sie zu ihrem Arbeitsraum um, wodurch es in ihrem Schlafzimmer nun genügend Platz für einen vernünftigen Kleiderschrank gab, und am Ende des Flures durfte endlich ein Sandsack von der Decke hängen. Claudia hatte Boxen doof gefunden und Sandsäcke in der Wohnung sowieso. Joy strich die Küche orange-blau, das Bad dottergelb und stellte eine Liege auf den Balkon. Die Miete war erschwinglich, und Joy lebte gern allein. Ihre sozialen Kontakte beschränkten sich auf Elena sowie ihre Freundin und ehemalige Boxtrainerin Charlotte, mit der sie vor Jahren eine kurze Affäre gehabt hatte und die sie zwar nicht häufig, aber regelmäßig sah, oder ergaben sich durch den Sport oder berufliche Verpflichtungen. Ab und an ein Kino- oder Kabarettbesuch. Es gab keine weiteren engen Freundschaften, und Joy vermisste sie auch nicht. Hin und wieder vertiefte sich mal eine Bekanntschaft, sie wurde zu einem Geburtstag oder einer sonstigen Feier eingeladen, und manchmal meldete sich eine ehemalige Mitstudentin, mit der sie sich auf einen Kaffee traf, aber einen Großteil ihres Lebens verbrachte Joy mit sich allein, und sie fühlte sich wohl dabei.

Normalerweise genoss sie es, nach Hause zu kommen, ihre Jacke abzustreifen, dem Sandsack einige Hiebe zu verpassen, mit einem Glas Saft ins Wohnzimmer zu schlendern, eine CD einzulegen und sich auf die breite Couch fallen zu lassen und wohlig auszustrecken. Doch an diesem Abend war sie nur erschöpft und bleischwer, und sie spürte, dass die Grippe, die sie sich vor einigen Wochen eingefangen hatte, immer noch nicht hundertprozentig überwunden war. Der Anrufbeantworter blinkte, aber sie hörte ihn nicht ab. Sie hatte keinen Hunger, trank zwei Gläser Wasser und ging ins Bett. Elena konnte warten. Der Brief auch. Sie wollte ausgeruht sein, wenn sie ihn öffnete.

Joy wusste nicht, was sie erwartet hatte. Ihr war lediglich klar gewesen, dass der Brief sie beunruhigte, aber das gestand sie sich zu – wer würde angesichts eines hinterlassenen Schreibens der kürzlich und unerwartet verstorbenen Mutter nicht Spannung und Nervosität empfinden? Sie öffnete ihn am nächsten Morgen nach einem eiligen Frühstück bei einer zweiten Tasse Kaffee und las ihn einmal, zweimal, noch einmal. Dann legte sie die engbeschriebenen Blätter beiseite, um sie im nächsten Moment vom Tisch zu fegen. Wieder ging es nur um ihn! Und um das, was ihre Mutter für ihn tun konnte, sogar jetzt noch. Ich will nicht eingespannt werden, dachte sie, und Zorn wallte in ihr auf. Du bist tot, und mein Vater muss allein mit seinem Leben klarkommen. Du kannst gar nichts mehr für ihn tun! Erwartest du, dass ich deinem Wunsch besonderen Respekt entgegenbringe? Es nicht wage, ihn zu ignorieren, weil du tot bist? Dass ich zu ihm renne und nach all den Jahren, in denen wir einander nichts zu sagen hatten, alles beiseite schiebe, was je zwischen uns stand, und so tue, als wären wir schon immer ein Herz und eine Seele gewesen? Wie soll denn das funktionieren? Ich kann nicht auf Befehl die liebe, treusorgende Tochter sein, und ich will es auch gar nicht!

Joy packte ihre Sportsachen und fuhr mit dem Fahrrad zum Club, der nur zehn Minuten entfernt in einer ehemaligen Fabrikhalle untergebracht war. Nach einigen dringend notwendig gewordenen Renovierungsarbeiten gab es inzwischen genügend Geräte für Frauen und Männer, eine Kraftsportabteilung, mehrere Ergometer und eine Sauna, die sie häufig nutzte. In der Cafeteria konnte man wunderbar Pasta mit verschiedenen Saucen essen, aber es wurden auch leckere Kuchen und Salate angeboten. An diesem frühen Sonntagmorgen waren nur wenige Boxerinnen und Boxer in der Halle und weit und breit noch kein Trainer in Sicht. Manchmal bedauerte Joy, dass sie nicht mehr bei Charlotte trainierte. Die große, kräftige Frau mit den breiten Schultern und den tiefroten Haaren hätte ihr jetzt ohne viel zu fragen ein hartes Programm zusammengestellt und wäre eine Runde mit ihr in den Ring gegangen oder auch zwei. Doch nach dem Scheitern ihrer Affäre hatte Joy sich einen neuen Club gesucht, um körperliche Nähe zwischen ihnen zu vermeiden. Dafür hatten sie ihre Freundschaft gerettet. Joy machte sich nur kurz warm, dann ging sie an den Sandsack und boxte auf ihn ein, bis ihre Arme sich wie Bleigewichte anfühlten. Das Klatschen von Leder auf Leder vermengte sich mit dem gleichmäßigen Schlagen eines Springseils und dem lauten Rufen zweier Boxer, die einander anstachelten. Joy lief der Schweiß über den Rücken, und ihre Lippen schmeckten nach Salz. Sie atmete schwer und fühlte sich besser, viel besser. Sie stellte sich lange unter die heiße, prasselnde Dusche. Wieder zu Hause, hob sie den Brief auf, strich ihn mit fast behutsamen Bewegungen glatt und legte ihn in eine Schreibtischschublade.

3

Elena war zehn Jahre älter als Joy und Dozentin für Sportwissenschaft an der Humboldt-Universität. Sie hatten sich gut ein Jahr zuvor kennengelernt, als Elena für ein Seminar zum Thema Frauenboxen in Joys Club recherchierte. Joy übte gerade am Speedball schnelle, präzise Schläge, und ihr Trainingshemd war bereits durchgeschwitzt, als ihr die Frau auffiel, die mit Block und Stift in der Hand in einiger Entfernung stehengeblieben war und ihr zuschaute. Joy war daran gewöhnt, dass eine boxende Frau immer noch Verblüffung hervorrief, oftmals auch Ablehnung, obwohl junge Frauen und Mädchen den Sport seit vielen Jahren ausübten und es mittlerweile auch in Deutschland im Profibereich erfolgreiche Boxerinnen gab. Joy selbst trainierte seit ihrem siebzehnten Lebensjahr, und sie stieg in unregelmäßigen Abständen auch immer mal wieder in den Ring. Sie kannte alle Argumente, die für und gegen ihren Sport sprachen.

Joy ließ die Fäuste sinken und wischte sich mit dem Arm den Schweiß von der Stirn. Die Frau lächelte und kam zwei Schritte näher. Sie war einige Zentimeter größer als sie selbst, also wahrscheinlich knapp einssiebzig und sehr schlank – hundertzehn Pfund, schätzte Joy. In dem kastanienbraunen Haar war mehr Grau zu erkennen, als es Joy für sich selbst lieb gewesen wäre, aber die Frau machte durchaus den Eindruck, gut damit zurechtzukommen, und der rote Pullover stand ihr hervorragend.

„Beenden Sie gerade Ihr Training?“ fragte sie.

Joy nickte, öffnete mit den Zähnen die Schleifen der Handschuhe und streifte sie ab, um dann rasch zur Wasserflasche zu greifen, die einige Schritte von ihr entfernt auf dem Boden stand. Gierig schüttete sie das Wasser in sich hinein, ohne die Frau aus den Augen zu lassen.

„Ich heiße Elena Herold und recherchiere zum Thema Frauenboxen“, erklärte sie.

„Für wen oder was recherchieren Sie denn?“ hielt Joy ihr entgegen. Sie hatte keine Lust, für irgendein Käseblatt Fragen zu beantworten, und wenn die Journalistin noch so schöne braune Augen hatte.

„Ich bin Sportdozentin an der HU und bereite ein Seminar vor.“

„Aha. Na, wirklich neu ist das Thema ja nicht gerade. Ich boxe seit zwölf Jahren“, entgegnete Joy. Uni hin oder her, so schnell ließ sie sich nicht beeindrucken.

„Ich weiß, darum geht es mir auch nicht. Ich beschäftige mich ganz allgemein mit Kampfsport und seinen Wurzeln wie auch seinen Auswüchsen. Boxen ist eine der Sportarten, zu denen ich recherchiere, und dazu gehören natürlich auch boxende Frauen. Mit Ihrer langjährigen Erfahrung sind Sie natürlich besonders interessant für mich.“ Elena lächelte herzlich und zeigte ein Grübchen dabei. „Darf ich Sie nach der Dusche zu einem Kaffee einladen? Oder auch Tee, Saft, was immer Sie bevorzugen.“

Joy zögerte einen Moment. Aber es war ein halbherziges Zögern. Das Grübchen war ausgesprochen reizend. Und braunen Augen hatte sie noch nie gut widerstehen können.

Eine halbe Stunde später saßen sie in der Cafeteria. Joy löschte ihren Durst und vertilgte einen Teller Nudeln mit Ei, während Elena sich ein Stück Käsekuchen genehmigte und nach drei Bissen vorschlug, auf das steife Sie zu verzichten. Joy war es recht.

„Du hast also sehr früh mit dem Boxen angefangen?“ nahm Elena den Faden wieder auf, nachdem sie ihren Kuchen bis auf einige Krümel verspeist hatte. „Wie bist du dazu gekommen? Was hat dich inspiriert?“

„Ich stamme aus Hamburg – da war in Sachen Boxen schon immer einiges los, und bereits in den achtziger Jahren gab es eine Menge Frauen, die sich mit dem schweißtreibenden Training fit halten oder auch mal in den Ring steigen wollten“, antwortete Joy. „Karate, Judo, Kickboxen – warum nicht gleich Boxen?“

„Ja, man hat eigentlich schon damals den großen Boom erwartet, ähnlich wie in den USA, der dann aber doch ausblieb", ergänzte Elena. „Die Legalisierung durch die Verbände wurde zunächst verweigert, und eine halbwegs stabile Profiszene entwickelt sich hier erst seit einigen Jahren."

„Drüben machen sie 'ne Menge Wind um nichts", erklärte Joy mit einer wegwerfenden Handbewegung. „Goldene, möglichst knapp sitzende Höschen, viel Show, Schminke und Flitter. Regina Halmich dagegen ist eine echte Sportlerin."

Elena schmunzelte. „Verstehe. Dafür dürfte sie von den Gagen träumen, die amerikanischen Boxerinnen gezahlt werden. Außerdem, soweit ich informiert bin, hat noch keine deutsche Profikämpferin in den USA gewinnen können."

Joy zuckte die Achseln. „Schon möglich. Ich mag den Showcharakter trotzdem nicht."

„Was genau magst du denn am Boxen?"

„Die absolute Herausforderung an Körper und Geist – Kraft, Schnelligkeit, Reaktionsvermögen, Ausdauer, Konzentration. Keine Sekunde die Gegnerin aus den Augen verlieren. Nie von dem Punch erwischt werden, der dich ausknockt."

„Wirst du wütend, wenn du Prügel beziehst?"

„Prügel ist nicht der richtige Ausdruck."

Elena lächelte. „Gut, sagen wir, deine Gegnerin landet einige unangenehme Treffer bei dir. Treffer, die so richtig weh tun. Was geht in dir vor?"

„Ich versuche, meine Kräfte zu mobilisieren und gegenzuhalten."

Das Lächeln wurde breiter. „Nein, nein, das meine ich nicht – vorher, was spürst du? Wut, Hass?"

Joy trank von ihrem Saft. „Hass ist übertrieben", erwiderte sie dann. „Wut trifft es schon eher."

„Aber ist Wut nicht hinderlich beim Sport? Schwächt sie nicht die Fähigkeit, eine Situation klar zu analysieren?"

„Ich sitze nicht über einer Mathearbeit – ich kämpfe mit meinem Körper, und wütende Reaktionen sind oftmals Bestandteil eines Kampfes. Entscheidend sind die richtige Dosis und das gekonnte Einsetzen der Wut. Sie darf mich natürlich nicht überschwemmen oder blindlings reagieren lassen."

„Aber wärst du nicht ganz entscheidend im Vorteil, wenn deine Gegnerin wütend würde und es dir auf der anderen Seite gelänge, ruhig und klar zu bleiben?" fragte Elena.

„Wenn ich meine Gefühle unter Kontrolle habe, bin ich im Vorteil, denn ich behaupte mal, dass bei jedem Kampfsport Aggressionen und deren Beherrschung eine Rolle spielen, wahrscheinlich sogar bei jeder Sportart – mal mehr, mal weniger. Fußballer jagen nicht nur dem Ball hinterher, sondern treten bei Bedarf auch in die Beine des Gegners, wie man jeden Samstag beobachten kann. Es ist eine Binsenweisheit, aber man muss lernen, mit seinen Aggressionen umzugehen, dann können sie einem Kraft verleihen."

„Wenn ich meine Runden drehe, fühle ich mich alles andere als aggressiv", entgegnete Elena.

„Du bist Läuferin?"

„Ja."

Joy lächelte. „So richtig oder mehr als Joggerin?"

„Was wäre denn der Unterschied?"

„Das Ziel, die Motivation", sagte Joy rasch. „Wenn du im Wettkampf läufst, wirst du vielleicht auch mal sauer. Schau dir doch mal die Sprinter mit ihrem Getue an, bevor sie in die Starteisen gehen! Die sehen nicht gerade friedlich aus. Maurice Greene zieht regelmäßig ein Gesicht, als würde er seine Bahnnachbarn nur allzu gerne in die Waden beißen. Und auf den Mittelstrecken ist es ganz ähnlich. Da herrscht ein ziemlich übles Gedränge und Geschiebe, und so mancher Ellenbogen wird kräftiger eingesetzt, als unbedingt nötig wäre."

„Ich laufe Marathon."

Joy schluckte. „Herrje, den langen Kanten? Über vierzig Kilometer. Ist das nicht fürchterlich langweilig?"

Elena lachte. „Überhaupt nicht. Mir ist weder langweilig, noch werde ich wütend. Mein Ziel ist es, in einer meiner Leistungsfähigkeit und Vorbereitung entsprechend guten Zeit anzukommen."

„Und wenn dir das nicht gelingt? Wirst du dann nicht ärgerlich?"

„Zugegeben, es nagt an meinem Selbstbewusstsein, es frustriert mich manchmal auch, weil ich durchaus ehrgeizig bin und leistungsorientiert laufe, aber ich werde nicht sauer. Ich versuche herauszubekommen, was falsch gelaufen ist – ob ich schlichtweg einen miesen Tag hatte, nicht richtig trainiert habe, am Anfang ein falsches Tempo gelaufen bin und so weiter. Doch warum sollte ich aggressiv werden? Mag sein, dass es Läuferinnen und Läufer gibt, die wütend auf sich selbst werden, wenn sie ihre gesteckten Ziele nicht erreichen, oder die andere behindern, um möglichst flott voranzukommen – das allein stützt für mich jedoch keineswegs dein Argument, dass Aggressionen in jeder Sportart eine entscheidende Rolle spielen. Beim Schwimmen geht es ums Schwimmen, beim Laufen ums Laufen – das sind für sich genommen noch keine aggressiven Tätigkeiten. Aber die Boxerin boxt. Ein Boxhieb ist an sich schon eine unbestreitbar aggressive Handlung, selbst wenn der Boxer oder die Boxerin frei von Wut ist: Es geht darum, den Gegner, die Gegnerin schlagend zu bekämpfen, ihr weh zu tun, sie zu Boden zu schicken. Und ein K.o. ist ein besonders gefeierter Erfolg. Oder willst du dem widersprechen?"

Joy lehnte sich mit verschränkten Armen zurück und sah, dass Elena die Bewegung mit einem winzigen ironischen Lächeln registrierte.

„Boxen ist ein sehr direkter und offener Schlagabtausch nach festen Regeln, und es erfordert viel Disziplin, sich eine saubere

Technik und die entsprechende Ausdauer anzutrainieren", sagte Joy mit betont ruhiger Stimme. „Natürlich gibt es manchmal auch ein blaues Auge, eine lädierte Schulter, Schmerzen eben. Nenn mir eine Sportart, bei der es keine negativen körperlichen Auswirkungen geben kann, insbesondere wenn man es übertreibt und seine Grenzen nicht akzeptiert. Wenn dir beim Handball das Leder mit voller Wucht ins Gesicht fliegt, hat das bedeutend heftigere Folgen, als wenn dich ein Boxschlag trifft, der durch Mundschutz und Helm abgefangen wird; junge Turnerinnen haben innerhalb weniger Jahre kaputte Rücken und sind häufig magersüchtig; Skifahrer setzen regelmäßig ihr Leben aufs Spiel. Und ich habe auch schon läuten hören, dass Läuferinnen sich kaputte Gelenke holen und vor lauter Rennerei das Trinken vergessen. Das soll nicht besonders gesund sein. Irgendwie kämpfen doch alle, auf die eine oder andere Art und gegen welchen Gegner auch immer."

„Ich habe keine Gegner, und ich vergesse das Trinken nicht", entgegnete Elena.

„Wie schön für dich. Und was machen die Gelenke?"

Einen Moment fixierten sie einander, dann ließ Elena ihr Grübchen sehen. „Stimmt, die melden sich manchmal und sind ziemlich empört. Nur: Der Sinn des Laufens ist das Laufen, der Sinn des Boxens ist das Boxen."

Joy schüttelte den Kopf. „Der Sinn des Sports ist eine faire kämpferische Auseinandersetzung nach festen Regeln, welcher Art auch immer, mit dem Ziel, zu gewinnen, gegen wen oder was auch immer."

Elena lächelte. „Hört sich an, als hättest du dir viele Gedanken zu dem Thema gemacht. Was tust du, wenn du nicht boxt?"

„Ich bin freiberufliche Übersetzerin für skandinavische Sprachen und Dolmetscherin", antwortete Joy.

Sie war davon überzeugt, dass Elena noch das eine oder andere Argument parat hatte, die Diskussion aber nicht auf die Spitze treiben wollte, weil sie längst gemerkt hatte, dass Joy ungnädig wurde und bereit war, ihren Sport zu verteidigen. Dabei war Joy selbstverständlich klar, dass es ein Unterschied war, ob jemand einen Fuß vor den anderen setzte oder aufs Surfbrett stieg oder aber zuschlug mit dem Ziel, die Gegnerin auf die Bretter zu schicken. Die innere Haltung war eine andere, das wusste sie nur allzu gut. Boxen war ungeschminkter Kampf, in dem sie sich wieder und wieder bewähren musste.

„Und was übersetzt du?"

„Romane, Sachliteratur aus verschiedenen Bereichen, auch Zeitschriftenartikel. Und wenn du mal jemanden brauchst, der Schwedisch, Norwegisch oder Dänisch dolmetscht – da bist du bei mir genau richtig", antwortete Joy.

Elena lächelte herzlich. „Das werde ich mir merken."

„Und du?" fragte Joy. „Was könnte ich bei dir, abgesehen vom Kampfsport und seinen Auswüchsen, noch so an Seminaren belegen?"

„Du könntest dich bei mir informieren zu den Themen Sportdidaktik, -psychologie und -soziologie, außerdem gebe ich Seminare zur Sportwissenschaft und kümmere mich um zwei Laufgruppen."

Joy nickte. „Klingt interessant." Sie schaute auf die Uhr. „Aber ich muss jetzt langsam los – auf meinem Schreibtisch liegt eine schwedische Liebesgeschichte, und der Verlag wartet bereits."

Elena nickte. „Ja, es ist spät geworden. Kann ich noch mal auf dich zurückkommen, wenn sich weitere Fragen ergeben?"

„Du meinst, für dein Seminar?"

„Zum Beispiel."

„Ich bin vier- bis fünfmal in der Woche im Club."

Sie standen gleichzeitig auf. Elena griff in ihre Jackentasche und gab Joy eine Visitenkarte. „Sag mir doch mal Bescheid, wenn du einen Kampf bestreitest. Ich würde gerne zuschauen."

„Auch wenn die Boxerinnen wütend werden?"

Darauf antwortete Elena nicht, sondern streckte Joy die Hand entgegen. „Alles Gute. Bis demnächst vielleicht mal. Und vielen Dank für deine Auskünfte."

Als Joy ihr nachsah, war sie ziemlich sicher, dass es kein Wiedersehen geben würde. Was hatte sie mit einer ach so aggressionsfreien Läuferin zu schaffen, die friedlich ihre Runden im Park drehte, heiter und gelassen an Volksläufen teilnahm, weil es ohnehin keine Gegner für sie gab, und die Boxen für eine notdürftig getarnte Prügelei hielt? Joy hatte keine Mühe, sich die Ergebnisse von Elenas Recherchen vorzustellen. Auf der anderen Seite musste sie, wenn sie ehrlich war, zugeben, dass Elena durchaus etwas an sich hatte, das sie interessierte und Unruhe in ihr auslöste. Eine angenehm kribbelnde Unruhe. Warten wir's ab, dachte sie. Vielleicht ist die Gute ja auch verheiratet und hat zwei Kinder ... aber da müsste ich mich schwer täuschen.

Joy schrieb Elena drei Tage später eine eMail, auf die Elena binnen zwei Stunden reagierte. Tags darauf schickte Elena ihr einen kurzen, aber herzlichen Gruß, dem ein Artikel über Regina Halmich angehängt war. Joy revanchierte sich mit einem Bericht zum bevorstehenden Hamburg-Marathon, den sie im Internet aufgestöbert hatte. Anschließend ging sie alle zwei Stunden online, um ihre Mailbox abzufragen, aber die Antwort ließ auf sich warten, was eine bemerkenswerte Unzufriedenheit in ihr auslöste. Lächerlich, dachte sie am Nachmittag, Frau Dozentin hat schließlich noch etwas anderes zu tun, als ständig eMails zu verschicken. Und ich auch. Joy radelte zum Training und bekam rote Ohren in dem frischen Wind. Sie freute sich auf den Frühling, doch der ließ in diesem Jahr auf sich warten. Als sie nach Hause zurückkehrte, führte ihr erster Weg an den Schreibtisch, um den PC einzuschalten. Während der Computer hochfuhr, hängte sie im Bad die Wäsche auf und holte sich in der Küche etwas zu trinken. Das kurze melodische Klingeln signalisierte elektronische

Post. Joy stellte ihr Glas ab und sauste nach drüben. Na bitte, aber sie war nicht von Elena. Eine berufliche Mail. Die Autorin der schwedischen Liebesgeschichte war nach langem Ringen mit den sprachlichen Änderungen einverstanden, die Joy vorgeschlagen hatte. Das war erfreulich, doch darauf hätte sie durchaus noch warten können. Erst am nächsten Tag traf eine neue Nachricht von Elena ein. Sie bedankte sich und schlug ein weiteres Treffen vor. Sie hätte noch einige Fragen, die sich am besten in einem persönlichen Gespräch klären ließen. Ob Joy Lust hätte, sich in einem Café in der Nähe der Uni mit ihr zu treffen? Und ob sie Lust dazu hatte. Joy rutschte eine Weile unruhig auf ihrem Stuhl herum, bis ihr die Formulierung der Zusage gefiel. Dann schaltete sie den Rechner aus und ging pfeifend ins Wohnzimmer, um Musik zu hören. Laute Trommelmusik über Kopfhörer. Sie schloss die Augen.

Joy betrat das Café in der Nähe der Staatsoper und sah Elena sofort, die ihr von einem Fensterplatz im hinteren Teil des Lokals zuwinkte. Sie winkte zurück und ging zu ihr. Hoffentlich sieht sie mir nicht an, dass ich eine halbe Stunde vor dem Kleiderschrank verbracht habe, um mich dann völlig entnervt für die üblichen Jeans und den blauen Pullover zu entscheiden, dachte sie. Und ich habe mitten am Tag einen Kajal benutzt, aber nur ganz dezent.

„Ach, toll, dass du Zeit hast und mir lange Wege ersparst", sagte Elena. Ihr Händedruck war fest. Joy spürte, dass sie mehrere Ringe trug.

„Kein Problem", sagte sie lässig und setzte sich.

Elena lächelte. „Hier gibt es übrigens ganz hervorragenden Cappuccino."

Joy nickte. „Wunderbar."

„Wie sieht es bei dir mit der Arbeit aus – hast du im Augenblick viel zu tun?" fragte Elena, als sie bestellt hatten.

Joy war froh, dass Elena offensichtlich keine Mühe hatte, zunächst für Smalltalk zu sorgen. Sie entspannte sich, erzählte, dass sie endlich einmal mit einer Autorin zusammenarbeitete, die sich ohne großes Gezeter auf Änderungsvorschläge einließ, und schüttelte innerlich den Kopf über sich selbst. Nun mal halblang, dachte sie, bloß nicht nervös werden. Als der Cappuccino serviert worden war, wechselte Elena das Thema. Sie erkundigte sich eingehend nach Joys Trainingsschwerpunkten und ihren sportlichen Zielen und machte sich eifrig Notizen.

„Und dein Umfeld?“ fragte sie schließlich. „Wie haben die reagiert? Eltern, Freunde? Gab es Diskussionen?“

Joy stöhnte leise. „Na klar, meine Eltern waren ziemlich entsetzt.“ Sie sind es heute noch, fügte sie in Gedanken hinzu. „Ihre einzige Tochter boxt. Eine Tochter aus gutem Hamburger Hause“, sagte sie mit aufgesetztem Lächeln. „Meine Mutter ist Lehrerin und überzeugte Christin, mein Vater Zen-Buddhist. Sie können beide nicht damit umgehen. Aus verschiedenen Gründen.“

Elena schaute sie abwartend an, aber Joy entschied sich, es dabei zu belassen.

„Und dein Freund? Oder deine Freundin?“

Joy lächelte. Reizender Übergang und gar nicht ungeschickt. „Da lasse ich mir nicht reinreden. Von niemandem.“ Sie hatte Mühe, sich ein Grinsen zu verkneifen, und biss sich auf die Unterlippe.

„Das habe ich mir fast gedacht.“

Kurz darauf entschuldigte sich Elena und verschwand in Richtung der Toiletten. Sie ging flott, die braune Cordhose stand ihr gut. Joy schaute ihr einen Moment nach, dann fiel ihr Blick auf das Notizheft, das Elena liegengelassen hatte. Der Kugelschreiber lag quer über den aufgeschlagenen Seiten. Joy wusste, dass es nicht die feine Art war, aber sie machte trotzdem Stielaugen. Am Ende der Seite entzifferte sie: *Freundin?* Das Fragezeichen war sehr groß. Joy lächelte, und ihr wurde warm.

Elena kam einige Minuten später an den Tisch zurück, und plötzlich lag zarter Parfumduft in der Luft. Mandel-Pfirsich.

„Dank deiner Hilfe kann ich mir nun ungefähr ein Bild von boxenden Frauen machen – jedenfalls soweit es für ein Seminar nötig ist, denn meine Studentinnen und Studenten sollen ja auch noch was tun“, erklärte Elena.

„Halb so wild“, winkte Joy betont lässig ab, aber sie hörte selbst, dass ihre Stimme aufgeregt klang. Sie wusste nicht, wann eine Frau sie das letzte Mal so in Unruhe versetzt hatte.

Elena stützte ihr Kinn in die Hand, beugte sich vor und sah Joy in die Augen. Sie schmunzelte plötzlich. „Ich behaupte mal, dass sich das noch zeigen wird.“

Joy schluckte. Sie war rot geworden, und das passierte ihr nicht allzu häufig.

„Hast du Lust, dich am Wochenende mit mir zu treffen?“ fragte Elena. „Diesmal ohne Notizheft.“

Joy hatte Lust.

Am Samstagabend gingen sie zusammen essen. Elena kannte in Mitte einen guten Portugiesen, bei dem sie sich trafen und der für seinen hervorragenden Fisch bekannt war. Joy liebte Fisch, aber sie hätte sich auch mit Döner begnügt oder mit zwei Salatblättern. Das Lokal war klein und wirkte mit seinen kahlen Holztischen eher unscheinbar, aber der Wirt hatte einen wunderbar südländischen Akzent, zwinkerte ihnen charmant lächelnd zu und stellte sofort eine Kerze auf den Tisch. Das Essen war vom Allerfeinsten. Beim Nachtisch hörten sie auf, über Sport zu reden. Elenas Kenntnisse über den Fettstoffwechsel bei Ausdauerleistungen waren zwar genauso beeindruckend wie ihr Vorhaben, am nächsten Morgen in aller Frühe fünfundzwanzig Kilometer zu laufen, aber Joy stellte fest, dass sie immer faszinierter auf Elenas Lippen starrte und sich in ihren braunen Augen verfing, statt den sicherlich hochinteressanten Ausführungen zu folgen, und sie wurde das Gefühl nicht los, dass Elena es genau darauf anlegte. Joy lächelte, als Elena schließlich mitten im Satz abbrach.

Dann meinte sie: „Jetzt habe ich ohne Punkt und Komma nur über mein Lieblingsthema gesprochen – tut mir leid. Wenn ich da so richtig in Fahrt komme, bin ich kaum zu bremsen, wie du wohl unschwer mitgekriegt hast."

„Keine Sorge, das ist wirklich alles hochinteressant", gab Joy zurück und hoffte, dass ihre Stimme überzeugend klang.

Elena griff nach ihrem Glas und legte ihre Hand auf Joys. Joy zog sie nicht zurück.

„Es ist ein sehr schöner Abend", sagte Elena. „Und das Essen war wunderbar. Allerdings kann ich den Cappuccino hier nicht empfehlen und den Milchkaffee auch nicht." Elena fuhr mit dem Mittelfinger über Joys Handrücken und lächelte bedauernd.

„Nun, wir können ja noch ein bisschen weiterziehen", schlug Joy nach einer winzigen Pause vor, während die Berührung ein sanftes Kribbeln auslöste. „Oder bei mir noch was trinken. Ich mache sehr guten Milchkaffee."

„Davon bin ich überzeugt, und die Idee gefällt mir ausgesprochen gut", erwiderte Elena mit dunkler Stimme, und Joy wurde schwindlig, als sie sich vorstellte, dass Elena sich vorbeugte und sie küsste.

Sie bezahlten und brachen auf. Joy schlüpfte langsam in ihre Lederjacke, um ja nicht den Eindruck von Eile zu vermitteln, aber Elena wartete bereits an der Tür und hielt sie ihr auf.

Elena mochte ihren Milchkaffee mit geraspelter Schokolade, und Joy verstreute wenig später, als sie bei ihr zu Hause waren, ein halbes Pfund Schokoflocken bei dem Versuch, sie dekorativ auf dem Schaum zu verteilen. Sie war froh, dass Elena bereits im Wohnzimmer auf dem Sofa Platz genommen hatte, und atmete mehrmals tief durch, bevor sie mit dem Tablett hinüberging.

„Du hast eine schöne Wohnung", sagte Elena und kostete den Kaffee.

Joy setzte sich neben sie und stellte einen Teller mit Pralinen auf den Tisch. „Ja, ein richtiger Glücksfall. Früher habe ich sie mit einer Kommilitonin geteilt, aber als die schwanger wurde und zu ihrem Freund zog, habe ich festgestellt, dass es einige Vorteile mit sich bringt, allein zu leben."

Elena nickte. „Ohne Zweifel. Das ist auch meine Erfahrung. Und in Familie mache ich sicherlich nicht, jedenfalls nicht im üblichen Sinn." Sie blickte Joy von der Seite an.

„Und du?"

„Wohl kaum."

„Das habe ich mir beinahe gedacht. Also keine Männer?"

„Ich bevorzuge Frauen", antwortete Joy. „Aber ich hatte auch schon die eine oder andere Beziehung mit einem Mann." Das war ein bisschen übertrieben, klang jedoch nach einer Menge Erfahrung.

„Ich auch", nickte Elena. „Man sollte schließlich wissen, worauf man sich nicht mehr einlassen möchte."

Joy kicherte lauter, als nötig gewesen wäre. Elena stellte ihre Tasse ab und ergriff Joys Hände.

„Damit schlägst du also richtig zu", sagte sie leise, fast erstaunt und betrachtete sie eingehend. „Das kann ich mir gar nicht vorstellen. Sie sind ziemlich klein."

„Das sieht man in den Handschuhen nicht", erwiderte Joy, und sie fand die Bemerkung töricht, kaum dass sie ihr über die Lippen gekommen war.

Elena lachte, dann zog sie Joy unvermittelt in ihre Arme und legte ihre Wange an Joys. Joy wandte sich ihr zu. Ihr Herz hüpfte. Sie sah winzige Milchschaumflecken auf Elenas Lippen, roch ihren Atem, spürte ihre Hände auf dem Gesicht, den zarten Kuss auf dem Kinn, dann auf dem Mund. Ein suchender Mund. Eine vorsichtige Zunge. Sie küsste Elena die Milchreste von den Lippen und freute sich, dass ihr Körper sich so anfühlte, wie sie es erwartet hatte – straff und anschmiegsam. Aber sie riecht fremd, dachte Joy, als sie einander ausgezogen hatten, sinnlich. Elena ertastete und erkundete, sie packte zu, genoss jede einzelne Berührung und Bewegung, und ihre Augen waren weit geöffnet. Voller Neugierde, leise, darauf lauernd, Joys Reaktionen zu sehen, zu fühlen, zu hören. Ihr Keuchen war ein wildes Lachen, das durch ihren ganzen Körper bebte, als wollte sie Joy mitreißen. Sie flüsterte und lachte und schwitzte, und Joy war zugleich verblüfft und fasziniert, wie sehr Elena einfach nur genießen konnte, während in ihr selbst immer deutlicher das bange kalte Gefühl hochzusteigen begann, das auf ihr Herz drückte und es einschnürte. Wie schon so oft. Joy wunderte sich nicht darüber. Die Empfindung war eine alte Bekannte, die sich immer dann einmischte, wenn die Lust zu groß wurde. Wenn sich die Erregung tief in ihr auszubreiten begann und sich wie Lava verströmte, die sie ohne Halt mitzureißen drohte, während sie immer feuchter und verwundbarer wurde. Je stärker die Erregung, desto größer die Gefahr, mittendrin plötzlich die Einsamkeit zu entdecken, an einem unbekannten Ort zu erwachen und der Schalheit der abebbenden Erregung ausgesetzt zu sein. Allein. Sie zog Elena auf sich, zwischen sich und schmiegte sich in ihre Arme.

„Warte“, flüsterte die. „Warte noch.“

Joy zitterte und blendete sich aus, ließ ihren Körper, das Zimmer, die Wohnung hinter sich. Ein bewährter Trick, wenn die Erregung mächtiger wurde und sie auszufüllen begann. Für zwei, drei Momente legte sie einfach den Schalter um und war fort – beim Arbeiten, beim Einkaufen, in der U-Bahn. In einem anderen Zimmer, beim Blumengießen, auf dem Fahrrad, im Wald, ganz egal. Die Hitze ließ nach und mit ihr das beklemmende Gefühl der Hilflosigkeit. Sie hörte Elena stöhnen und lachen und stöhnte leise mit. Dann war alles vorbei, und sie schmiegten sich aneinander. So einfach war das.

Elena brach, wie angekündigt, mitten in der Nacht auf. Für den nächsten Morgen hatte sie einen langen Lauf vorgesehen, und

Joy konnte gut verstehen, dass sie ihre gewohnte Umgebung brauchte – ihren Tee, die Ruhe, das eigene Bad, vertraute Gerüche und Rituale. Sie stellte sich schlafend, als Elena sich mit einem Kuss verabschiedete.

Mittags klingelte das Telefon. Joy wusste, dass es Elena war, noch bevor sie den Hörer abnahm.

„Na, Läuferin, wie war dein morgendliches Training nach den wenigen Stunden Schlaf?“ begrüßte Joy sie überschwenglich. In ihren Ohren klang ihre Stimme mehr unsicher als erfreut, mehr flatternd als fröhlich, aber Elena überhörte es oder ging zumindest nicht darauf ein. Vielleicht wertete sie es auch einfach anders.

„Stell dir vor, ich bin unglaublich fit gewesen“, sagte sie. „Überhaupt nicht müde, eher sehr beschwingt. Na, rate mal, warum?“ Sie lachte leise. „Und ich bin die fünfundzwanzig Kilometer in zwei Stunden gelaufen.“

„Klingt so, als wärst du damit zufrieden. Das ist doch ein tolles Ergebnis, oder?“ fragte Joy.

Sie konnte Elenas Lauffaszination zwar nicht nachvollziehen, aber ihre Leistung beeindruckte sie. Sie selbst lief ab und an mal fünf, sechs Kilometer in unterschiedlichem Tempo, um ihre Grundlagenkondition zu erhalten und ihre Beweglichkeit zu schulen, selten auch mal zehn, für die sie ungefähr eine Stunde benötigte, und sie war jedesmal heilfroh, wenn sie diesen Teil bewältigt hatte und zum eigentlichen Training übergehen konnte. Doch von all dem abgesehen, war es gut, nach der ersten gemeinsamen Nacht ein unverfängliches Gesprächsthema zu haben und sich auf sicherem Terrain zu bewegen.

„O ja, wenn ich den Marathon so laufen könnte, hätte ich mein großes Ziel, unter drei Stunden dreißig zu bleiben, endlich erreicht“, erwiderte Elena.

„Das ist ja verrückt. Dreieinhalb Stunden rennen, um nach zweiundvierzig Kilometern ins Ziel zu kommen.“

Elena lachte. „Sicherlich nicht verrückter, als sich in einen Ring zu stellen und auf eine andere Frau einzuboxen."

Gut, dass sie nicht prügeln gesagt hat, dachte Joy.

„Und sonst?" schob Elena einen Moment später hinterher. „Wie geht es dir?"

„Hm, ganz gut. Das Restaurant sollten wir uns merken – der Fisch war ziemlich lecker, oder?"

„Nicht nur der Fisch."

Joy sah Elena vor sich, wie sie schmunzelte und ihr Grübchen zeigte. „Du meinst den Milchkaffee mit den Schokostreuseln?"

„Natürlich, was sonst?" Elena lachte, dann räusperte sie sich. „Also, um ganz deutlich zu werden – für mich war es ein toller Abend und eine schöne halbe Nacht. Eine wunderschöne halbe Nacht. Ich hoffe, für dich auch."

Joys Herz klopfte plötzlich schneller. Das klang nach einer versteckten Frage. Ein winziges Nachhaken. Vielleicht hatte Elena es doch gemerkt.

„Ja, natürlich", erwiderte Joy schnell. „Halbe Nächte sind meine besondere Spezialität." Das sollte eigentlich ein Scherz sein, aber sie konnte selbst nicht darüber lachen.

„Ist alles in Ordnung?" fragte Elena nach einer kleinen Pause, in der Joy förmlich zu sehen glaubte, wie sie die Antennen ausfuhr.

„Ja, natürlich, warum auch nicht? Ich habe nur eine dumme Bemerkung gemacht, einen Scherz, der bei dir wohl nicht angekommen ist."

„Du klingst auf einmal irgendwie merkwürdig", stellte Elena fest. „Sag es lieber gleich, wenn etwas an dir nagt. Vielleicht hast du es doch nicht so toll gefunden, dass ich mitten in der Nacht aufgebrochen bin?"

„Ach, Unsinn!" Joy versuchte es mit einem kleinen Lachen. „Das hatten wir doch besprochen. Und ich bin es gewohnt, allein in meinem Bett zu schlafen. Ich fühle mich sogar sehr wohl dabei."

„Aha."

„Ja, so ist es."

„Und du bist wirklich sicher, dass alles in Ordnung ist?" Elena ließ nicht locker.

„Wenn du weiter so herumstocherst, ist bald allerdings nichts mehr in Ordnung!" gab Joy ungehalten zurück. „Nun hör schon auf damit!"

„Wie du meinst."

Sie schwiegen beide einen Moment.

„Sehen wir uns wieder?" fragte Elena schließlich.

Joy biss sich auf die Unterlippe. „Klar, aber nächste Woche habe ich keine Zeit."

„Das trifft sich gut, ich nämlich auch nicht", entgegnete Elena. „Schick mir doch eine eMail, wenn du Zeit und Lust hast, dich mit mir zu treffen oder mit mir zu telefonieren."

„Mach ich. Bis dann. Tschüs!"

Joy legte den Hörer heftig auf, und plötzlich schossen ihr Tränen in die Augen.

4

Als es mit dem Frauenboxen in Deutschland so richtig losging, hatte ich bereits einige Jahre in der Mittelgewichtsklasse trainiert und gehörte zu den Frauen, die noch ziemlich schief angeguckt worden waren, um es zurückhaltend zu formulieren. Wenn dann jemand erfuhr, dass ich lesbisch war, passte es allerdings wieder ins Bild. Im Laufe der Zeit wurden einige Vorstellungen zurechtgerückt, aber nun war ich zu alt, um selbst noch in den Ring zu gehen. Doch ich weine dem nicht hinterher. Ich bin Trainerin, und es gibt kaum etwas Befriedigenderes für mich, als eine Frau auszubilden. Ihr zu zeigen, wo ihre Stärken liegen. Und ihre Schwächen. Zu spüren, wie ihr Verständnis wächst – für sich, die

Gegnerin und den Sport, und bei mancher entsteht ein fließender Übergang zwischen dem einen und dem anderen. Bei Joy war ich sofort hellwach. Sie hatte so viel Wut im Bauch, und wenn sich die Gelegenheit bot, schlug sie zu. Nach allen Regeln der Boxkunst. Sie konnte gar nicht anders, und ich war auf jede Trainingseinheit mit ihr gespannt. Aber den Zugang zu ihr habe ich nicht gefunden. Das hatte wohl nicht sein sollen.

Mit Nadine war es von Anfang an anders. Auch nach unserem Treffen und meiner Zusage, sie weiterhin zu trainieren, hoffte ich, dass sie einen Rückzieher machen würde. Normalerweise scheue ich keine Herausforderung, nur: Nadine passte so wenig in einen Boxclub wie ich zu *Holiday on Ice*. Doch ihre Beharrlichkeit imponierte mir. Es war offensichtlich immens wichtig für sie, bei ihrer Entscheidung zu bleiben und zu beweisen, dass sie kein verwöhntes Püppchen war und sich von niemandem bevormunden ließ. Ich kenne viele Frauen, die keine verwöhnten Püppchen sind, obwohl sie nicht boxen und umgekehrt, aber dieses Argument hatte für Nadine im Augenblick kein Gewicht.

Und sie verlor keine Zeit. Gleich zu Beginn der nächsten Woche stand sie wieder vor mir und hielt mit stolzem Lächeln ein Paar Boxschuhe hoch.

„Die habe ich mir gekauft", sagte sie.

„Die brauchst du im Moment nicht", erwiderte ich. „Zieh deine ganz normalen Hallenschuhe an."

Sie schluckte. „Okay, wie du meinst."

Eine Stunde jagte ich sie durch die Halle, und während sie Seil sprang, Gewichte stemmte, sich dehnte, streckte und aufs Laufband ging, kümmerte ich mich um zwei Boxerinnen, die Reaktionsübungen absolvierten, und eine weitere, die am Speedball trainierte. Dann schickte ich Nadine wieder an den Sandsack. Sie verzog keine Miene.

„Weißt du, was sehr wichtig ist, wenn man in den Ring geht?" fragte ich sie einige Minuten später, als sie unverdrossen, aber nach wie vor mit kaum wahrnehmbarer Kraft auf den Sack einschlug.

Sie schaute kurz zur Seite. „Nein, das weiß ich nicht. Ich könnte nur raten. Alles mögliche, wahrscheinlich."

„Es ist wichtig, seine Gegnerin zu kennen."

Nadine ließ die Fäuste sinken. „Aha, und wie soll das funktionieren? Man weiß doch nicht unbedingt, gegen wen man antritt – es sei denn, man ist Profi und bereitet sich lange auf einen ganz bestimmten Kampf vor."

„Box weiter", forderte ich sie auf, und sie schlug erneut zu.

„Wer ist jetzt deine Gegnerin?" fragte ich.

Wieder hielt sie inne. „Doch nicht etwa dieser Sandsack?"

Ich zuckte die Schultern. „Denk darüber nach."

„Das verstehe ich nicht", erklärte sie, als ich mich schon halb abgewandt hatte. „Was soll das alles? Ich will bloß auf dieses Teil hier einschlagen und in den Ring gehen, und du stellst mir merkwürdige Fragen." Sie war erbost. „Hast du Joy auch solche Fragen gestellt?"

Ich lächelte. „Natürlich."

„Und wie hat sie reagiert?"

„Sie hat mir an den Kopf geworfen, dass sie einen Vater hätte, der für solche Fragen und Spitzfindigkeiten, wie sie sich ausdrückte, zuständig sei und dass ihr beim Training nicht nach schlauen Sprüchen und Rätselraten zumute wäre." Und einiges mehr, aber das behielt ich für mich.

Nadine blickte mich neugierig an. „Und?"

„Nichts und. Vielleicht fängst du damit an, dem Sandsack einen Namen zu geben."

„Einen Namen?"

„Ja – Heinz, Gustav, Mario, Renate, Paula – was immer dir gefällt."

Nadine sah den Sandsack an. „Das gefällt mir nicht."

„Und warum nicht?"

„Ich weiß nicht. Es ist mir unangenehm." Sie schaute an mir vorbei.

„Finde heraus, warum. Es ist nur ein Sandsack, Nadine. Einer mit Namen. Oder lass es ganz bleiben."

Sie wandte den Kopf. „Den Gefallen tue ich dir nicht."

„Es geht nicht darum, mir einen Gefallen zu tun. Du willst boxen lernen, und ich bin die Trainerin."

Nadine wischte sich mit dem Arm über die Stirn. „Na schön. Ich finde das ziemlich albern, aber wenn du unbedingt willst, nenne ich ihn eben Fritz." Sie brachte einen zaghaften Schlag an. Und noch einen.

Ich drehte mich um und ließ sie allein.

Nach dem Training wartete ich vor der Halle auf Nadine, und sie schien nicht erstaunt, mich zu sehen.

„Hast du Lust auf ein Eis?" fragte ich. „Bei der Gelegenheit könnte ich dir auch noch ein wenig von Joy erzählen."

Sie zögerte einen Moment. Dann nickte sie. Wir fanden einen freien Platz in der Eisdiele um die Ecke und bestellten uns beide ein großes Eis mit Sahne. Es war noch angenehm warm, und die Leute genossen es offensichtlich, in T-Shirt und Bluse im Freien zu sitzen und zu plaudern.

„Joy hat sich wohl nicht besonders gut mit ihren Eltern verstanden?" bemerkte Nadine und löffelte ihr Eis.

„Nein. Sie ist sich zu Hause ziemlich überflüssig vorgekommen", antwortete ich.

„Und darum ist sie boxen gegangen?"

„Unter anderem. Sie entschied sich aus verschiedenen Gründen für diesen Sport – auch um zu provozieren und aufzufallen. Ihr Vater ist ein erfolgreicher Landschaftsarchitekt und Zen-Buddhist, und er hätte es viel lieber gesehen, wenn sie sich zum Beispiel mit Aikido oder Judo befasst hätte. Er hatte große Mühe, das Boxen zu respektieren", erzählte ich.

„Und die Mutter?" fragte Nadine und sah mich gespannt an.

„Sie ist Anfang letzten Jahres ganz unerwartet gestorben. Aber sie vertrat grundsätzlich die Meinung ihres Mannes, den sie, wie Joy meint, vorbehaltlos angehimmelt hat."

„Haben sie versucht, Joy das Boxen zu verbieten?"

Ich schüttelte den Kopf. „Sie war zwar erst siebzehn, doch ihre Eltern wussten, dass sie ihr in Kürze ohnehin nicht mehr reinreden konnten. Joy ist nach dem Abitur ausgezogen und hat früh ihre eigenen Entscheidungen getroffen. Der Kontakt zu ihren Eltern war dann lange Jahre sehr oberflächlich."

Nadine beugte sich vor. „Und das alles nur wegen des Boxens? Das ist doch albern."

Ich lächelte.

„Das kann ich mir nicht vorstellen. Da steckt doch noch mehr dahinter", fügte sie kopfschüttelnd hinzu.

„Nun, deine Mutter hat sich doch auch ziemlich ereifert, und wenn ich es richtig verstanden habe, ist eurer Verhältnis seitdem recht unterkühlt", gab ich zu bedenken und aß einen großen Löffel Mangoeis.

Nadine runzelte die Augenbrauen. „Es ging um Bernd."

„Bernd ist Boxer."

„Ja, aber ..." Sie schob ihr Eisschälchen beiseite. „Er gefällt ihr so oder so nicht."

„Also geht es gar nicht ums Boxen?" fragte ich und musterte sie. „Warum willst du dann unbedingt in den Ring?"

Nadine holte tief Luft. „Ich will beweisen, dass ich es kann. Dass ich nicht feige und verwöhnt bin, dass ich ..."

„Dass du was kannst?" unterbrach ich sie.

„Mich wehren, etwas alleine durchstehen." Sie räusperte sich, und plötzlich standen ihr Tränen in den Augen. „Zuschlagen. Ja, zuschlagen", wiederholte sie. „Meine Mutter hat gesagt, ich wäre als Kind nicht mal in der Lage gewesen, am Strand um meine Schaufel zu kämpfen oder mich zu wehren, wenn ich in der Schule angegriffen wurde. Nie, nie hätte ich mich gewehrt, immer nur nach Mama geschrien! Sie hätte ständig alles für mich geregelt, weil ich nicht dazu in der Lage gewesen wäre, sondern mir auf ihre Kosten ein bequemes Leben gemacht hätte."

Ich nickte langsam. „Du willst lernen zu kämpfen. Für dich zu kämpfen."

Nadine atmete aus. „Ja. Ist Joy eine Kämpferin?"

„Das ist sie. Und damals hat sie ständig gekämpft."

5

Zwei Wochen nach ihrer ersten gemeinsamen halben Nacht und dem anschließenden unerfreulichen Telefonat wartete Elena vor dem Club auf sie. Joy spürte ihren Herzschlag bis in die Zehenspitzen, als sie nach dem Training die Halle verließ und Elena an der Tür stehen sah. Ihr war plötzlich ganz elend vor Erleichterung.

„Überrascht?" fragte Elena und trat dicht vor sie.

„Doch ja, ziemlich."

Elena trug verwaschene Jeans und einen dicken irischen Wollpullover. Sie roch, als wäre sie gerade unter der Dusche gewesen, und sah sehr zufrieden aus. Ihr Grübchen war auch noch da. Sie hob eine Hand und strich Joy über die erst kürzlich geschnittenen dunkelblonden Haare.

„Sie sind richtig störrisch", sagte Elena lächelnd.

„Ja, passt zu mir, denkst du jetzt, oder?"

„So ungefähr."

„Und trotzdem bist du gekommen."

Elena zog sie an sich. „Ich für meinen Teil möchte unsere so vielversprechend begonnene Geschichte nicht einfach im Sande verlaufen lassen, schon gar nicht wegen eines missratenen Telefonats nach unserer ersten Nacht", flüsterte sie. „Und du? Hast du auch Lust auf einen neuen Anlauf?"

Joy nickte. Ihre Erleichterung war noch größer geworden. „Wunderbare Idee."

„Ich habe eine Pizza vorbereitet", sagte Elena. „Oder muss es unbedingt Fisch sein?"

Joy schüttelte rasch den Kopf. „Nein, nein, Pizza ist okay."

„Und eine Flasche Rotwein hätte ich auch. Hin und wieder ein Glas soll ja ausgesprochen gut fürs Herz sein – jedenfalls liest man das immer wieder", erklärte Elena eifrig. Sie sprach schnell, und Joy war froh, dass sie mit ihrer Aufregung nicht allein dastand.

Sie fuhren zu Elena nach Steglitz, und Joy taute zunehmend auf. Elenas Wohnung war kleiner als Joys, aber mit hellen Holzmöbeln und bunten Vorhängen gemütlich eingerichtet. Die Küche war groß, und die alte Anrichte gefiel Joy auf Anhieb. Sie aßen ausgiebig, und Joy bestand darauf, den Abwasch allein zu erledigen. Als sie fast fertig war, trat Elena hinter sie und drängte sich dicht an sie. Ihre Arme umfassten sie, und ihr Körper strahlte Hitze und Lust aus. Joy hielt sich mit beiden Händen an der Spüle fest, als Elena ihre Oberschenkel, ihren Bauch zu streicheln begann, zart in ihren Hals biss und nach kurzem Zögern Joys Hose und dann ihre eigene öffnete. Sie spürte Elenas Finger, ihren Venushügel an ihrem Po, bewegte sich mit ihr, und zugleich stellte sie sich vor, dass ihre Haut mit Rauhreif überzogen wäre. Soviel Leidenschaft, dachte Joy verblüfft und mit einem tiefen Gefühl der Zärtlichkeit, als Elena sich kurz darauf an ihr festhielt und ihr die Fingernägel in die Hüften krallte.

„Alles in Ordnung?" fragte Elena wenige Augenblicke später und küsste sie auf die Nasenspitze. Sie lächelte mit roten Wangen, einige Haarbüschel standen ihr über den Ohren ab. „Du hast wirklich einen knackigen Hintern, der mich ziemlich anmacht."

Joy nestelte an ihrer Hose und zog sie hoch. Sie suchte Elenas Gesicht nach versteckten Fragen und Zweifeln ab, entdeckte aber nichts und setzte eine verschmitzte Miene auf, während sie zwei

Schritte beiseite trat. „Und du kommst ja ganz schön schnell in Wallung – immerhin muss man ja berücksichtigen, dass du schon vierzig bist!"

Elena griff blitzschnell nach ihr, doch Joy war als flinkes Fliegengewicht um Sekundenbruchteile schneller und entwischte durch die Tür. Allerdings war Elena alles andere als langsam und nutzte den Heimvorteil schamlos aus. Joy hatte es lediglich ihrer Fitness und ihrer Reaktionsschnelligkeit zu verdanken, dass sie nicht schon im Flur eine Abreibung bezog, zumal sie sich vor Lachen kaum auf den Beinen halten konnte. So bekam Elena sie erst im Wohnzimmer zu fassen, und sie kugelten sich auf dem Teppich, bis Joy unten lag und prustend um Vergebung bat. Elena ließ sie plötzlich los und küsste sie.

„Ich habe mich verliebt", sagte sie.

„Was für ein Zufall", antwortete Joy. „Ich mich auch."

Diesmal verbrachten sie die ganze Nacht miteinander, aber Joy konnte lange nicht einschlafen.

Einige Wochen später ergatterten sie Karten für einen Auftritt der *Missfits* in der Columbiahalle, und nach zwei wunderbar albernen Stunden saßen sie im CAFÉ BILDERBUCH in Schöneberg zusammen und ließen die besten Sprüche und Gags der beiden Kabarettistinnen noch einmal Revue passieren. Joy amüsierte sich gleich noch mal so gut, wenn Elena sich förmlich ausschüttete vor Lachen. Sie wirkte dann sehr jung, frech, ungestüm, und ihre Souveränität und Gelassenheit traten dahinter ein wenig zurück, was Joy durchaus nicht unsympathisch war.

„Was wünschst du dir eigentlich von einer Beziehung?" fragte Elena, als sie sich ganz erschöpft vom Lachen über ihre Weingläser hinweg ansahen.

Joy grinste schief. „O je, nun haben wir soviel über missratene Männer und ihre allgemeine Beziehungsuntauglichkeit gehört, dass du auch uns gleich mal unter die Lupe nehmen möchtest?"

Elena schüttelte den Kopf. „Nein, nicht doch, die Frage war ernst gemeint. Was ist wichtig für dich?"

„Fang selber an."

„Halt, ich habe zuerst gefragt!"

Joy überlegte einen Moment. „Okay, so, wie es jetzt läuft, kann ich prima damit leben – wir haben viel Spaß zusammen, aber jede geht auch ihre eigenen Wege. Du wirst dir demnächst mal einen Boxkampf anschauen, ich will dich beim Halbmarathon im Ziel empfangen. Wir treffen uns, gehen ab und an zusammen weg, und keine schläft im Kino ein, weil ihr der Film zu öde ist, während die andere vor Begeisterung kaum stillsitzen kann. Ich mag Talkshows, genau wie du, aber deine Vorliebe für experimentelle Romane teile ich nicht, da sind mir meine Krimis und Lesbenromane lieber, und ständig Käsekuchen ist mir zu einseitig. Doch damit kann ich mich arrangieren." Joy rümpfte lächelnd die Nase. „Außerdem hab ich ja meine Gummibärchen. Und nun bist du dran."

Elena blickte sie lange an. „Um es auf einen kurzen Nenner zu bringen: Spaß, Sport und die individuellen Freiräume also."

Joy runzelte die Stirn. „So, wie du das jetzt zusammenfasst, klingt es irgendwie ... ja, nach Cluburlaub oder so – Ferienstimmung pur, ohne allzuviel Ernst. Viel Fun, mehr nicht. So habe ich das aber nicht gemeint."

„Wie hast du es denn gemeint?"

Joy schaute kurz zum Fenster hinaus.

Elena griff über den Tisch und nahm ihre Hände. „Na, was ist?"

Joy wandte sich ihr wieder zu.

„Das wollte ich dich auch gerade fragen", gab sie zurück. „Kann es sein, dass dir etwas fehlt und du darum so hartnäckig bohrst?" Sie hörte selbst, dass ihre Stimme scharf geworden war.

„Nein, im Augenblick nicht", erwiderte Elena. „Du brauchst dich nicht aufzuregen. Es gibt auch sehr ernsthaften Cluburlaub."

Sie lächelte. „Und wir werden sehen, was geschieht, wenn die Ferien um sind. Stimmt's?"

„Stimmt", sagte Joy nach einer kurzen Pause.

Es folgten einige Wochen auf rosaroten Wolken, und dennoch beschlich Joy hin und wieder und oft ohne erkennbaren Zusammenhang ein unbehagliches Gefühl. Sie schob es darauf, dass sie sich nach zwei Jahren ohne feste Partnerin erst wieder an eine Beziehung gewöhnen musste. Hinzu kam, dass Elenas Altersvorsprung deutlich zu spüren war und Joy die Ruhe und Selbstsicherheit, die Elena meist ausstrahlte, nicht nur als Stärke verbuchte, auf die sie sich bei Bedarf verlassen konnte, sondern oftmals als irritierend oder sogar provozierend empfand, weil sie mit ihrer eigenen aufbrausenden Art häufig den kürzeren zog. War das die Gelassenheit einer Frau, die ganz einfach über die jugendstürmischen Jahre hinaus war und ihre Erfahrung ins Spiel brachte? Oder konnte sich Elena nur besser kontrollieren und ähnelte darin Charlotte, mit der sie auch häufig genug aneinandergeraten war und die immer noch behauptete, dass Joy sich weigerte, ihre Wut anzusehen, und sich statt dessen immer wieder von ihr beherrschen ließ? Oder aber war Elena grundsätzlich eine ausgeglichene Persönlichkeit, die auch zwanzig Jahre zuvor nicht zu überschäumenden, heftigen Reaktionen geneigt hatte und sich köstlich darüber amüsierte, wenn jemandem genau das widerfuhr?

Im Bett ist sie alles andere als ruhig, dachte Joy an einem Samstagabend, als sie bei Elena waren. Da ist sie kaum zu bändigen. Hemmungslos lustvoll. Ein Vulkan. Erschreckend schön und gefährlich. Elena balancierte nach einem stürmischen Liebesspiel zwei Gläser Prosecco auf einem winzigen Tablett ins Schlafzimmer, und sie prosteten einander zu. Für *sie* stürmisch, dachte Joy.

„Wir sind übrigens eingeladen", sagte Elena. Sie trank einen weiteren Schluck, stellte dann ihr Glas ab und schlüpfte unter die Bettdecke.

Joy saß aufrecht auf ihrer Seite des Bettes und streckte die Beine aus. „Da bin ich jetzt aber gespannt."

„Von meinen Eltern. Zum Essen. Magst du Maischolle?"

„Maischolle?"

„Ja, du weißt schon – Fisch, Omega-3-Fettsäuren und so weiter. Meine Eltern haben draußen in Buckow ein Gartenhäuschen, und da wird pünktlich jedes Jahr im Mai angegrillt. Klingt bieder und sehr nach Vereinsmeierei, aber die Maischolle schmeckt ausgesprochen lecker. Und die Würstchen und die Steaks und die Folienkartoffeln kann ich nur empfehlen."

Joy drehte ihr Glas zwischen den Händen. Bisher hatten sie nur wenig über ihre jeweiligen Familien gesprochen, was ihr sehr recht gewesen war. Sie wusste, dass Elena sich gut mit ihren Eltern und dem zwei Jahre älteren Bruder verstand und dass die vier sich hin und wieder sahen, doch Joy hatte bislang nicht den Wunsch gehabt, mehr zu erfahren oder dort als Paar aufzutreten. Und nun gleich Maischolle im gemütlichen Familienschrebergarten?

„Oder ist Familienanschluss nichts für dich?" schob Elena hinterher und legte Joy eine Hand auf den nackten Oberschenkel. „Du kannst das ganz offen sagen. Ich hatte mal eine Freundin, deren Eltern ich nie zu Gesicht bekommen habe, und sie meine auch nicht. Wir waren über zwei Jahre zusammen." Elena zog die Schultern hoch. „So was soll es geben."

„Ja, klar – ich bin einfach erst mal nur überrascht. Fisch an sich ist in Ordnung. Ich darf dich an den Portugiesen erinnern?"

„Du darfst. Na, du kannst es dir ja überlegen – ein Problem sollte daraus nicht entstehen. Meine Eltern sind unkomplizierte, offene Menschen, und Björn würdest du bestimmt mögen. Er benimmt sich zwar immer noch wie siebzehn, aber was soll's – schließlich ist er ein Mann, und dafür wiederum ganz passabel." Elena lächelte breit. „Er ist inzwischen zum zweiten Mal verheiratet – mit einer ziemlich süßen Frau. Beim letzten Weihnachtsfamilientreffen habe ich Frauke so offensichtlich angeflirtet, dass Björn ganz unruhig geworden ist." Elena kicherte. „Es war mir ein Vergnügen." Sie setzte sich auf und griff nach ihrem Glas. „Und du und deine Familie? Stimmt mein Eindruck, dass ihr keinen besonderen Draht zueinander habt?"

Joy nickte. Mit der Frage hatte sie schon länger gerechnet.

„Der stimmt. Ich bin früh meine eigenen Wege gegangen", erwiderte sie.

„Hattet ihr viel Krach?"

„Nein. Krach gab es bei uns eher selten, und immer nur dann, wenn ich explodiert bin."

Elena zog eine Augenbraue hoch, was Joy aber geflissentlich übersah.

„Meine Eltern haben schon immer ein ausgefülltes Leben geführt", erklärte sie weiter. „Beruf, Hobbies, gute Freunde, soziales Engagement – meine Mutter arbeitet, seit ich zurückdenken kann, im Gemeindekirchenrat, mein Vater gibt nebenbei in irgendeinem Schülerladen Tai-Chi-Unterricht, und in Haus und Garten ist auch immer was zu tun. Jedenfalls sind die beiden neben ihren ohnehin anstrengenden Jobs ziemlich aktiv."

„Na, besser als wenn sie kaum aus ihren Fernsehsesseln hochkommen oder außer ihren Jobs kein anderes Gesprächsthema kennen." Elena rückte ein Stück zur Seite, um Joy besser ansehen zu können.

„Da hast du wohl recht", stimmte Joy zu und fügte nach einer kleinen Pause hinzu: „Und sie waren und sind sich fast immer einig. Ich bin Einzelkind und hatte oft das Gefühl, bei Auseinandersetzungen gegen eine geschlossene und durch nichts zu erschütternde Mauer der Einigkeit anzurennen. Dabei kann man sich ganz schöne Beulen holen."

Elena verschränkte die Beine. „Als Björn und ich noch klein waren, gab es mal eine Phase, in der meine Eltern sich viel gestritten haben. Das war sehr beängstigend, zumal die beiden zuvor meist ein harmonisches Paar gewesen waren. Und danach glücklicherweise auch wieder. Ich glaube, mein Vater hatte eine kleine Affäre." Elena schüttelte den Kopf. „Meine Mutter hat ihm wohl ganz schön die Leviten gelesen, und es hat, soweit ich das beurteilen kann, auch etwas genützt."

„Meine Eltern haben nicht gestritten. In meiner Gegenwart jedenfalls nie und sonst wohl auch nicht. Sie streiten mit allergrößter Wahrscheinlichkeit einfach nicht, so unglaublich das auch klingen mag. Wenn mal dunkle Wolken aufzuziehen drohen, sitzt mein Vater eine halbe Stunde extra auf seinem Kissen und lauscht seinem Atem. Und meine Mutter überlegt sich ihre Worte grundsätzlich zweimal, bevor sie das Risiko eingeht, etwas Unbedachtes zu sagen – jedenfalls zu ihm." Joy presste die Lippen aufeinander.

Elena wartete einen Moment, aber Joy fügte nichts mehr hinzu. „Hört sich ungewöhnlich an", bemerkte sie dann. „Was meinst du eigentlich damit, dass dein Vater auf seinem Kissen sitzt? Meditiert er regelmäßig?"

„Ja, er bezeichnet es nur anders – er ist Zen-Buddhist, und das schon seit ewigen Zeiten. Er sitzt einfach nur da, achtet auf seinen Atem und versucht, an nichts zu denken. Zazen eben. Ohne einen bestimmten Zweck. Manchmal gelingt es ihm, sagt er."

Elena musterte Joy aufmerksam. „Und – wie fandest du das? War es dir unheimlich?"

„Ich bin so groß geworden. Ich bekam erst in der Schule mit, dass andere Kinder nicht unbedingt so lebten wie ich. Da gingen die Väter zum Segeln oder ins Fitneßstudio oder sie waren Computerfreaks, Autonarren, Schachgenies oder ähnliches."

„War das so schlimm? Ich meine, ein wie auch immer meditierender Vater, Eltern, die sich meist einig sind – das ist durchaus bemerkenswert, klingt aber nicht zwangsläufig nach fürchterlicher Kindheit", wandte Elena behutsam ein.

Joy rang sich ein Lächeln ab. „Nein, das habe ich auch nicht behauptet. Ich bin behütet und umsorgt aufgewachsen und hatte Freiheiten, von denen andere nur träumen konnten, mal ganz davon abgesehen, dass es uns finanziell immer gutging, so gut, dass ich kaum je darüber nachgedacht habe."

„Und? Woran haperte es dann?"

Joy warf die Decke zurück, blieb aber sitzen. „Es ist ganz einfach, Elena – ich verstehe mich nicht besonders gut mit meinen Eltern. Das war noch nie anders. Die beiden genügen einander vollkommen. Und da ich trotz frühkindlicher Prägung weder ein Fan von östlichen Philosophien und Religionen geworden bin, noch ein kirchlich ausgerichtetes Leben führen wollte oder Zeit oder gar Lust hatte, auf irgendwelchen Kissen rumzusitzen und jedes Wort, das ich von mir gab, auf die Goldwaage zu legen, um ja niemandem schräg zu kommen, bin ich in meinem Elternhaus eine Außenseiterin geworden und immer geblieben. Fast immer jedenfalls."

Elena atmete angestrengt aus. „Hast du je versucht, mit ihnen darüber zu sprechen?"

Joy schwang die Beine auf den Boden und stand auf. „Es ist besser, wenn wir das Thema lassen, Elena. Ich denke, das Ganze ist für Außenstehende nur schwer nachzuvollziehen, und es klingt verdammt nach verwöhnter Göre, die auf Teufel komm raus ein Kindheitstrauma erlebt haben will. Ich sehe dir an, dass du genau das denkst, und ich mag mich nicht rechtfertigen für etwas, das du gar nicht nachvollziehen kannst."

„Stimmt, ich kann es nicht nachvollziehen. Aber du blockst so konsequent ab, dass du das Thema auch in dreißig Jahren noch mit dir herumschleppen wirst. Es ist die Frage, ob das sinnvoll ist", wandte Elena ein und streckte die Hand aus. „Komm zurück ins Bett und erklär mir, was bei euch los war."

Joy stand einen Moment mit verschränkten Armen da. Dann setzte sie sich langsam auf die Bettkante.

Sie schüttelte den Kopf. „Es ist sinnvoll für mich, das Thema auszuklammern", sagte sie mit betont ruhiger Stimme. „Ich telefoniere alle paar Wochen mit meinen Eltern – meistens ruft meine Mutter an –, und manchmal gehen auch zwei, drei Monate ins Land, ohne dass wir voneinander hören. Wir sehen uns höchstens zweimal im Jahr, und alle Beteiligten sind zufrieden damit. Die beiden machen ihr Ding, ich mache meines. Und ich fühle mich ausgesprochen wohl mit meinem Leben. Ich bin gesund und munter, mag meinen Job und bin nach wie vor eine ganz passable Boxerin mit immer noch gerader Nase. Außerdem entwickelt sich mein Liebesleben höchst vielversprechend ..." Sie brach ab, als Elena das ironische Lächeln, das sie auf ihr Gesicht gezaubert hatte, nicht erwiderte. „Was ist? Habe ich etwas Falsches gesagt?"

Nun lächelte Elena doch. „Nein, wahrscheinlich nicht. Aus deiner Sicht nicht."

„Bitte? Wie meinst du das?"

Elena legte Joy einen Arm um die Schultern und zog sie zu sich heran. „Lass es gut sein für heute. Wir reden ein andermal weiter."

Nein, dachte Joy, ich will sofort wissen, was sie meint! Sie entwand sich der Umarmung und starrte Elena an. „Was soll das denn? Nun rede schon! Erst merkwürdige Andeutungen machen, und dann das Thema fallenlassen wie eine heiße Kartoffel gilt nicht."

Elena lachte. „Ach, nee? Aber du kannst Themen fallenlassen, wenn es dir in den Kram passt?"

„Das ist etwas völlig anderes, und das weißt du auch!"

„Joy, wenn wir jetzt darüber reden, wo du derart aufgewühlt bist – weiß der Himmel, warum du immer gleich so an die Decke gehst –, fliegen wahrscheinlich die Fetzen."

„Das lass mal meine Sorge sein. Wenn du jetzt nicht augenblicklich deutlicher wirst, fliegen übrigens ohnehin die Fetzen!"

„Damit gehst du das Risiko ein, von dem Punch getroffen zu werden, der dich ausknockt."

„Der Satz hat dir gefallen, nicht wahr?" hielt Joy ihr entgegen. „Ich bin kein kleines Kind – rede endlich."

Elena atmete tief durch und setzte sich gerade hin. „Gut, wie du willst. Aber wir treffen eine Vereinbarung: Du flippst nicht aus, und du verlässt nicht Hals über Kopf die Wohnung, ist das klar?"

Joy verdrehte die Augen. „Meine Güte, was kommt denn jetzt? Du kannst meine Haare nicht ausstehen oder findest meine Füße eklig. Nein? Na gut. Wie wäre es damit: Du findest Boxerinnen total bescheuert und hast dich nur mit mir eingelassen, um für dein Seminar zu recherchieren – außerdem habe ich Pickel auf dem Rücken und rieche schlecht."

Elena ließ sie nicht aus den Augen. „Gilt die Abmachung? Ja oder nein?"

„Ja, verdammt noch mal!" presste Joy hervor. „Nun mach es nicht so spannend. Wo drückt der Schuh?"

„Der Schuh drückt im Bett", sagte Elena.

Joy brauchte zwei elendlange Sekunden, um ihr Erschrecken hinter einer gleichmütig-abgenervten Miene zu verbergen. Wenigstens war jetzt klar, worum es ging, und sie musste keine Energie mehr auf irgendwelche Spekulationen verschwenden. Ihr Herz hämmerte, als hätte sie zwei schwere Boxrunden hinter sich. Es ist ja nicht das erste Mal ..., dachte sie. „Ach? Und was genau drückt da?"

„Du bist eine attraktive junge Frau mit einem tollen Körper, ich bin sehr verliebt ..."

„Okay, okay, bei so viel Honig muss ja wohl ein ganz dickes Ding im Anflug sein", unterbrach Joy sie heftig. „Komm endlich zur Sache!"

Elena hob die Hände und ließ sie wieder sinken. Sie fixierten einander.

„Unsere Sexualität ist für mich nur teilweise befriedigend", sagte Elena nach einer Weile in die knisternde Stille. „Wir könnten einander bedeutend mehr geben."

„Nicht doch, wie darf ich denn das verstehen? Bislang hatte ich den Eindruck, dass du ganz zufrieden warst."

„Sex ist für mich mehr als Zärtlichkeit, Kuscheln und sich gegenseitig zum Höhepunkt bringen – mal schnell, mal etwas weniger schnell."

„Ach? Wonach ist dir denn zumute?"

Elena wollte nach Joys Hand greifen, doch die wich zurück und biss die Zähne zusammen. „Lass es gut sein und erklär mir, was du dir so vorstellst."

„Ich habe Spaß am Sex ..."

„Also doch! Na prima, worüber beschwerst du dich dann?"

Elena atmete tief durch. „Herrje, nun mach es uns doch nicht so verdammt schwer und lass mich ausreden!"

Joy verschränkte die Arme vor der Brust.

„Ich will sagen, dass ich grundsätzlich Spaß am Sex habe, auch an ausschweifendem Sex", fuhr Elena fort. „Und ich habe das Gefühl, dass das bei dir anders ist."

„Nun, glücklicherweise sind wir ja nicht alle gleich – das fände ich jedenfalls mehr als langweilig. Ich brauche es nicht ausschweifend, da gebe ich dir recht. Von vorne, von hinten, oben, unten, Hände, Zunge, ist das nicht ausschweifend genug? Was willst du denn noch? Irgendwelche heißen Spielchen?"

„Eigentlich nichts Besonderes, aber mehr Offenheit und ein bisschen mehr Leidenschaft von deiner Seite. Und Engagement. Ich habe nicht den Eindruck, dass du rasend begeistert bist, wenn wir zusammen sind. Manchmal habe ich sogar das Gefühl, es ist dir ganz egal, und das macht mich stutzig", sagte Elena mit plötzlich sehr sanfter Stimme, und Joy wünschte, sie würde sie nicht so aufmerksam betrachten.

„Ich beschwere mich nicht", gab Joy rasch zurück, und sie hörte selbst, dass ihre Stimme zitterte und wie die eines Kindes klang. „Ich bin auch nicht so anspruchsvoll. Zärtlichkeit ist für mich wichtig, die Nähe, das Aufeinandereingehen."

„Seit wir uns kennen, gehe ich auf dich ein“, sagte Elena. „Ich verführe dich regelmäßig, ich bin fast immer diejenige, die das Spiel eröffnet, und dann möchtest du, dass alles möglichst nach einem festgelegten und zügig durchgeführten Ritual abläuft: küssen, streicheln, mehr streicheln, erogene Zonen, Abrufen der Höhepunkte, wobei mir deiner übrigens meist alles andere als heftig vorkommt, kuscheln, einschlafen ...“

„Schon gut, schon gut, ich habe verstanden!“ fuhr Joy dazwischen. „Du findest es total langweilig, mit mir zu schlafen. Da bin ich aber froh, dass ich vor dir schon Frauen hatte, die diese Einschätzung nicht teilten.“

„Total langweilig stimmt ganz und gar nicht, aber ein wenig eintönig ist es schon, und ich möchte wissen, woran das liegt und ob wir es nicht ändern können“, versuchte Elena zu beschwichtigen. „Vielleicht gibt es ja ein Problem, das wir ...“

Joy sprang auf. „Das Problem habe nicht ich, sondern du. Überprüf du doch zunächst einmal deine *ausschweifenden Bedürfnisse*, bevor du mir irgendwelche Vorhaltungen machst!“

„Es bringt uns unglaublich weiter, wenn du jetzt einfach nur noch wild um dich haust! Warum können wir nicht wie zwei vernünftige Menschen miteinander reden?“ erwiderte Elena.

Joy konnte nicht länger nackt sein. Sie schlüpfte in ihre Jeans und zog den Reißverschluss mit einer schnellen, ruckartigen Bewegung hoch.

„Da gibt es nicht mehr viel zu reden“, sagte sie, und ihre Stimme vibrierte vor Zorn. „Vielleicht löst du das Problem, indem du dir eine andere Sexgespielin suchst, die offener ist und sich mehr engagiert.“

Elena stand ebenfalls auf. „Ich hoffe nur, du weißt wenigstens, was für einen Blödsinn du verzapfst!“

„Hauptsache, du weißt es, Frau Dozentin. Ansonsten wünsche ich dir noch einen schönen Abend und ein schönes Wochenende.“ Joy nahm ihren Rucksack und warf ihn sich über die Schulter.

Elena trat zu ihr. Sie war völlig eins mit ihrer Nacktheit. „Wir hatten eine Vereinbarung, Joy. So schnell setzt du dich über die Regeln hinweg?“

„Tue ich ja gar nicht. Ich breche nicht Hals über Kopf auf, ich verabschiede mich in aller Form, weil ich jetzt allein sein will. Das ist ein wesentlicher Unterschied.“ Sie lächelte mit geschlossenem Mund. „Du kannst dich dann noch in aller Ruhe mit deinen Bedürfnissen beschäftigen. Ich für meinen Teil brauche jetzt mein eigenes Bett.“

Ihre Blicke kreuzten sich. Im Ring möchte ich ihr jetzt nicht gegenüberstehen, durchfuhr es Joy auf einmal, und sie erschrak. Elena war klar und ruhig und verzog keine Miene. Sie wusste genau, was sie wollte.

„Wie du meinst“, sagte sie schließlich. „Gute Nacht.“

Joy verließ die Wohnung ohne ein weiteres Abschiedswort. Sie hastete die Treppen hinunter und schwor sich, Elena nie wiederzusehen.

6

Der Schwur hielt drei Wochen. In dieser Zeit fuhr Joy Gefühlsachterbahn und löschte sämtliche Mails, die Elena ihr schickte, ohne sie zu lesen. Sie badete abwechselnd in Zorn und Selbstmitleid, und sie wurde noch wütender, als sie merkte, dass sie Elena von Tag zu Tag schmerzlicher vermisste. Sie hatte unbändige Lust, sie eines Besseren zu belehren und ihr eindrucksvoll klarzumachen, dass sie alles andere als langweilig im Bett war, und zugleich war die kühle Gewissheit in ihr, dass sie sich kaum dieser Vorstellung hingeben konnte. Sie fühlte sich gedemütigt und beharrte darauf, recht zu behalten – im Bett spielten Zärtlichkeit und die gemeinsamen Wünsche die Hauptrolle. Andere Partner und Partnerinnen waren mit dem, was sie hatte geben können, auch zufrieden gewesen. Nicht alle, wandte eine kleine Stimme in ihr ein, aber schließlich waren unterschiedliche Vorstellungen nichts Ungewöhnliches, es kam nur darauf an, einen Kompromiss zu finden, und manchmal gelang das nicht. Elena hatte kein Recht, ihr ihre Bedürfnisse aufzuzwingen. Sexualität war für sie offensichtlich viel wichtiger als für Joy. Sie liebte die Abwechslung, das Ausschweifende. Joy brauchte das Konstante, Ruhige, Überschaubare – Rituale, auf die sie sich verlassen konnte und die ihr Sicherheit gaben. Boden unter den Füßen. Kontrolle, keine Überraschungen, was war denn so schlimm daran? Manchmal merkte jedoch jemand, wie sie sich ausklinkte, die Lust abwürgte, um den Halt wiederzufinden. Charlotte hatte es auch gemerkt und war zutiefst verletzt gewesen. Obwohl der Gedanke, bei ihr Trost zu suchen, verführerisch war – ihre Schulter war in diesem Fall nicht die richtige zum Ausweinen. Vielleicht liegt es am Alter, dachte Joy – ich brauche eine Freundin in meinem Alter, keine abgeklärte Vierzigjährige, die dauernd alles hinterfragt. Charlotte war sogar vierzehn Jahre älter gewesen.

Nach einer Woche, in der Joy zehn Stunden täglich an ihrem PC saß und zwei neue Aufträge an Land zog, war sie felsenfest davon überzeugt, dass Elenas Ansprüche und ihre Kritik vollkommen unangemessen waren und sie sich von einer Frau, die sie ohnehin kaum kannte, nichts einreden lassen sollte. Am Ende der zweiten Woche nahm sie sich vor, alsbald nach einer neuen Geliebten Ausschau zu halten und Elena augenblicklich zu vergessen. Nach drei Wochen gelangte sie zu der Einsicht, dass Sexualität ohnehin nicht so wichtig war und dass ihre Beziehung, wenn sie es behutsam angingen, auch als Freundschaft weiterbestehen könnte. Die Erfahrung hatte sie schließlich schon einmal gemacht. Es tat weh, war aber kein vollständiger Bruch, bei dem alles den Bach runterging. Joy wusste, dass sie die Angelegenheit nicht einfach auf sich beruhen lassen konnte, dazu war ihr Elena – trotz allem – zu wichtig geworden, und dieses Gefühl ließ sich bei aller

Verletztheit und Empörung nicht abwehren. Vielleicht würde sie sich auch eine gewaltige Abfuhr einhandeln, aber dann war die Sache wenigstens rasch und endgültig ausgestanden, und sie konnte sich immerhin sagen, es zumindest versucht zu haben.

Joy wusste, dass Elena am frühen Sonntagmorgen regelmäßig ihre Runden um den Schlachtensee drehte. Sie brauchte also nichts anderes zu tun, als zwischen neun und zehn Uhr an der Straße entlang der S-Bahn-Station zu warten. Elena stellte dort immer ihren Wagen ab. Sie würde verschwitzt zu ihrem Auto traben, ihre Wasserflasche und ein Handtuch vom Rücksitz fischen und einige Dehnübungen machen. Und in dem Moment würde Joy auftauchen. Sie könnte auch zur Uni fahren und sich dort in eines von Elenas Seminaren setzen – „Der Marathon und seine soziologisch-kulturelle Bedeutung in der modernen Zweierbeziehung" oder: „Didaktik für Speerwerfer, Teil II". „Psychologie für Geher" sollte auch ganz interessant sein. Sie grübelte zwei Tage und entschied sich dann für die Schlachtensee-Variante. In ihrer gewohnten Umgebung an der Uni war Elena womöglich noch selbstsicherer. Und wenn alles schiefging, konnte Joy sich wenigstens noch in aller Ruhe an den See setzen und die Sonne genießen.

Am nächsten Sonntag spazierte Joy um zehn vor neun die Straße am Schlachtensee entlang. Auf den ersten forschenden Blick konnte sie Elenas Auto nicht entdecken, und Enttäuschung und Erleichterung machten sich gleichermaßen in ihr breit. Dann entdeckte sie Elenas Wagen hinter einem Transporter und blieb unschlüssig stehen. Auf einmal schien es ihr ziemlich kindisch, Elena nach drei Wochen Sendepause abzufangen und gegenüberzutreten. Was sollte sie denn sagen? *Ach, hallo, auch hier in der Gegend? Was für eine Überraschung!* Quatsch. *Hallo, Elena, ich dachte, wir könnten noch mal über unsere verkorkste sexuelle Beziehung reden – scheint so, als wäre es die bessere Idee, wenn wir es ganz und gar sein ließen, Sex ist ohnehin nicht so wichtig, aber ab und an ein Treffen ist doch auch nett, oder?* Joy stöhnte leise auf. So ein Blödsinn!

„Guten Morgen, Joy."

Joy fuhr herum. Elena stand in kurzem Laufdress vor ihr und glänzte vor Schweiß. Ihr Atem ging schwer, und die kurzen Haare troffen vor Nässe.

„Sieht aus, als wärst du ein scharfes Tempo gelaufen", bemerkte Joy. Die Feststellung war so offenkundig ein Ausweichmanöver, dass sie Elena deren ironisches Lächeln unmöglich übelnehmen konnte.

„Ja. Das war mal wieder fällig", antwortete sie und schloss das Auto auf, um ihre Flasche zu holen. Sie trank, ohne den Blick von Joy abzuwenden.

„Ich nehme nicht an, dass du zufällig hier bist", fuhr sie fort, nachdem der erste Durst gelöscht war, und rieb sich das Gesicht und die Arme mit einem knallroten Handtuch ab.

„Nein, natürlich nicht."

Elena sah sie an und schwieg.

„Na ja, die Sache so sang- und klanglos im Sande verlaufen zu lassen finde ich doch irgendwie ziemlich daneben", sagte Joy schließlich, als offensichtlich war, dass Elena ihr die einleitenden Worte nicht ersparen würde.

„Stimmt. Aber ich kann dich wohl kaum dazu zwingen, auf meine Mails zu antworten."

Joy nickte rasch. „Können wir noch mal miteinander reden?"

„Gute Idee. Ich schlage vor, wir fahren zu mir und frühstücken zusammen. Ich muss dringend etwas in den Magen kriegen."

„Hört sich gut an", stimmte Joy zu, obwohl sie keinen sonderlich großen Appetit hatte.

Sie stiegen ein, und die Fahrt verlief schweigend. Aus Elenas Haaren perlten unablässig Schweißtropfen auf ihre Schultern, und Joy ertappte sich bei der Vorstellung, sie zärtlich wegzuwischen. Sie wandte den Kopf und schaute aus dem Fenster.

Elenas Kühlschrank war gut gefüllt, und Joy deckte den Tisch in der Küche, während Elena unter die Dusche ging. Eine Viertelstunde später saßen sie vor dampfenden Kaffeebechern, frischem Brot, Joghurt, Honig, Obst und Käse.

„Also, worüber genau möchtest du reden?" fragte Elena, nachdem sie ein großes Glas Ananassaft getrunken und ihren Vanillejoghurt gelöffelt hatte.

Joy biss sich auf die Unterlippe. Leicht machte Elena es ihr nicht. Vielleicht hätte sie doch in das Speerwerfer-Seminar gehen sollen. Sie drehte ihren Becher zwischen den Händen. „Ich meine, wir sind uns in einem Punkt nicht einig gewesen, aber ansonsten haben wir uns doch sehr wohl miteinander gefühlt, findest du nicht?"

Elena nahm sich eine Scheibe Brot, belegte sie dick mit Käse, und Joy sah, dass sie Mühe hatte, sich das Lachen zu verkneifen.

„Und was ist daran jetzt so amüsant?"

„Du hast eine hinreißende Art, die Dinge zu umschreiben, Joy. Was willst du mir denn mit diesen Worten sagen? Möchtest du zum Ausdruck bringen, dass du es schön fändest, wenn wir einen dritten Anlauf wagen würden? Aber was machen wir mit unserem Konflikt? Klammern wir ihn aus? Lassen wir ‚es' einfach sein?"

Joy schluckte. „Wäre das kein denkbarer Weg für dich?" fragte sie vorsichtig.

Elena legte ihr Brot auf den Teller. „Nein, Herzchen. Das ist kein denkbarer Weg für mich. Und für dich auch nicht. Lass uns den dritten Anlauf wagen und schauen, was in nächster Zeit mit uns geschieht. Ich werde dich nicht bedrängen, und du wirst nicht gleich die Kurve kratzen oder an die Decke gehen, wenn irgendwas nicht so läuft, wie du es kennst – egal, in welchem Bereich. Lass uns versuchen, behutsam miteinander umzugehen. Und neugierig. Können wir uns darauf einigen?"

Joy schwieg. Das klang vernünftig. Aufschub. Mal gucken.

Doch das Thema war damit nicht erledigt. Früher oder später würde es wieder zur Debatte stehen. Das wussten beide, und es behagte Joy nicht, aber sie hatte keine andere Wahl, sonst würde sie Elena verlieren, und zwar ganz. Das will ich nicht, dachte Joy, und ihre innere Stimme klang merkwürdig hell. Kindlich. Hilflos. Sie nickte langsam. „Ja, darauf können wir uns einigen."

Elena biss herzhaft in ihr Brot. „Na wunderbar, und nun schlage ich vor, dass du mal eine Kleinigkeit zu dir nimmst, sonst rutschst du von deinem Fliegengewicht demnächst runter in die Bantamklasse oder wie das heißt."

„Juniorfliegengewicht."

„Bitte?"

„Die nächst leichtere Klasse heißt Juniorfliegengewicht. Sie geht bis neunundvierzig Kilo. Davor ist nur noch das Strohgewicht bis gut sechsundvierzig Kilo."

„Wieder was dazugelernt", bemerkte Elena trocken. Sie reichte Joy den Brotkorb und lächelte. „Na komm, stärk dich. Wir haben noch einiges miteinander vor. Nicht dass du mir aus den Latschen kippst, bevor es überhaupt so richtig losgegangen ist."

Manchmal durchfuhr Joy der Gedanke, dass ihr eine Frist gewährt worden war, in der sich zeigen musste, ob ihre Beziehung etwas taugte, und die Vorstellung bedrängte sie. Es war ein Gefühl, als wäre sie an die Seile gedrängt worden. Dann suchte sie Streit, provozierte und wurde um so wütender, je weniger Elena darauf einging. In anderen Momenten fühlte sie sich ihr so nah, dass jedes Problem daneben verkümmern musste, und sie hätte nicht einmal sagen können, warum. Elena trieb sie auf die Palme mit ihrer abgeklärten Art, und zugleich genoss Joy die Ruhe und Wärme, die sie ausstrahlte. Ihr Lächeln, ihre Unbekümmertheit im Umgang mit ihrem Körper, ihre Aufmerksamkeit. Joy schaute ihr gern zu, wenn sie ihre Gymnastik machte, und sie amüsierte sich, wenn Elena sich nach einem langen Lauf hungrig wie ein

Wolf über ihre Nudeln hermachte, um im nächsten Moment entschuldigend hochzublicken. Im Bett waren sie beide auf der Hut. Keine wollte etwas falsch machen – Elena gab sich Mühe, Joy aus der Reserve zu locken, und Joy machte zwei Schritte nach vorn, ohne sich jedoch wirklich vom Fleck zu rühren. In der Hoffnung, dass Elena es nicht merkte, oder nur ein klein wenig und darüber hinwegsehen würde.

Vielleicht trennen wir uns ja doch demnächst, dachte Joy manchmal, und war verblüfft, wie schwer ihr das Herz wurde, kaum dass dieser Gedanke zu Ende gedacht war.

Im Sommer verreiste Elena allein in die Provence, weil Joy unerwartet den Auftrag für die Übersetzung zweier Kinderbücher bekommen hatte – eine Arbeit, die terminlich eng und nicht zwischen Strand und Liegestuhl zu schaffen war. Obwohl sie von morgens bis abends beschäftigt war und viel trainierte, gab es mehr Momente als ihr lieb war, in denen sie nicht nur große Sehnsucht nach Elena verspürte, sondern auch Verlustängste zu bewältigen hatte. Zweimal traf sie sich mit Charlotte, deren Freundin auch gerade verreist war und die gar nicht erst zu übertünchen versuchte, dass sie ihr lieber heute als morgen hinterherfahren würde. Zu Joys großer Freude rief Elena regelmäßig an und schrieb ihr jeden zweiten Tag eine Karte. *Die Französinnen sind ausgesprochen hübsch,* stand auf einer der letzten, *doch immer wenn ich mir eine näher betrachte, sehe ich plötzlich dich.*

Wenige Wochen später fand der Berliner Herbstmarathon statt, an dem Elena teilnahm. Ihre Vorbereitungsphase war nicht optimal gewesen, aber sie wollte trotzdem eine gute Zeit laufen und war in den letzten Tagen stetig nervöser geworden. Joy hatte sich schließlich dagegen entschieden, am Abend vorher bei Elena zu übernachten, die nur noch damit beschäftigt war, die Vollständigkeit ihrer Sportsachen zu überprüfen, abwechselnd Wasser und Tee zu trinken, Nudeln und Reis zu essen – Kohlenhydrate bis zum Abwinken – und auf die Toilette zu rennen. Nach einem kurzen Frühstück brach Joy am Sonntagmorgen auf, um Elena bei Kilometer dreißig zuzuwinken, bevor sie in Richtung Ziel weiterfahren würde. In der ganzen Stadt schien es niemanden zu geben, der nicht entweder lief oder den Laufenden zuschaute, Musik machte, anfeuerte oder mehr oder weniger fachkundige Bemerkungen von sich gab. Es war recht warm geworden, Samba-Trommeln waren an jeder Straßenecke zu hören. Wenn alles gut lief, würde Elena zwei Stunden und fünfundzwanzig Minuten für diese Etappe benötigen.

„Schneller darf ich bis zu diesem Punkt nicht sein", hatte sie Joy erklärt. „Dann fehlt mir fünf bis sieben Kilometer später die Kraft, und ich zockele wieder nur ins Ziel, wie es mir schon so oft passiert ist."

Elena war schneller. Joy sah sie in einem dichten Pulk mit anderen Läuferinnen und Läufern herankommen und stöhnte leise auf, nachdem sie einen Blick auf die Uhr geworfen hatte.

„Du bist zu schnell!" schrie sie Elena zu, nachdem sie sich durch Winken bemerkbar gemacht hatte.

„Ja, ich weiß. Drück die Daumen." Und weg war sie. In einem unglaublichen Tempo. Ich müsste wochenlang trainieren, um so lediglich ein paar Kilometer durchzuhalten, dachte Joy.

Elena kam nach drei Stunden und vierzig Minuten ins Ziel, eine Zeit, mit der sie alles andere als zufrieden war. Sie war hohlwangig vor Erschöpfung. Joy umarmte sie, massierte ihre Beine und brachte sie nach Hause.

„Warum?" fragte sie, als Elena in der Badewanne lag und Joy ihr die Haare einseifte. „Diese Schinderei – wozu?"

„Um das Ziel zu erreichen. Für mich. Ich denke, das kannst du verstehen."

„Ja, schon, aber bei mir ist nach wenigen Minuten alles vorbei. Du rennst dir stundenlang die Lunge aus dem Hals und bist immer noch nicht zufrieden."

Elena lachte leise auf. „So kannst du das nicht vergleichen."

„Na gut – wonach ist dir denn jetzt?"

Elena hob den Kopf. „Essen, trinken, schlafen, trinken, essen, und dann sehen wir weiter."

Später, als sie auf dem Sofa eingeschlafen war und Joy das Geschirr abgeräumt hatte, setzte sie sich leise zu ihr und betrachtete Elenas Gesicht. Die Anstrengung hatte ihre Spuren hinterlassen. Ich weiß eigentlich gar nicht viel von dir, dachte Joy erstaunt, nur ein paar Rahmeninformationen wie unkompliziertes Elternhaus mit einem Vater, der bis zu seiner Pensionierung Tontechniker beim Rundfunk gewesen war, und einer Mutter, die als Sekretärin in einer Werbeagentur arbeitete, ein Bruder; alle waren immer sehr sportlich gewesen; zwei langjährige Beziehungen, Freude am Beruf, an Sex und Erotik, Lauftalent, wunderschöne Augen, reizendes Grübchen. Plötzlich schlug Elena die Augen auf und schaute Joy an. Für einen winzigen Moment gab es nichts Trennendes zwischen ihnen. Dann erschrak Joy.

„Hab ich dich geweckt?" fragte sie und schüttelte die eigentümliche Trägheit ab, die sich über ihre Augen gelegt hatte.

„Aber nein." Elena hob die Hand und strich ihr über die Wange. „Du bewachst meinen Schlaf. Das ist schön. Weißt du was?"

„Was?"

„Ich liebe dich."

Über Weihnachten leistete Joy sich nach längerem Hin- und Herüberlegen zwei Wochen Urlaub auf den Malediven und schlug damit gleich mehrere Fliegen mit einer Klappe: Sie umging sämtliche Familienfeierlichkeiten, denn sowohl ihre als auch Elenas Eltern erwarteten oder hofften, dass ihre Tochter sich blicken ließ, gern auch mit Partnerin, und Joy konnte Weihnachtstrubel noch nie ausstehen. Sie würde Sonne tanken und sich von einem anstrengenden Jahr erholen. Elena hatte gegen ihre Pläne nichts einzuwenden gehabt, aber Joy war sicher, dass sie am liebsten mitgekommen wäre.

„Und Silvester feiern wir gemeinsam?“ fragte Elena, als sie Joy zum Flughafen brachte.

„Mit Sekt und Böllern und so?“

„O ja, da hätte ich Lust zu, immerhin steht der Jahrtausendwechsel an, und den möchte ich in netter Umgebung mit dir gemeinsam herunterzählen, dann wird geküsst und gejubelt und geschworen und versprochen. Aber jetzt genieß erst mal deinen Urlaub und amüsiere dich gut.“

„Wie gut?“ fragte Joy mit schelmischem Lächeln.

„Das musst du selbst entscheiden.“

„Puh, bist du wieder mal souverän und gelassen.“

Joy nahm Elenas Aufforderung, sich gut zu amüsieren, ernst. Sie flirtete, und es tat ihrem Selbstwertgefühl gut, dass es in ihrer Reisegruppe mindestens zwei Frauen und einen Mann gab, die im Gegensatz zu ihr durchaus daran interessiert gewesen wären, aus der oberflächlichen Plänkelei eine handfeste Affäre zu stricken. Doch trotz Sonne, Strand, kristallklarem Wasser, netten Leuten und jeder Menge Abwechslung vermisste sie Elena und freute sich zunehmend auf die Silvesterparty, obwohl sie sich normalerweise gar nichts aus Silvester machte.

Elena wartete mit einer Rose in der Hand in der Ankunftshalle auf Joy. Sie trug die braune Wildlederhose, die Joy so mochte, und eine dicke beigefarbene Jacke.

„Meine Güte, bist du braun!“ rief Elena und schloss Joy in die Arme. „Wie schön, dass du wieder da bist!“

Joy spürte, dass Elena in bester Verführlaune war. Sie hatte eine Flasche Champagner besorgt und konnte kaum die Augen von Joy lassen. Kaum waren sie in Joys Wohnung angekommen und hatten Reisetasche und Rucksack ins Schlafzimmer gebracht, zog Elena sie an sich, küsste sie und hielt sie fest umschlungen. Joy lachte leise, weil Elena sofort schneller atmete und vor Aufregung zitterte, und sie versuchte, sich vorzustellen, was in ihr vorging und wo die Hitze herkam, die sie ausstrahlte. Sie stürzt sich da einfach kopfüber hinein, dachte Joy. Kein Hinterher, kein Vorher, kein Halt, keine Deckung. Tief in ihrem Inneren begann es abrupt zu summen. Ein andauernder, unangenehmer Ton. Wie Tinnitus. Elena knöpfte Joys Bluse auf, öffnete ihre Hose. Joy lächelte und blendete sich aus. So unauffällig wie möglich. Es soll schön für Elena sein. Leidenschaftlich, ausschweifend. Als sie nackt auf dem Bett lagen, hielt Elena plötzlich inne. „Was ist mit dir?"

Joy zwinkerte. „Was soll sein?"

„Du bist überhaupt nicht bei der Sache. Kann es sein, dass du müde bist und dich ausruhen möchtest? Oder gibt es etwas anderes, worüber wir sprechen sollten?"

Joy setzte rasch ein zerknirschtes Lächeln auf. „Nein, nein, ich bin ziemlich müde und wollte dich nicht enttäuschen."

Elena stützte den Kopf in die Hand.

Guck doch nicht so, dachte Joy, dieser Blick macht mich verrückt. Er verrückt etwas in mir. Lass das!

„Schlaf nicht mit mir, wenn du nicht in Stimmung bist, okay?" sagte Elena nach einer Weile. „Davon hat keine von uns etwas."

Joy nickte. Wenn du wüsstest, dachte sie. Als Elena aus dem Zimmer gegangen war, damit sie sich ausruhen konnte, legte sie sich auf den Rücken und starrte die Decke an.

Das neue Jahr begann für Joy mit viel Arbeit und einer heftigen Grippe, die sie völlig außer Gefecht setzte. Sie brauchte über zwei Wochen, um wieder auf die Beine zu kommen, und konnte zu ihrem dreißigsten Geburtstag lediglich mit Orangensaft anstoßen. Als sie ihren ersten flotteren Spaziergang an Elenas Seite hinter sich gebracht hatte, zitterten ihre Beine. Sie tranken gerade schlückchenweise heißen Zitronentee, den Elena gekocht hatte, als das Telefon klingelte.

„Hallo, Joy, ich bin's, dein Vater", sagte Simon. „Ich hoffe, es geht dir gut."

„Hallo“, sagte Joy überrascht. Ihr Vater rief überaus selten an. „Es geht gerade wieder aufwärts mit mir, nachdem mich die Grippe umgehauen hatte.“

„Damit sollte man nicht spaßen.“

„Tu ich auch nicht. Bei euch alles in Ordnung? Wie geht's Mama?“

Simon räusperte sich. „Nicht so gut wie sonst. Deswegen rufe ich an. Deine Mutter muss sich einer Bypass-Operation unterziehen. Das ist zwar ein Routineeingriff, wie uns der Arzt versicherte, aber eine Operation ist nun mal immer mit einem Risiko verbunden.“

Dorothea und eine Bypass-Operation? Das passte überhaupt nicht zusammen. Sie trank nur wenig Alkohol und ernährte sich vernünftig, sie rauchte seit ihrer Jugend nicht mehr und war schlank. Joy schluckte. „Wann hat sie denn bemerkt, dass etwas nicht stimmt? Mama hatte doch, soweit ich weiß, nie Probleme mit dem Herzen.“

„Ihr war in letzter Zeit häufiger mal schwindelig, und sie fühlte sich nicht so wohl wie sonst. Darum hat sie sich gründlich untersuchen lassen.“

„Kann ich sie sprechen?“

„Im Moment schläft sie“, erwiderte Simon rasch. „Sie selbst wollte dich gar nicht beunruhigen, aber ich dachte mir, du solltest von dem Eingriff erfahren. Vielleicht rufst du sie noch mal an.“

„Ja, sicher, das mache ich. Danke, dass du mir Bescheid gesagt hast. Wann ist denn die OP?“

„In zwei Tagen.“

Joy überlegte kurz. Sie war noch zu zittrig, um mal eben rasch nach Hamburg zu fahren. Es war besser, sie wartete noch ein paar Tage und besuchte ihre Mutter dann im Krankenhaus.

„Gut. Ich melde mich morgen. Bis dann“, verabschiedete sie sich von Simon.

Elena schaute sie abwartend an. „Ist es sehr schlimm?“

Joy erläuterte kurz, was ihr Vater berichtet hatte. „Ich fahre hin, sobald ich wieder fit bin“, fügte sie hinzu.

„Wenn ich es zeitlich einrichten könnte, würde ich dich ja begleiten“, sagte Elena. „Schade, dass ich ausgerechnet nächste Woche auch unterwegs bin.“

Elena brütete seit Wochen über einem Vortrag zum Thema „Ausdauersport im Alter“, den sie anlässlich eines sportmedizinischen Kongresses in Köln halten würde, und Joy war nicht unglücklich darüber, dass sich das Thema eines gemeinsamen Auftritts bei ihren Eltern damit zunächst erledigt hatte. Elenas Eltern waren ausgesprochen reizend und völlig unkompliziert, und Joy war inzwischen gern hin und wieder Gast bei ihnen, aber ein Auftritt als Paar im Haus ihrer Eltern – nein. Der Gedanke war ihr zumindest im Moment unangenehm.

Elena lächelte leicht ironisch. „Das scheint dich ja fürchterlich mitzunehmen.“

Joy lachte. „Schon gut, ich kann mich schlecht verstellen. Hab Geduld mit mir, okay?“

„Aber ja doch, immer.“

Joy sprach am nächsten Tag kurz mit ihrer Mutter, die recht munter auf sie wirkte, obwohl sie sich natürlich Sorgen machte und aufgeregt war. Aber wer wäre das nicht? Joy war schon nervös, wenn sie einen Zahnarzttermin hatte.

„Ich besuche dich dann, Mama“, sagte Joy abschließend. „Alles Gute. Ich drück ganz fest die Daumen.“

„Ja, Liebes. Ich danke dir. Bis die Tage. Vielleicht rufst du deinen Vater mal an.“

Vielleicht, dachte Joy, vielleicht auch nicht. „Kopf hoch, Mama, es wird schon schiefgehen.“

Simon rief am darauffolgenden Abend an. Er sprach so leise, dass Joy ihn kaum verstehen konnte. Und sie begann erst eine halbe Stunde später zu begreifen, was geschehen war.

7

Einige Wochen nachdem wir zusammen in der Eisdiele gewesen waren, entschied ich mich, mit Nadine eine Übung im Ring auszuprobieren.

„Bist du warm?“ fragte ich.

Nadine nickte und pustete eine Haarsträhne, die ihr immer wieder ins Gesicht fiel, beiseite. „Na klar.“

„Dann komm mit.“

Ich hatte mir einen schweren Lederball unter den Arm geklemmt und ging voraus. Nadine folgte mir mit schnellen Schritten, zögerte einen Moment, als sie sah, dass ich in den Ring kletterte, tat es mir dann aber nach.

„Und nun?“ fragte sie und schaute mich unsicher an. Ihr Blick wanderte von dem Ball in meinen Händen zu meinem Gesicht und zurück.

„Stell dich ungefähr einen halben Meter vor die Seile“, sagte ich und nahm ihr gegenüber Aufstellung. „Fang den Ball und wirf ihn wieder zurück.“

Ich warf ihn ihr mit beiden Händen zu, und sie fing ihn mühelos auf. Dann warf sie, und ich fing. Das ging einige Male problemlos hin und her. Ich begann, mit mehr Schwung zu werfen, und ließ sie laufen.

„Was wird das?“ fragte sie schließlich leicht außer Atem, aber sichtlich gelangweilt. „Brennball im Ring?“

Ich holte weit aus und schleuderte den Ball kraftvoll zu ihr hinüber. Sie taumelte zwei Schritte zurück, als sie ihn fing, und starrte mich erschrocken an.

„Wirf zurück“, sagte ich.

Der Ball landete sanft in meinen Händen. Wieder warf ich ihn mit voller Wucht zur ihr hinüber, und sie wäre fast in die Knie gegangen. Der Rückwurf blieb zahm. Der nächste Wurf hätte sie fast umgerissen, doch der Ball trudelte nur zu mir zurück. Der übernächste traf sie an der Schulter, und der Ball fiel zu Boden. Sie hob ihn auf und starrte mich an.

„Das ist ein ziemlich eigenartiges Spiel“, sagte sie. „Wofür soll es gut sein?“

Ich zuckte die Achseln. „Findest du? Es trainiert Beweglichkeit, Reaktionsfähigkeit und die Schultermuskeln. Außerdem bekommst du ein Gefühl für die Abmessungen des Ringes. Und für einiges andere mehr. Ist das etwa nichts?“

„Doch, schon ... nur ...“ Sie schaute auf den Ball und dann zu mir hinüber.

„Wirf!“ sagte ich.

Nadine holte mit beiden Armen seitwärts aus und schleuderte mir den Ball vehement entgegen. Ich fing ihn und lächelte. Wenig später schickte ich sie an den Doppelendball, einen mit elastischen Seilen an Decke und Boden befestigten Ball, und ich beobachtete, wie sie ihre Fäuste benutzte und zum ersten Mal zuschlug. Ihr Gesicht war angespannt. Ich war zufrieden.

„Du hast letztens erzählt, dass Joys Mutter sehr plötzlich gestorben ist“, bemerkte Nadine, als sie eine kleine Pause einlegte und etwas trank.

„Ja. Sie war immer kerngesund. Niemand hat damit gerechnet.“

„Das ist schlimm ... Ich meine, es ist wohl immer schlimm, wenn ein Elternteil stirbt, aber wenn man sich nicht verabschieden kann, ist der Schock bestimmt besonders groß.“ Sie blickte mich an. „Sie hatten wohl keine Gelegenheit mehr, miteinander zu reden?“

Ich schüttelte den Kopf.

Es gab nur einen Brief, über den Joy anfangs vollkommen entrüstet gewesen war, doch das erwähnte ich zunächst nicht.

„Sie haben sich nie ausgesprochen“, stellte Nadine fest, und ich sah ihr an der Nasenspitze an, dass sie an ihre eigene Mutter und ihren Streit dachte. Sie stellte die Wasserflasche beiseite und streifte sich die Boxhandschuhe wieder über. „Das würde mich ganz schön umhauen, aber eine Kämpferin wie Joy hat sich wohl nicht so leicht erschüttern lassen."

„Wie kommst du darauf?" fragte ich.

„Nun, ich stelle mir vor, dass eine forsche Boxerin selbstsicher ist, mit besonderen Situationen besser klarkommt und wenig Angst hat."

„Ja, diesen Eindruck haben viele", gab ich zu.

Nadine hielt inne. „Aber er stimmt nicht?"

Ich schüttelte langsam den Kopf. „Ganz und gar nicht." Weder im Ring noch außerhalb, fügte ich in Gedanken hinzu. „Und nun geh noch eine Runde an den Sandsack."

8

Wie trauert man eigentlich, dachte Joy in den Tagen nach der Beerdigung ihrer Mutter immer wieder. Indem man das entsetzlich leere und unwirkliche Gefühl zulässt, einen Menschen unwiderruflich verloren zu haben? Oder sich mit aller Kraft dagegenstemmt und diesem Gefühl nur hier und da Raum gibt, weil einem gar nichts anderes übrigbleibt? Zum ersten Mal erlebte Joy auch Elena verunsichert und fern jeglicher Gelassenheit. Mit Krankheit, Tod und Trauer hatte sie sich bislang noch nicht sehr viel auseinandersetzen müssen, und sie war vor Schreck ganz stumm geworden, als Joy sie angerufen und vom Tod ihrer Mutter erzählt hatte. Nach ihrer Rückkehr aus Köln hatte sie Joy angeboten, zunächst ein paar Tage zu ihr zu ziehen oder doch zumindest bei ihr zu schlafen, doch Joy lehnte ab. Sie nahm, soweit es irgend ging, ihr normales Leben wieder auf, setzte sich morgens an den Schreibtisch, vergrub sich in die Arbeit, in den Klang fremder Sprachen, den sie so liebte, ging zum Training, traf sich mit Elena, telefonierte, ließ sich von Charlotte zum Essen einladen, surfte im Internet ... Die Trauer überfiel sie in den unmöglichsten Situationen – wenn sie in der Badewanne lag oder den Abwasch erledigte, ein Buch suchte oder die Pflanzen goss, in der S-Bahn saß, Stimmen im Hausflur vernahm, eine so hell wie die von Dorothea, einen Film sah, in dem jemand mit Hamburger Akzent sprach, Gerüche ... wenn ihr der Brief plötzlich wieder einfiel, dessen Existenz sie immerhin soweit verdrängte, dass ihr der Inhalt des Schreibens zwar wie ein aufwühlendes, aber doch lange zurückliegendes Anliegen vorkam. Kindheitserinnerungen überfluteten sie: angenehme, unangenehme, ein uralter Streit, ein Fest, Dorotheas Lächeln, das sie so oft gesucht, um das sie gekämpft hatte, früher jedenfalls. *Geh spielen, Schatz, und sei leise, dein Vater arbeitet, dein Vater meditiert ... Nein, Liebes, dein Vater und ich brauchen etwas Zeit für uns, nun schau doch nicht so trotzig* ... Die Szenen spulten sich in Zeitlupe ab, und es tat so weh, dass Joy sich nichts sehnlicher wünschte als ein Ende dieser Zeit. Der Schmerz ebbte allmählich ab, doch die Erinnerungen ließen sich nicht abschütteln, sie schienen sich eher noch zu vermehren und zu verdichten.

Joy nahm den Brief Wochen später wieder in die Hand, als sie ihre Schreibtischschubladen nach einem grünen Filzstift durchstöberte, um den Elena sie gebeten hatte. Sie zögerte, als Elena genau in dem Moment den Kopf zur Tür hereinsteckte.

„Na, fündig geworden?“ fragte sie.

Joy öffnete eine weitere Schublade und fand den Stift. Sie gab ihn Elena. Der Brief lag immer noch auf dem Schreibtisch. *Für Joy* stand auf dem Umschlag. Elena trat neben sie.

„Ist dir ein alter Brief in die Hände gefallen?“ fragte sie.

„So alt ist der noch gar nicht“, antwortete Joy. „Ein paar Wochen erst. Er ist von meiner Mutter.“

„Ihr letzter Brief an dich?“

„Ja, sie hat ihn direkt vor der Operation geschrieben.“

Elena musterte ihr Gesicht. „Für den Fall der Fälle?“

Joy zog die Schultern hoch. „Mag sein, wobei ich nicht annehme, dass sie wirklich mit ihrem Tod gerechnet hat. Dennoch war es natürlich eine besondere Situation für sie, und obwohl nichts zu befürchten war, hat sie sich einiges von der Seele geschrieben. Ich schließe aber nicht aus, dass sie mir den Brief auch gegeben hätte, wenn alles gut verlaufen wäre. So hat mein Vater ihn mir nach der Beerdigung überreicht, und ich habe ihn nach dem ersten Lesen zunächst einmal beiseite gelegt."

Elena strich ihr über die kurzen dunkelblonden Haare und ließ ihre Hand dann auf Joys Nacken liegen. „Möchtest du darüber sprechen?"

„Ach, da gibt es nicht allzuviel zu erzählen. Meine Mutter war in einer sehr nachdenklichen, melancholischen Stimmung und hat vor allen Dingen eine Geschichte aus ihrem Leben Revue passieren lassen, die ihrer Meinung nach nicht so gut verlaufen ist und bei der sie sich eine Veränderung wünschte."

Elena zog einen Hocker heran und setzte sich. Joy lehnte sich an die Schreibtischkante und verschränkte die Arme vor der Brust.

„Es hat ihr schwer auf der Seele gelegen, dass mein Vater und ich so ein distanziertes Verhältnis haben, an dem sie nichts ändern konnte", erklärte sie. „Schwerer, als ich vermutet hätte. Sie konnte besser damit umgehen, dass sie selbst keinen guten Draht zu ihrer Tochter hatte, als sich mit der Tatsache abfinden, dass es zwischen Simon und mir eher lau aussah. Ich wusste, dass sie sich immer eine Annäherung zwischen uns gewünscht hat, aber ... na ja, mir war nicht bewusst, dass ihr die ganze Geschichte so ernst war – wie auch? Dazu haben wir uns zu wenig miteinander beschäftigt. Offenbar hat sie sehr deutlich gespürt, dass mein Vater diese Situation als unbefriedigend empfand, und sie konnte es noch nie ertragen, wenn Simons Bedürfnisse nicht erfüllt wurden." Joy schüttelte den Kopf. „Obwohl ich mit so einem Brief nicht gerechnet hatte, ist er doch ziemlich typisch für meine Mutter."

„Inwiefern?“

„Er spiegelt ganz klar ihr Lebensmotto wider: Simon. Selbst nach ihrem Tod will sie noch alles für ihn richten.“

Elena atmete tief ein. „Du hast mal erzählt, dass die beiden sich immer ziemlich einig waren. Sie war wohl sehr glücklich mit ihm?“ bemerkte sie dann leise.

„Ja.“ Joy stieß sich vom Tisch ab. „Das war sie. Sie hat ihn angehimmelt. Ohne Wenn und Aber. Und nun wäre es ihr am liebsten, wenn ich als Tochter zu meinem Vater eile und ...“ Sie biss die Zähne zusammen. „Aber ich lebe mein Leben und er seines. So ist das nun mal. Und Simon käme gar nicht auf die Idee, so was von mir zu fordern.“

„Hat deine Mutter von dir gefordert, dass du dich um deinen Vater kümmern sollst?“ fragte Elena.

„Nicht im klassischen Sinne und keineswegs so direkt, aber indirekt schon. Sie hat den Wunsch geäußert, dass ich ... tja, uns beiden noch mal so was wie eine Chance gebe.“ Joy trat ans Fenster. „Sie schlägt ganz konkret vor, dass ich mir ein paar Wochen Zeit für ihn nehme – dass ich zu ihm fahre und bei ihm wohne, mit ihm rede und so weiter und so fort.“

„Sie möchte, dass du einen Schritt auf ihn zu machst?“

„Ja, genau.“

„Und das ist für dich ein ganz und gar abwegiger Gedanke?“ Elena stützte die Hände auf ihre Knie und ließ Joy nicht aus den Augen.

„Was heißt schon abwegig? Es ist sinnlos. Schlicht und ergreifend sinnlos, weil nichts dabei herauskommen würde außer Verdruss und alte Geschichten. Und das ist auch für meinen Vater nichts: Vergangenes ist schlichtweg vorbei.“

„Du willst also die Sache auf sich beruhen lassen? Den Brief ad acta legen und wieder zur Tagesordnung übergehen?“

„Wenn ich ehrlich bin: Das wäre mir das liebste.“

Elena stand auf und trat zu Joy. „Ich kenne deine Eltern nicht persönlich, und du hast nur wenig von ihnen erzählt, aber ich vermute trotzdem, dass du irrst, wenn du davon ausgehst, dass deine Mutter mit diesem Wunsch ausschließlich an deinen Vater gedacht hat. Sie war bestimmt überzeugt, dass es auch dir gut täte, die Beziehung zu ihm zu klären, was ja nicht unbedingt heißen muss, dass ihr beiden nun von morgens bis abends irgendwelche Konflikte aufdröselt. Oder willst du ihr das völlig absprechen?"

„Ich will gar nichts. Ich will nur meine Ruhe", sagte Joy. „Die sollen mich beide einfach nur in Ruhe lassen. Verstehst du?"

„Ja, aber so einfach dürfte das wohl nicht sein."

Joy lehnte ihren Kopf an Elenas Schulter. „Wäre ich bloß hingefahren, als mein Vater mich über die Operation informiert hat. Wir hätten sicherlich über das Thema gesprochen, und es wäre ein für allemal ausgeräumt worden."

Elena schlang die Arme um sie. „Tja – hätte, könnte, sollte. Auch wenn du mir das jetzt übelnimmst, Joy – ich finde, dass du den Wunsch deiner Mutter nicht einfach ignorieren kannst, und zwar deinetwegen! Die Geschichte wird dir ewig nachhängen, wenn du so tust, als hättest du den Brief nie erhalten. Du kannst dich nur davon lösen, indem du handelst."

Job hob den Kopf. „Und tue, was meine Mutter will?"

„Nein, indem du tust, was dir möglich ist. Mehr kann niemand von dir verlangen."

„Hört sich richtig weise an – und was genau meinst du damit?"

„Fahr zu deinem Vater, für ein Wochenende zum Beispiel, und rede erst mal mit ihm über den Brief, falls die Situation es zulässt", schlug Elena vor. „Wenn nicht, na, dann eben nicht. Dann hast du es aber wenigstens versucht. Ich gehe jede Wette ein, dass du dich dann besser fühlst."

Joy stöhnte leise. „Genau so einen Vorschlag habe ich von dir befürchtet."

„Na komm – es gibt Schlimmeres. Was hältst du davon, wenn wir gemeinsam fahren? Mal ein norddeutsches Wochenende wäre ganz nach meinem Geschmack."

Darauf konnte Joy nicht sofort antworten. Elena in ihrem Elternhaus? Zusammen mit ihr und einem wahrscheinlich tief trauernden Simon? Vielleicht gerade deshalb. Sie war dann nicht so allein in dieser vertrauten und doch zugleich fremden, gefühlsbeladenen Atmosphäre. Davon abgesehen wusste sie, dass Elena mit ihrer Einschätzung recht hatte. So sehr die Einmischung ihrer Mutter sie bei aller Trauer auch empörte – sie konnte nicht so tun, als hätte es keinen Brief gegeben, der nach ihrem Tod immerhin ihren letzten Wunsch an die Tochter darstellte. Das konnte Joy drehen und wenden, wie sie wollte. Hinzu kam, dass es ihr schon schwer zu schaffen machte, nach Simons Anruf nicht nach Hamburg gefahren zu sein, und ein zusätzliches schlechtes Gewissen, sei es auch noch so tief in ihr vergraben, war kaum zu ertragen. Als sie ihren Vater zwei Tage später anrief und vorschlug, ihn mit Elena am Wochenende zu besuchen, reagierte er freudig und mit einer Selbstverständlichkeit, als würde seine Tochter regel mäßig derartige Vorschläge machen.

Elena pfiff leise durch die Zähne, als Joy vor ihrem Elternhaus anhielt, einem großen, hell verklinkerten Fachwerkhaus mit dunkelrotem Dach und Fledermausgauben. „Hier bist du also aufgewachsen?"

„Ja, seit meinem sechsten Lebensjahr. Wir haben vorher mitten in Hamburg gewohnt, aber meine Eltern wollten immer ein Stück aufs Land ziehen – bessere Luft, mehr Platz, auch für Simons Büro, und so weiter. Das Haus war ursprünglich ziemlich heruntergekommen. Ich glaube, die beiden haben ein Jahr geschuftet, bis wir einziehen konnten. Ich weiß noch, dass Simon immer vollkommen fertig war, wenn er abends und am Wochenende auf der Baustelle gewesen war. Er hatte in der Zeit ganz rissige Hände." Meine Mutter hat sie ihm eingecremt – sehr sorgfältig und liebevoll, fuhr es Joy plötzlich durch den Kopf, und ich wollte, dass sie das mit meinen Händen auch macht, genauso sorgfältig und liebevoll. Sie hat es versprochen, und ich habe meine Hände geschrubbt, bis sie vor Sauberkeit glänzten, und im Bett auf sie gewartet. Aber sie hat es vergessen, und später habe ich an der Tube gerochen und sie dann in den Müll geworfen. Meine Mutter hat es nicht mal gemerkt.

„Sagst du Simon zu ihm?" riss Elena Joy aus ihren Gedanken.

„Nicht immer", gab sie knapp zurück.

Die Haustür ging auf, und ihr Vater trat heraus. Er war dunkel gekleidet, aber das war er häufig. Schwarz und weiß waren seine Farben. Was auffiel, waren seine grauen Augen und sein hageres Gesicht. Er lächelte, als sie ausstiegen, breitete kurz die Arme aus und hieß sie herzlich willkommen. Joy sah, dass Elena beeindruckt war. Sie kannte niemanden, der nicht von Simon beeindruckt gewesen wäre. Er hatte Kaffee und Tee vorbereitet und sogar einen Kuchen gebacken. Der Tisch war liebevoll gedeckt, eine Schale Obst thronte in der Mitte. Später führte er Elena durchs Haus und durch den Garten – seinen Garten. Joy blieb in der Küche sitzen und lauschte dem Klang ihrer sich auf dem Kies langsam entfernenden Schritte und ihrer leisen Stimmen. Es war noch nie ein richtiger Garten gewesen – geharkter Sand, einige verschieden große Steine. Stundenlang hatte Simon die Harke durch den Sand gezogen und unzählige Linien hinterlassen. Früher hatte es daneben den Nutzgarten und einen abgetrennten Spielbereich für Joy gegeben: Buddelkiste, Schaukel, ein Stück Wiese, ein Baum. Sie war neugierig gewesen, was ihr Vater in seinem Garten wohl spielen mochte. Manchmal sah sie zu, wie er harkte. Runde um Runde abschritt und mit konzentriertem Gesicht seine Spuren zeichnete. Das unablässig kratzende Geräusch gefiel ihr, aber was für ein merkwürdiges Spiel. Immer das gleiche ohne Ende, und nichts Richtiges entstand dabei. Er lächelte, als sie ihm das zurief. Einige Zeit später ging sie in seinen Sandkasten und malte mit einem Stock Figuren auf den Boden. Große Figuren, die winkten, spielten und Hüte trugen. Simon gefielen die Figuren nicht, das sah sie auf den ersten Blick, weil sein Gesicht nicht wusste, ob es lächeln oder ärgerlich oder traurig sein sollte. Aber dann atmete er tief durch und nahm wieder die Harke zur Hand.

Joy war erstaunt, wie klar die Erinnerung vor ihr stand, und sie schreckte hoch, als Elena und Simon von ihrem Rundgang zurückkehrten. Elena war begeistert, und mancher Blick, mit dem sie Joy anschließend streifte, war zumindest fragend. Offensichtlich fiel es ihr schwer, auch nur das dünnste Haar in der Suppe auszumachen, was Joy ihr kaum übelnehmen konnte.

Und so blieb es zwei Tage lang – Simon war trotz seines tiefen Schmerzes ein perfekter Gastgeber, Elena fühlte sich überaus wohl und hatte keinerlei Mühe, sich in der ungewohnten Umgebung zurechtzufinden, während Joy ihre unterschiedlichen Gefühle nur schwer sortieren konnte. Sie hatte seit ihrem Auszug noch nie eine Freundin, eine Geliebte mit nach Hause gebracht, sie hatte noch nie eine Mutter verloren, und sie hatte ihren Vater noch nie als Leidtragenden erlebt. Simon behielt seine Trauer, so gut es ging, für sich – er lächelte, war aufmerksam und anregend wie immer –, aber Joy spürte, dass seine Haltung schwer errungen war. Er zog sich immer mal wieder zurück, und sie wusste, dass er lange saß und in seinen Kummer hineinging. Die Vorstellung tat ihr körperlich weh. Niemand war über die Klarheit dieser Empfindung erstaunter als sie selbst.

Am Sonntagmorgen saßen sie beide allein in der Küche, während Elena in aller Frühe zum Joggen aufgebrochen war – eine Zehn-Kilometer-Runde, die sie am Nachmittag zuvor mit den Rädern abgefahren waren. Simon kochte eine Kanne grünen Tee und stellte Tassen bereit. Angenehmer Duft zog durch den Raum. Jede seiner Bewegungen schien genauestens bedacht und wirkte doch fließend und leicht. Das Ergebnis jahrelangen Übens, wie Joy wusste. Warum es so wichtig für ihn war, alltägliche Handreichungen voller Konzentration und bis ins kleinste Detail perfekt auszuführen, konnte sie nicht nachvollziehen. Simon goss den Tee ein und setzte sich zu ihr.

„Es ist sehr schön, dass du gekommen bist und auch deine Freundin mitgebracht hast“, sagte er und führte seine Tasse zum Mund, ohne die Augen von ihr abzuwenden.

Joy hörte das leise Warum, das hinter der Bemerkung mitschwang.

„Ich hoffe, du fühlst dich wohl“, fügte er hinzu. „Kann ich irgend etwas für dich tun?“

„Der Brief“, antwortete Joy zu ihrer eigenen Überraschung spontan. „Mamas Brief stellt mich vor ein Problem.“

Simon nickte. „Ein großes Problem?“

„Es geht um dich.“

Er lächelte. „Dorothea hat dir einen Brief hinterlassen, in dem es um mich geht?“

Um wen sonst, dachte Joy, sprach es aber nicht aus. „Ja“, sagte sie statt dessen. „Sie möchte, dass ich Zeit mit dir verbringe. Hier.“

Er lehnte sich zurück. „Aber das möchtest du nicht?“

„Ihr Wunsch bedrängt mich, das wird dich nicht erstaunen, aber letzte Wünsche kann man nicht einfach beiseite schieben.“

Simon legte seine Hände zusammen. „Ich verstehe. Nun, du weißt, dass du mir jederzeit willkommen bist. Mit oder ohne Freundin, wie du magst. Vielleicht habt ihr Zeit und Lust, im Sommer einige Wochen hier zu verbringen. Ich habe einen größeren Auftrag angenommen, und du kannst hier in Ruhe deiner Arbeit nachgehen oder dich ausruhen, ganz wie du willst. Denk darüber nach. Es genügt, wenn du mir zwei, drei Tage vorher Bescheid gibst. Wenn du dich mit diesem Vorschlag jedoch nicht anfreunden kannst, dann ist das so. Niemand wird dir einen Vorwurf machen.“

Joy schaute kurz zum Fenster hinaus, wo sie Elena beobachtete, die gerade um die Ecke gelaufen kam und nun verschnaufte, dann wandte sie den Kopf wieder zu ihrem Vater.

„Ich verpflichte dich zu nichts", fuhr er fort, als hätte er erst darauf gewartet, erneut im Mittelpunkt ihrer Aufmerksamkeit zu stehen. „Ich erwarte nur, dass das, was du tust, wozu du dich entscheidest, aus vollem Herzen kommt."

Er stand auf und holte eine Flasche Mineralwasser von der Anrichte neben der Spüle. Als Elena die Küche betrat, reichte er ihr ein Glas Wasser mit einigen Spritzern Zitronensaft und lächelte über ihren erfreuten Gesichtsausdruck. Plötzlich standen die beiden nebeneinander und schauten gleichzeitig Joy an. Elena mit ihrem halbgeleerten Glas in der Hand und fragendem Blick, schwitzend und tief atmend, Simon abwartend, mit leicht schiefgelegtem Kopf.

„Ich werde darüber nachdenken", sagte Joy schließlich in die Stille hinein.

Die Entscheidung fiel vierzehn Tage später nach einem Trainingskampf. Bernd, ihr Trainer, hatte mit einigen Boxerinnen aus Berlin-Mitte ein hartes Sparring vorgesehen, für das Joy sich alles andere als fit fühlte. Sie war müde und ausgelaugt und eigentlich nur in den Club gekommen, um sich ein bisschen abzulenken. An das Sparring hatte sie überhaupt nicht mehr gedacht. In Gedanken war sie bei der Übersetzung eines elendlangen Artikels für eine medizinische Fachzeitschrift, die sie mehr Zeit kostete, als sie veranschlagt hatte, und bei Elena. Die Freundin bedrängte sie zwar nicht direkt, wegen eines Aufenthaltes bei ihrem Vater einen Entschluss zu fassen, setzte ihr aber mit ihrer stoisch abwartenden Haltung zu. Joy winkte ab, als Bernd sie zum Warmmachen aufforderte.

„Mit mir kannst du heute nicht rechnen", sagte sie. „Ich bin nur gekommen, um mich ein Stündchen freizuboxen."

„Genau das Richtige für einen kleinen Tanz im Ring", erwiderte der baumlange, immer noch muskelbepackte Trainer, der auf die Fünfzig zuging und zwanzig Jahre zuvor im Halbschwergewicht geboxt hatte. Er rieb sich die Hände. „Da kannst du ja dem anderen Fliegengewicht so richtig einheizen. Na komm, die Frauen sind nicht zu uns gekommen, weil wir so tolle Duschen haben. Mach dich vernünftig warm."

Joy verdrehte die Augen. „Ich bin nicht in Stimmung, Bernd. Das bringt heute gar nichts."

Bernd stemmte die Hände in die Hüften. „So 'n Scheiß. Was heißt hier Stimmung? Hast du deine Tage?" blaffte er sie an. „Oder vielleicht die Hosen voll? Hast du vergessen, dass hier geboxt wird? Wenn es dir um deine Stimmungslage geht, dann kannst du dich ja demnächst im Fitneßstudio anmelden und ein bisschen Aerobic machen oder auf 'nem Steppbrett herumhopsen."

„Wie kommst du darauf, dass ich die Hosen voll haben könnte?" fragte Joy und spitzte die Ohren.

„Nun, die Frau in deiner Gewichtsklasse gilt als kernige Kämpferin und nimmt Sparrings ziemlich ernst. Du dürftest schon von ihr gehört haben, vielleicht kennst du sie sogar." Bernd zeigte auf eine kleine Boxerin in kurzen roten Hosen und mit ebensolchen Haaren, die sich beim Seilspringen in Schwung brachte und ausgeprägte Beinmuskeln hatte. „Das ist Tina, zweiundzwanzig Jahre alt, sie kommt vom Kickboxen und hat sicherlich gute Chancen, sich einen Namen zu machen. Es heißt, dass sie ein ausgesprochen sanftes Lächeln aufsetzt, bevor sie ihre Gegnerinnen zu Boden schickt."

Joy lachte. „Ach, Bernd, hör schon auf, der Trick ist uralt – du weißt genau, dass ich nicht feige bin. Außerdem kenne ich weder sie noch ihre Qualitäten, es besteht also gar kein Grund, Schiss zu haben. Was ich sehe, ist eine noch sehr junge Boxerin, und Kickboxen oder sanftes Lächeln hin oder her ..."

Tina sah zu ihnen herüber und legte das Seil zur Seite. Lässigen Schrittes kam sie auf Joy und Bernd zu und setzte eine gleichmütige Miene auf. Sie nickte beiden zu, musterte sie kurz mit großen kobaltblauen Augen und tänzelte leichtfüßig auf der Stelle.

„Hallo, Bernd“, sagte sie. „Wo ist denn meine Gegnerin?“

Joy grinste in sich hinein. Die Kleine wusste mit großer Sicherheit, dass erstens beim Sparring von Partnerin gesprochen wurde und nicht von Gegnerin und zweitens Joy ihrer Gewichtsklasse angehörte. Bernd grinste ebenfalls. Selbstverständlich durchschaute auch er das Spielchen und übernahm voller Vergnügen die ihm zugedachte Rolle. Achselzuckend klopfte er Joy auf die Schulter, dass die fast vornüberkippte, und seufzte langanhaltend.

„Tja, Tina – das hier ist Joy“, sagte er in bedauerndem Ton. „Eine meiner besten Fliegengewichtsfrauen. Ich hatte eigentlich einen flotten Drei-Runden-Kampf für euch beide vorgesehen, aber leider, leider ... Joy ist nicht fit, wie sie mir gerade gesagt hat ...“

Tina blickte Joy an. „Ach, du bist das also? Na ja, es hieß, ich sollte gegen eine ältere Boxerin antreten.“

Sie musterte Joy prüfend und unübersehbar herablassend von oben bis unten; die ihrerseits antwortete mit einem so fröhlichen Grinsen, dass ihre Kiefer knirschten. Gleichzeitig wurden ihre Handflächen feucht.

„Ach, weißt du“, sagte Joy schließlich und zwinkerte Tina herzlich zu. „Es stimmt, ich bin nicht ganz auf der Höhe und hatte Bernd gebeten, mich heute nicht einzusetzen, aber für unser Kämpfchen dürfte es noch reichen. Wie war das ... vom Kickboxen kommst du? Na ja, das kriegen wir schon hin.“

Bernd schaute an beiden vorbei und fixierte einen imaginären Punkt an der gegenüberliegenden Wand. Schließlich erklärte Tina betont gelassen, dass sie sich noch weiter warmmachen wolle, und Joy klopfte ihr kurz auf die Schulter. „Ja, bis gleich dann.“

„Na bitte“, sagte Bernd, als die junge Boxerin außer Hörweite war. „Das konntest du in der Tat schlecht auf dir sitzen lassen. Süßes Miststück, oder?“

Joy zog gelangweilt die Augenbrauen hoch. „Sie fühlt sich ziemlich stark. Ich bin in der Tat nicht in bester Form, aber ich werde ihr zeigen, was eine *ältere Boxerin* draufhat, das kann ich dir versichern.“

Es war Joy bewusst, dass sie direkt auf die freche Provokation angesprungen war und die Auseinandersetzung nun in einem Kampf fortgeführt werden würde. Doch es war besser, sich auf die direkte Konfrontation einzulassen, als zwei Tage lang mit dem dummen Spruch der kleinen Rothaarigen zu ringen und den leisen Verdacht nicht loszuwerden, es könnte bei ihrer Entscheidung gegen den Kampf doch eine winzige Portion Feigheit im Spiel gewesen sein. Joy war noch nie in den Ring gestiegen, ohne dass sie, je nach Bedeutung des Kampfes, diese leise wispernde oder auch sich wellenartig ausbreitende Angst gespürt hatte, die die Oberhand in ihr gewinnen wollte, aber darüber sprach sie nicht, und sie vermutete, dass viele Boxerinnen und Boxer ähnlich empfanden. Der eigentliche Kampf bestand für sie darin, ihre Furcht zu überwinden, auf ihre Kraft, ihre Kondition und ihr Reaktionsvermögen zu vertrauen und immer auf die Deckung zu achten. Wer sich im Boxring bewährt, übersteht auch andere Kämpfe; wer beim Boxen Schläge einzustecken gelernt hat und sich keine Blöße gibt, den wirft auch sonst nichts so schnell aus der Bahn, war ihr Motto.

Joy absolvierte ihre Gymnastik und boxte sich zwanzig Minuten lang ein, während Tina sich nur noch mit Lockerungsübungen beschäftigte und auf sie wartete. Am Ring hatten sich bereits einige Boxerinnen und Boxer eingefunden und sorgten mit ihren Kommentaren und aufmunternden Zurufen für eine kribbelige Atmosphäre. Joy ließ sich ihre Aufregung nicht anmerken. Ihr Gesicht blieb glatt, während Tina munter vor sich hin lächelte und mit ihrem Trainer flirtete. Bernd schnürte Joy die Handschuhe und verteilte Helme und Mundschutz. Beide Frauen trugen außerdem einen Brustschutz.

„So, meine Damen, ich hoffe, wir werden hier sauberes und faires Boxen erleben. Bitte keine rüde Schlägerei oder stundenlanges Herumgetänzel. Alles klar?"

Joy nickte, Tina hob eine Faust. Mit dem Gong gab es für Joy nur noch das Geschehen im Ring, alles andere blendete sie konsequent aus. Tina umkreiste sie tänzelnd, beide blieben hinter ihrer Deckung und versuchten, die andere mit spielerisch angesetzten Geraden und Haken hervorzulocken. Joy spürte, dass Tina ihre Kraft auf Sparflamme drosselte, um sie in Sicherheit zu wiegen, und sie war auf der Hut. Gegen Ende der zweiten Minute, kurz vor dem Gong, versetzte Tina ihr vollkommen überraschend eine kräftige Doublette am Kopf, die Joy in Schwierigkeiten gebracht hätte, wenn sie sauberer angesetzt gewesen wäre. Tina lächelte, bevor sie in ihre Ecke ging. Joy spülte sich den Mund aus und trank ein paar Schlucke. Sie verzog keine Miene.

„Du musst sie beschäftigen", sagte Bernd leise. „Warte nicht ab, bis sie die Regie übernimmt."

„Sie soll erst mal kommen und zeigen, was sie kann."

„Es könnte sein, dass dir das dann nicht schmeckt. Gib ihr lieber gleich was auf den Pelz."

Ab Mitte der zweiten Runde ließ Tina die Katze aus dem Sack. Ihre Schläge kamen unerwartet, waren blitzschnell und giftig, und Joy musste einige üble Treffer einstecken, während die Zuschauer mit lautem Gejohle reagierten. Eine Gerade, die sie im Magen erwischte, nahm ihr fast die Luft, und ihr Herz pochte heftig gegen die Rippen, aber gleichzeitig schnellte ihr Wutpegel nach oben, und sie spürte keinen Schmerz mehr. Sie konzentrierte sich mit ganzer Kraft auf die Schnelligkeit ihrer Füße und die Dynamik, die in ihren Fäusten steckte, um Tina wieder auf Distanz zu bringen. Das Geräusch der aufeinanderklatschenden Handschuhe summte in ihren Ohren, und ihre Atemfrequenz stieg sprunghaft an. Jeder Muskel war jetzt angespannt, und sie versuchte zu erspüren, wann und wie der nächste Schlag erfolgen würde, um die Lücke zu erhaschen und einen Konter anzubringen.

„Pass auf das Lächeln auf!“ sagte Bernd in der zweiten Pause. Er klang besorgt. „Alles okay?“

Joy nickte. Gleich zu Beginn der letzten Runde deckte Tina sie mit einer wilden Schlagserie ein, aus der Joy sich nur mit Mühe befreien konnte. Dann sah sie das sanfte Lächeln, und Sekundenbruchteile später flog die Faust der Schlaghand direkt auf sie zu. Sie bekam ihren Kopf gerade noch zur Seite, und während Tina den Schwung ihres Schlages ausbalancierte, suchte Joy ihren Blick, nahm ihn gefangen und versetzte ihr gleichzeitig einen mit voller Kraft geschlagenen Aufwärtshaken in Richtung Leber. Tina krümmte sich mit schmerzverzerrtem Gesicht nach vorn, und es wurde still, als Joy ihr mit dem Gong eine wuchtige Gerade aufs Kinn setzte. Die kobaltblauen Augen waren weit aufgerissen und verdrehten sich dann nach oben. Kein sanftes Lächeln mehr. Tina taumelte benommen zu Boden. Für einen Moment genoss Joy das Triumphgefühl, das sie von den Zehen- bis zu den Haarspitzen erfüllte, dann half sie Tina wieder auf die Beine.

„Nichts für ungut“, sagte sie. „Normalerweise schlage ich im Sparring nicht voll zu, aber das musste sein – du bist nämlich ganz schön frech geworden.“

Tina rang sich ein gequältes Lächeln ab. „Ich dachte, ich hab dich. Und genau das war der falsche Gedanke zur falschen Zeit.“ Sie rieb sich das Kinn. „Beim nächsten Mal bin ich vorsichtiger.“

Besser wär’s, dachte Joy. Der Adrenalinspiegel senkte sich langsam herab, als sie unter der Dusche stand. Das wunderbar wohlige Gefühl, nach großer körperlicher Anstrengung langsam zur Ruhe zu kommen, durchströmte sie und die Gewissheit, sich behauptet zu haben. Noch dazu in einem Kampf mit einer Boxerin, die sich überlegen gefühlt hatte, und in den sie anfänglich gar nicht hatte gehen wollen.

Elena rief am späten Abend an, als Joy gerade ein Schinkenomelett, Nudeln und Salat gegessen hatte und sich über ihren Nachtisch hermachte: Vanilleeis mit heißer Schokoladensoße. Elena stöhnte leise, als Joy ihr von ihrer Schlemmerei berichtete.

„Klingt köstlich", sagte sie. „Ich hatte heute gerade mal einen Joghurt und ein seltsam belegtes Brötchen, das wohl schon länger in der Mensa auf mich gewartet hatte. Das hat man nun davon, wenn man sich keine Mittagspause gönnt, sondern nach dem Seminar noch zwei Stunden in einer Fachbereichssitzung schmort, weil ein Kollege nicht zu Potte kommt, dann in die Bibliothek stürmt, um die bestellten Bücher abzuholen, von dort in die Sporthalle, wo mir ein Student über den Weg läuft, der sich eine geschlagene halbe Stunde darüber auslässt, dass seine Hausarbeit unmöglich so schlecht sein kann, wie ich behauptet hätte – glaub mir, sie ist wirklich schlecht! Doch ich liebe meinen Job, ehrlich!" Sie lachte. „Alles halb so wild, irgendwo in meinem Küchenschrank findet sich bestimmt noch eine Tütensuppe und ein Kanten Brot. Wie war denn dein Training?"

Joy berichtete kurz von dem Sparring, wobei sie jedoch das Geplänkel im Vorfeld des Kampfes und ihre emotionale Berg- und Talfahrt unerwähnt ließ und nur betonte, dass es ein heftiger Fight gewesen war.

„Und gibt's bei solchen Trainingskämpfen auch Gewinnerinnen?"

„Klar – es werden zwar nicht unbedingt Punkte gezählt, und du sollst vorrangig unter wettkampfähnlichen Bedingungen aus deinen Fehlern lernen, aber man will dabei natürlich schon die Nase oben haben, erst recht wenn ein anderer Verein Gast ist."

„Hattest du denn die Nase oben?"

„Ja."

„Und deine Kampfpartnerin – wie geht's der jetzt?"

„Sie dürfte ein wenig Kopfweh haben."

„Hört sich an, als wärst du stolz darauf."

Joy atmete scharf ein. „Und du hörst dich an, als wolltest du mir schon wieder einmal lang und breit erklären, wie brutal es doch beim Boxen zugeht."

„Findest du?"

„Ja, das finde ich."

Elena räusperte sich. „Nun, vielleicht ist das hin und wieder nötig."

Joy hatte Mühe, sich zu zügeln. „Ach ja, warum?"

„Weil ich durchaus den Eindruck habe, dass du genau diesen Punkt oftmals vor lauter Kampfleidenschaft unter den Tisch fallen lässt."

Joy explodierte so heftig, dass sie fast den Telefonhörer an die Wand geworfen hätte. „Verdammte Scheiße – das ist meine Sache, und wenn du so ein Problem mit meiner ach so brutalen Boxerei hast, dann frag doch erst gar nicht!" schnauzte sie. „Ja, ich habe ihr ein kräftiges Ding verpasst, nein, warte: zwei, und weißt du auch, warum? Nein? Nun, die kleine Zicke hat von Anfang an vorgehabt, mich so richtig zu erwischen – von wegen Lernen und lockere Trainingsrunde war nicht gerade angesagt. Ich musste einiges einstecken, und am Ende der dritten Runde habe ich meine Chance genutzt und sie mit zwei kräftigen und sehr gezielten Hieben ausgeknockt. Und weißt du noch was? Ich habe mich gut dabei gefühlt, richtig klasse: stark, sicher, siegessicher. So, und nun ziehst du am besten deine Laufschuhe an und drehst eine von deinen langen, friedlichen Regenerationsrunden. Mein Gott, wie aufregend, so meditativ durch den Wald zu hoppeln! Elena? He, Elena? Bist du überhaupt noch dran?"

„Aber ja doch. Ich klinke mich nicht einfach aus, nur weil ich dein Verhalten und die Situation bescheuert finde", sagte Elena ruhig.

„Super! Ich nämlich auch nicht. Die Kleine hat den Kampf gewollt, okay – sie hat ihn bekommen. Meine Mutter will unbedingt, dass ich zu meinem Vater gehe und schaue, ob und was wir einander eventuell doch zu sagen haben, nachdem das dreißig Jahre lang kaum geklappt hat. Okay – scheiß Geschichte, aber weißt du was? Ich tue es. Vier Wochen lang in diesem Sommer. Und warum tue ich es? Damit endlich Ruhe ist."

„Wann hast du dich denn dazu durchgerungen?"

Joy hielt inne. Sie atmete schwer. „Eben gerade."

„Na, dann hat die wüste Schimpferei ja auch ihr Gutes gehabt. Nur grundsätzlich schätze ich diesen Ton nicht. Und wo wir gerade dabei sind: Ich denke, du lässt den Großteil deiner Aggressionen im Ring?"

„Du hast manchmal eine Art, die mich einfach auf die Palme bringt", erwiderte Joy einen Moment später wesentlich ruhiger. „Du weißt offensichtlich ganz genau, wann du mich wo treffen kannst, und dann tust du es. Also solltest du dich nicht wundern, wenn ich mich zur Wehr setze."

„Das ist deine Sichtweise. Eine sehr kämpferische, wie du selbst weißt", gab Elena zurück. „Ich will dich aber gar nicht verletzen, also musst du auch gar nicht um dich schlagen."

„Was willst du dann?"

„Dich aufrütteln."

„Danke, aber ich bin schon dreißig, kann alleine Rolltreppe fahren und brauche keinen kleinen Erziehungsberater mehr. Und auch keine Beraterin."

„Das ist keine Frage des Alters, Joy."

„Für mich schon."

„Na schön. Dann schlage ich vor, du entspannst dich erst mal eine Runde. Wenn du magst, melde dich doch morgen oder die Tage. Vielleicht hast du dich dann ein wenig abgekühlt."

Joy verabschiedete sich und legte den Hörer auf. Ganz wohl war ihr nicht. Sie hatte den Bogen überspannt, auch wenn es ihr schwerfiel, das zuzugeben und sie Elenas lehrmeisterhafte Art nicht ausstehen konnte. Aber nach dieser Entgleisung war wohl ein besonders schönes Stück Käsekuchen fällig. Eines mit Sahnequark und einer Extraportion Rosinen, wie Elena es sich manchmal zu besonderen Anlässen in einer Konditorei in Mitte besorgte.

Elena freute sich über den Käsekuchen, den sie einige Tage später gemeinsam verspeisten, und sie wusste auch, warum Joy sich die Mühe gemacht hatte, durch die halbe Stadt zu fahren, um ihn zu besorgen. Joy kam selbst auf das Thema Hamburg zu sprechen und erzählte bei der zweiten Tasse Kaffee, dass sie vorhabe, Ende Juni zu ihrem Vater zu fahren.

„Du hast erwähnt, dass du Lust hättest, mit mir gemeinsam ein paar Tage bei Simon zu verbringen", fügte Joy hinzu. „Gilt das Angebot noch?"

„Natürlich", antwortete Elena. „Ich habe ab Mitte Juli Semesterferien. Der August steht ganz im Zeichen der Marathonvorbereitung, der Lauf findet ja in diesem Jahr wegen der Olympischen Spiele in Sydney schon Anfang September statt. Wenn's dir recht ist, könnte ich dich in der zweiten Julihälfte besuchen – zwei Wochen hätte ich Zeit." Sie lächelte. „Aber mal sehen, wie lange wir einander überhaupt aushalten, derart dicht zusammen."

Stimmt, dachte Joy. Daran hab ich noch gar nicht gedacht. Elena hatte in letzter Zeit besondere Rücksicht auf Joy genommen – in jeder Hinsicht –, und die Vorstellung, dass sie sich bei Bedarf nicht in ihre eigenen vier Wände würde zurückziehen können, löste Beklommenheit in ihr aus. Ihr Hals fühlte sich eng an.

„Warum guckst du denn jetzt so ernst?" fragte Elena. „Willst du gar nicht, dass ich komme?"

„Doch, doch, das Haus ist ja groß genug, ich meine ..."

Elena lachte. „Keine Sorge, meine Liebe, ich kann mich auch

ganz gut alleine beschäftigen und genieße das sogar. Was hast du übrigens so vor, außer dir deine Freundin vom Leib zu halten und deinen Vater misstrauisch zu beäugen?"

Joy ging nicht auf die Spitzen ein, obwohl ihr spontan die eine oder andere Entgegnung in den Sinn kam.

„Ich nehme natürlich meine Arbeit mit und auch meine Sportsachen", antwortete sie. „Mal sehen, was in meinem alten Club so los ist. Sicherlich kann ich dort trainieren. Ansonsten kann man herrliche Spaziergänge machen, in Hamburg bummeln gehen und tausend Sachen mehr."

Elena lächelte ironisch, sagte aber nichts. Joy hob das Kinn. Es ist meine Sache, wie ich das angehe, dachte sie.

„Eine Frage noch", sagte Elena etwas später, beugte sich mit Kussmund zu ihr vor und strich ihr mit einem Finger über die Lippen. „Wann schläfst du mal wieder mit mir?"

Elena blieb bis zum nächsten Morgen, aber Joy schlief unruhig. Im Morgengrauen stand sie auf und kochte sich Tee. Nur mit Radlerhosen und einem langen sonnengelben Schlaf-Shirt bekleidet stand sie in der Küche und schaute zum Fenster in den Hinterhof hinaus. Plötzlich dachte sie an Charlotte. Es wäre schön, wenn sie sich vor ihrer Abreise noch mal sehen könnten. Charlotte konnte eine wunderbare Schweigerin sein – wenn sie wollte –, hatte Joy mit ihren Fragen allerdings auch oft genug zur Weißglut gebracht. Die Tasse wärmte ihre Hände. Vielleicht kommt ja doch noch etwas dazwischen – ein lukrativer, aufwendiger Dolmetscherauftrag, der sie in Berlin festhielt, und danach eine kleine Sommergrippe. Oder Simon überlegt es sich anders. Joy lächelte. Das war die unwahrscheinlichste Variante. Sie trank ihren Tee aus. Wenn sie genau hinschaute, war es im Grunde ganz einfach: Sie hatte Angst, und sie würde diese Angst überwinden. Das alte Spiel, das niemanden etwas anging.

9

Am ersten Abend kochte Simon – Curryreis mit Tomaten, Zucchini, Mandeln und Rosinen, dazu gab es grünen Salat und hinterher köstlichen Käse. Joy hatte eine halbe Stunde zuvor das große Gästezimmer im oberen Stock bezogen, in dem es einen Schreibtisch gab und genügend Platz für ihre Arbeitsunterlagen. Die Fünf-Kilo-Hanteln lagen neben dem Bett. Ihr ehemaliges Kinderzimmer, in dem Dorothea später genäht und gebügelt hatte, würde sie Elena überlassen. Nun hatte sie den Tisch gedeckt und nicht mit der Wimper gezuckt, als ihr Vater das Besteck anschließend zurechtrückte. Irgendwie hatte es für ihn noch nie richtig gelegen – egal, wer den Tisch deckte. Er verschob die Messer um zwei Zentimeter nach rechts, lächelte und bat sie, schon mal Platz zu nehmen. Mehr redete er nicht. Er kochte, und wenn er kochte, redete er nicht. Joy hoffte, dass er, solange sie zu Besuch war, zumindest beim Essen eine Ausnahme machen würde und nicht nahezu jede Mahlzeit ein schweigsamer, karger Essensvorgang blieb. Früher hatten Joy und ihre Mutter bei den Mahlzeiten geplaudert, während Simon häufig nur in sein Essen vertieft gewesen war.

Joy überspielte ihre Nervosität, indem sie in der Küche nach Veränderungen seit ihrem letzten Besuch Ausschau hielt. Seit damals. Außer einigen Kleinigkeiten entdeckte sie nichts. Alles in dem Raum war klar und übersichtlich angeordnet und ganz darauf abgestimmt, dem Koch oder der Köchin die Arbeit zu erleichtern. Die hellen Fliesen waren gut zu pflegen und bildeten einen Kontrast zu der dunklen Essecke mit dem großen Tisch und den freiliegenden Dachbalken mit Haken für Pfannen, Töpfe und Schöpfkellen. Die Arbeitsplatte bot viel Platz und war schwarzweiß gefliest. Joy erinnerte sich daran, dass ihre Mutter den Schmutzresten in den Fugen in regelmäßigen Abständen mit einer Zahnbürste und Scheuersand beizukommen versucht hatte.

Dabei war sie immer so eifrig gewesen, dass ihr andauernd eine ihrer langen blonden Haarsträhnen ins Gesicht gefallen war. Wenn Simon das mitbekommen hatte, war er zu ihr getreten und hatte sie mit zarter Geste zurückgestrichen. Als Joy noch klein war, hatte ihre Mutter ihr manchmal erlaubt, ihr das Haar zu bürsten, und Joy war ganz hingerissen gewesen, wie seidig es sich anfühlte und wie wunderbar es durch ihre Finger glitt und dabei leise knisterte. Später meinte Dorothea, dass sie nun zu alt dafür wäre.

Simon nahm die gusseiserne Pfanne mit dem duftenden Reis vom Herd und trat an den Tisch. Joy reichte ihm beide Teller, dann saßen sie einander gegenüber. Simon lächelte.

„Schön, dass du dich entschieden hast zu kommen", sagte er. „Was hältst du davon, wenn wir morgens gemeinsam frühstücken und auch abends zusammen essen? Wir kochen abwechselnd. Zwischendurch versorgt sich jeder selbst und geht seiner Arbeit und sonstigen Beschäftigungen nach, und für die Wochenenden könnten wir gesondert etwas planen."

„Das hört sich gut an", erwiderte Joy.

„Morgen früh gehe ich auf den Friedhof. Magst du mitkommen?"

Joy nickte. „Ja, natürlich."

Das Essen schmeckte wunderbar. Simon hatte schon immer gut gekocht, im Gegensatz zu Dorothea. Wenn sie an der Reihe gewesen war, hatte es meist Spaghetti gegeben oder Gemüsesuppe. Manchmal Grießpudding, der immer viel zu süß gewesen war, oder Eierkuchen, die nie so aussahen, wie man sich Eierkuchen gemeinhin vorstellte.

„Wie geht es dir?" Die Frage war Joy herausgerutscht.

„Du meinst – ohne sie?"

„Ja, das meine ich."

Simon überlegte einen Moment und strich sich mit dem Handrücken über die Stirn. „Ich vermisse sie schmerzlich. Ich rebelliere, und ich stoße an meine Grenzen. An die Grenzen meines Glaubens, meiner Lebensphilosophie." Für einen Moment wirkte Simons Gesicht klein und bleich. „Das ist am schlimmsten. Ich hadere, und ich bemühe mich, Haltung zu bewahren."

„Aber warum? Es steht dir zu, so zu empfinden", erwiderte Joy. „Jedem stehen heftige Gefühle zu – erst recht in einer solchen Situation. Wofür willst du Haltung bewahren? Sie war noch jung, ihr seid zweiunddreißig Jahre zusammen gewesen, und ihr wart glücklich."

„Natürlich, aber ich gestehe den Gefühlen nicht zu, mich zu beherrschen und womöglich andere damit zu belästigen."

Wie edel, dachte Joy. Das alte, immer wiederkehrende Thema. Tritt ein Stück zurück und sieh erst mal genau hin, welche Gefühle von welchen Gedanken warum ausgelöst werden. Ist es nicht, wie so häufig, das kleine Ich, das dir mit spitzen Fingern in die Rippen stößt und auf seinem Recht beharrt? Na und? dachte Joy. Was ist so schlimm daran, Verlust zu empfinden, allerschlimmsten und ganz persönlichen Verlust, heftig zu leiden, und dieses Gefühl frei auszuleben? Gar nichts – es ist nur allzu menschlich. Und genauso menschlich ist es, ärgerlich oder auch wütend zu werden, wenn etwas nicht gelingt oder ein Wunsch nicht in Erfüllung geht. Es ist normal, so zu empfinden. Es ist normal, Wünsche zu haben und sie auszudrücken; Vorlieben, Neigungen, Sympathie und Antipathie zu empfinden und kundzutun. Liebe, Hass, Freude, Trauer. Nur für Simon anscheinend nicht. Der suchte seine Mitte. Und dann? War es da besser?

„Du hast die Messlatte schon immer sehr hoch gelegt", sagte Joy einen Moment später leise. Und ich habe nie verstanden, warum und wofür das gut sein soll, fügte sie in Gedanken hinzu. Dieses ständige Hinterfragen, Beobachten, Disziplinieren. Lernen, wertfrei und vorbehaltlos anzunehmen, was immer geschah. Joy umfasste ihre Gabel mit festem Griff. Die alten Schlagworte. Sie schaute hoch, als Simon über den Tisch griff und ihre Hand berührte.

„Magst du Eis zum Nachtisch? Ich habe Walnuss und Johannisbeere besorgt“, fragte er. „Das mochtest du früher immer so gerne.“

Fremd. Simon war ihr meistens fremd und unnahbar erschienen – ein großer, starker, in sich gekehrter Mann mit klugen Augen und wachem Blick, einem oftmals rätselhaften Lächeln und geschickten Händen. Als kleines Kind hatte Joy bewundernd zu ihm aufgesehen und oft befürchtet, ihm nicht zu gefallen. Später suchte sie nur noch den Widerstand. Er redete immer so eindringlich. Joys Mutter wurde in seiner Nähe ganz weich und hatte ein strahlendes Gesicht voller Lachen. Dann gab es nichts anderes mehr für sie. Ihr Herz gehörte ihm – voll und ganz. Sie war wunschlos glücklich: Sie hatte einen wunderbaren Mann und führte eine harmonische Ehe, liebte ihren Beruf als Lehrerin für Englisch und Kunst, fand Anerkennung durch ihr Engagement in sozialen und christlichen Projekten und hatte eine süße kleine Tochter mit den grauen Augen des Vaters. Joy lernte schnell, dass sie ihre Mutter nur aus ihrem zufriedenen Trott reißen und ihre Aufmerksamkeit erringen konnte, indem sie ausscherte, sich quer stellte und, das vor allen Dingen, den Vater angriff. Dann war Dorothea ihr hundertprozentig zugewandt.

Joy war eine begabte Schülerin, und gute Zensuren waren die Regel. Simon erkannte ihre Leistung zwar an, aber allzuviel Aufhebens machte er nicht davon. Als sie auf dem Gymnasium anfing, in ihren schwächeren Fächern Physik und Chemie häufiger mit schlechten Noten nach Hause zu kommen, horchte er jedoch auf.

„Warum?“ fragte er nach und betrachtete sie aufmerksam.

„Da liegen halt nicht meine Stärken“, gab sie zurück und verschränkte die Arme vor der Brust. „Ich kann nicht in allen Fächern gleich gut sein.“

„Und warum nicht? Ein Fach ist wie das andere.“

Joy starrte ihn mit der geballten Empörung ihrer siebzehn Jahre an. „Für dich vielleicht. Ich mag Sprachen, Geschichte, Sport und Musik, und da bin ich ziemlich gut. Physik und Chemie sind einfach nur öde."

„Sie gehören aber dazu. Du kannst sie nicht einfach ausklammern, nur weil du sie nicht magst."

„Nein, aber es ist nicht so schlimm, wenn ich dort mal eine Arbeit verhaue. Außerdem: Wenn ich in Englisch und Deutsch Einsen und Zweien schreibe, interessiert dich das kaum, aber ein paar schlechtere Noten, und du musst mir gleich einen Vortrag halten."

„Es fällt dir nicht schwer, in deinen Lieblingsfächern gute Leistungen zu erbringen, dafür musst du dich kaum bemühen", entgegnete Simon ruhig. „Aber da, wo Mühe angebracht wäre, ziehst du dich zurück, statt dein Bestes zu geben, und niemand darf dich kritisieren."

Joy spürte, wie ihr Tränen der Wut in die Augen stiegen. „Du bist total ungerecht! Ich könnte in allen Fächern gut sein, und du würdest immer noch irgend etwas finden, woran du rummeckern kannst. Du hast doch auch Arbeiten, die du lieber magst als andere. Du kochst sehr gerne, aber die Toilette putzt meistens Mama. Und du freust dich, wenn du einen japanischen Garten anlegen darfst, aber wenn es darum geht, in irgendeinem Stadtpark Tonnen von Stiefmütterchen zu verarbeiten, siehst du auch nicht besonders begeistert aus. Stiefmütterchen sind nämlich nicht gerade deine Favoriten, das weiß ich sehr genau!"

„Joy, was redest du denn da?" fuhr Dorothea, die gerade zur Tür hereinkam, dazwischen. Sie stemmte die Hände in die Hüften.

„Lass sie nur", sagte Simon und wandte sich wieder seiner Tochter zu. „Du hast ganz recht. Ich beschäftige mich lieber mit japanischen Gärten als mit Stadtpark-Stiefmütterchen, aber ich gebe trotzdem mein Bestes oder versuche es zumindest."

„Super! Ich gratuliere! Und als du siebzehn warst, hast du natürlich auch schon so grandios gehandelt, stimmt's?" hohnte Joy. „Du gehst mir auf die Nerven mit deinem ständigen Bemühen, deinem Leistungsanspruch, bloß keine Klagen, jederzeit sich selbst zurücknehmen, in jedem Augenblick achtsam sein! Wie toll – immer nur geben statt nehmen, überwinden statt sich wehren, schweigen statt streiten, meditieren und dieser ganze Kram! Da bist du super drin, kein Wunder, schließlich entspricht es ja auch deinen Interessen – das ist es, was du willst, und Mama sorgt dafür, dass du auch immer Zeit für dich hast und deine ganzen Ansprüche verwirklichen kannst. Und sie sorgt auch dafür, dass in deinem stillen Zimmer immer alles seine Ordnung hat, aber ich möchte mal sehen, wie du aus der Wäsche gucken würdest, wenn plötzlich dein ach so wertvolles Sitzkissen weg wäre oder dein Buddha oder gleich dein ganzer toller Zazen-Raum! Wie wäre es denn, wenn du deine Hemden selbst bügeln und plötzlich auf dem Klo meditieren müsstest?"

„Joy! Wie redest du mit deinem Vater?" empörte sich Dorothea, und ihre Wangen färbten sich rosarot, während sie näher kam.

„Na, das hörst du doch – so wie du es niemals wagen würdest und wie es vielleicht mal nötig ist!"

Dorotheas Gesichtsfarbe wurde noch röter, aber Simon verzog keine Miene.

„Als Student habe ich das häufiger gemacht", antwortete er auf Joys letzte Frage. „Wir haben uns mit vier Kommilitonen eine kleine, hellhörige Wohnung geteilt, und die Toilette war der einzige Ort, an dem man zu bestimmten Zeiten fast ungestört sein konnte."

„Soll ich dich für diese heroische Tat jetzt loben und bewundern?"

Diesmal zuckte Simon zusammen, und Dorothea machte zwei weitere, diesmal eilige Schritte auf Joy zu.

„Hör jetzt sofort auf mit deinen Unverschämtheiten!“ drohte sie, und ihre Stimme wurde ungewöhnlich laut. „Du weißt überhaupt nicht, wie gut es dir geht, und du besitzt die Unverfrorenheit, deinen Vater, der immer nur dein Bestes will, in dieser Weise anzugreifen?“

„Mein Bestes? Er will gar nicht wissen, was in meinen Augen mein Bestes ist. Er weiß es sowieso besser. Er weiß es immer besser, und du, du stellst ihn nie in Frage, deinen großen Meister! Immer nur mich. Na – wenigstens etwas.“

Damit drehte Joy sich um und verließ türenknallend das Haus. Zwei Tage lang versuchte Dorothea ihr klarzumachen, wie ungehörig Joy sich verhalten hätte und dass sie dankbar sein könne, einen Vater zu haben, der eben nicht war wie alle anderen, sondern sich um eine besondere Lebenshaltung bemühte.

„Aber er kann sie mir nicht aufzwingen“, entgegnete Joy während eines Spaziergangs, zu dem ihre Mutter sie hatte überreden können, wobei Joy nur der Form halber zunächst ablehnend gewesen war, denn eigentlich genoss sie es, allein mit Dorothea unterwegs zu sein. „Für ihn ist sie das richtige. Ich muss selber rausfinden, was gut für mich ist. Du verneigst dich doch auch nicht vor dem Buddha, sondern betest zu deinem Gott.“

„Ja, stimmt. Aber du bist nur dagegen, um dagegen zu sein und deinem Vater eins auszuwischen, nicht weil du dich wirklich und grundsätzlich damit beschäftigt und dann für etwas anderes entschieden hast.“

„Auch das ist meine Entscheidung.“

Dorothea seufzte. „Wie kann man nur so störrisch sein?“

„Wie kann man nur so einseitig und kritiklos sein wie du?“

„Ich bin nicht kritiklos, ich achte und respektiere Simon, und ich liebe ihn sehr. Das ist alles.“

„Und wie ist das mit mir?“

Dorothea blieb stehen. Joy ging einige Schritte weiter und drehte sich dann langsam um. Sie lächelte mit schiefgelegtem Kopf, obwohl ihr gar nicht nach lächeln zumute war. Ihre Mutter setzte ihren Weg fort, nachdem sie Joy mit einem langen, nachdenklichen Blick bedacht hatte, und schloss zu ihr auf. „Du bist unsere Tochter."

„Ach so. Das erklärt natürlich manches."

Dorothea überging den ironischen Ton und hakte sich bei Joy ein. Die Berührung war angenehm.

„Du kannst dir nicht vorstellen, wie verliebt ich in deinen Vater war", erzählte sie. „Wir haben uns während einer Studienfahrt in England kennengelernt, Ende der sechziger Jahre, kurz bevor Simon sein Studium beendete. Er war ganz hingerissen von der englischen Gartenbaukunst, obwohl er schon damals fand, dass die Asiaten das größere Verständnis für die Verbindung von Natur und Kunst haben. Ich war in allen möglichen Museen und Ausstellungen und habe soviel Englisch aufgesogen, wie nur irgend ging. Damals hatte dein Vater gerade angefangen, sich mit Buddhismus zu beschäftigen, und er glühte vor Eifer. Sein bester Freund war ein Studienkollege aus Japan, der seit seiner Kindheit Karate betrieb und ein Jahr in einem Zen-Kloster gelebt hatte. Simon wollte alles darüber wissen. Und er wollte unbedingt nach Japan reisen, in der Hoffnung, dort zu finden, wonach er suchte. Oder zu suchen meinte." Dorothea lächelte. „Aber dann kam einiges anders. Gänzlich ungeplant und sehr überraschend wurde ich schwanger, obwohl bei näherer Betrachtung das einzig Überraschende daran war, dass wir nicht schon viel eher Eltern geworden waren und tatsächlich zunächst verblüfft reagierten." Sie lachte und schüttelte den Kopf.

„Ihr habt mich gar nicht gewollt?" fragte Joy, und sie war perplex, dass ausgerechnet ihre achtsamen und normalerweise alles bedenkenden Eltern keine entsprechenden Verhütungsmaßnahmen ergriffen hatten. Also waren auch sie einmal jung gewesen – und emotional, spontan, voller Überschwang und hormongesteuert. Wie beruhigend.

„Natürlich haben wir dich gewollt – aber nicht zu diesem Zeitpunkt. Simon hatte gerade eine gute Anstellung in einem großen Planungsbüro gefunden, ich war noch mitten im Studium. Wir wollten uns zunächst etwas aufbauen und später heiraten."

„Und er wollte vorher noch nach Japan", stellte Joy fest.

Dorothea nickte und ließ Joys Arm los. „Du hast's erfasst. Das war sein innigster Wunsch, aber als du unterwegs warst, hat er seine Pläne sofort geändert. Wir haben geheiratet und uns eine kleine Wohnung genommen."

Joy schaute ihre Mutter von der Seite an. „War er traurig darüber?"

„Er hat versucht, es nicht zu zeigen. Und das rechne ich ihm bis heute hoch an."

„Und wann hat er schließlich fahren können?"

„Gar nicht."

Jetzt blieb Joy stehen. „Ach?"

„Nein, bislang nicht. Kaum warst du aus dem Gröbsten heraus, kam mein Studium, und schließlich wollte Simon sich selbständig machen. Meine Eltern haben uns hier und da unter die Arme gegriffen, und Simon hat von seinen Eltern ein bisschen was geerbt, aber als freiberuflicher Architekt am Beginn seiner Laufbahn und mit Familie kann man nicht mal eben so für einige Monate von der Bildfläche verschwinden. Simon war dabei, sich einen Namen zu machen, und die Auftragslage entwickelte sich sehr gut. Dann kam auch schon das nächste Projekt: das Haus. Und so weiter und so fort. Es ist immer irgendwas dazwischengekommen. Als ich ihn vor einigen Jahren noch mal darauf ansprach, antwortete er mir, dass sein japanischer Freund ihm gesagt hätte, er würde auch in Japan nicht finden, was er suche, weil man nicht findet, wenn man sucht."

„Hübsches Rätsel", erwiderte Joy bissig, aber ihre Mutter ging nicht auf ihren Ton ein.

„Die Gelegenheit wird sich für ihn irgendwann ergeben oder

vielleicht auch nie", sagte sie. „Und er ist auch so zufrieden."

Das hätte Joy ein wenig anders ausgedrückt, aber sie hielt sich zurück – es war gerade so friedlich mit Dorothea.

„Wenn wir schon beim Thema sind: Ich hab mich übrigens auch verliebt", sagte Joy und lächelte ein wenig verlegen.

Ihre Mutter blieb stehen. „Und das erzählst du erst jetzt? Das ist ja toll, wann lernen wir ihn kennen? Ist es jemand aus der Schule?"

Joy kratzte sich am Hinterkopf. „Sie heißt Isabell, ist neunzehn Jahre alt, und ich hab sie beim Billardspielen kennengelernt."

Dorothea war ziemlich verdattert. „Äh ja ... bist du sicher?"

Joy lachte. „Ja, ich bin sicher, dass ich in sie verliebt bin und sie in mich. Wir haben viel Spaß zusammen."

„Aber ... vor einiger Zeit warst du doch mit einem Jungen aus deiner Klasse zusammen ... und ich dachte, ähm, na ja ..."

„Tja, du siehst, der Geschmack kann sich ändern."

Als Joy Simon einige Tage später davon erzählte, ahnte sie seine Antwort, noch bevor er etwas gesagt hatte: „Es ist vollkommen gleichgültig, ob Frau oder Mann", meinte er.

Das war einer der Augenblicke, in denen Joy stolz war auf ihren Vater, weil seine Reaktion völlig spontan erfolgte und sich in allem widerspiegelte: in Blick und Ton, seiner Haltung und dem leichten Neigen des Kopfes. Doch sie konnte es ihm nicht sagen. Stolz war ein Ausdruck, den er aus seinem Wortschatz gestrichen hatte. Stolz war ein Ego-Wort, sozusagen ein schlechtes Wort für eine schlechte Eigenschaft. Aber gut und schlecht gab es doch eigentlich gar nicht nach seiner Auffassung. Später fiel ihr ein, dass sie auch einfach danke hätte sagen können, um sein Verständnis anzuerkennen. Doch dazu hatte sie sich nicht überwinden können, weil sie sich wieder klein und schwach gefühlt hätte.

Mit Isabell kam frischer Wind in Joys Leben. Ihre Prioritäten änderten sich, und sie spürte immer deutlicher, dass es ihr guttat, sich aus der dichten Atmosphäre ihres Elternhauses zu lösen und ihren eigenen Weg zu finden. Bei Isabell bekam sie Anerkennung und Streicheleinheiten, sie musste nicht jedes Wort auf die Goldwaage legen und konnte ihre Gefühle genießen, ohne andauernd aufgefordert zu werden, sich nicht mit ihnen zu identifizieren, sondern darüber nachzudenken, warum sie was fühlte. Meine Güte, was für eine Verschwendung, sich mitten in einer wunderbaren romantischen Situation stundenlang den Kopf darüber zu zerbrechen, welche Gedanken hinter dem zauberhaften Gefühl stecken könnten und dass man ja nichts festhalten sollte und auch nichts erwarten, weil ja alles ach so vergänglich ist und der Verlust dann weh tut! Da sind gar keine Gedanken, stellte Joy für sich fest. Schmetterlinge im Bauch sind Schmetterlinge im Bauch und nichts anderes. Meine Schmetterlinge. Sie sollen flattern und mir guttun. Und wenn sie nicht mehr flattern, dann bin ich verzweifelt, und auch das gehört dazu. Meine Verzweiflung. Ende. Ich will alle Gefühle – nicht nur diese milden, abgeklärten, langweiligen, klaren, leicht zu beschreibenden und auseinandergepflückten Emotionen irgendwo in der Mitte. Wo auch immer die sein mochte.

Isabell machte sie auf das Frauenboxen aufmerksam.

„Eine Freundin von mir macht das seit einigen Monaten“, erzählte sie Joy eines Abends, als sie aus dem Kino kamen und auf einer Litfaßsäule ein Werbeplakat für einen Frauenboxclub entdeckten. „Im Fernsehen gab's eine boxende Frau, die in einer Talkshow aufgetreten ist, und Heike war sofort fasziniert. Soll jetzt auch bei uns im Kommen sein, obwohl der Amateurboxverband sich noch sperrt, Frauen aufzunehmen. Sie haben Angst um unsere Brüste, stell dir mal vor!“

Joy kicherte. „Ach, wie aufmerksam von den Herren der Schöpfung.“

„Ja, nicht wahr? Heike meint, in den USA kann man ohne Probleme Karriere als Profiboxerin machen.“

„Hat sie denn so was vor?“ fragte Joy.

„Nein, nein, aber sie hat sich ein bisschen schlau gemacht, und nun geht sie zweimal in der Woche zum Boxtraining. Um ehrlich zu sein – für mich wär das ja nichts. Ich finde es schon blöd, wenn die Kerle aufeinander eindreschen, bis das Blut spritzt oder einer auf die Bretter geht, und ich meine, der Sport an sich wird ja nicht besser, nur weil Frauen ihn ausüben, denn es geht nun mal darum, wer schneller und härter schlagen kann, aber was macht's? Wir sollten wenigstens die Wahl haben, nicht wahr? Und Heike macht es einen Riesenspaß. Irre, oder?“

Ja, das war es in der Tat. Joy ging das Gespräch nicht mehr aus dem Kopf. Ihre Neugier war entfacht, und zwei Wochen später begleitete sie Heike in deren Trainingsclub – nur um sich mal umzusehen. Schweißgetränkte Luft und das satte Klatschen der Lederhandschuhe schwallten ihr entgegen, als sie die Halle betrat, während Heike im Umkleideraum verschwand. In dem Gewimmel entdeckte Joy zunächst nur junge Männer, die sich an Trainingsgeräten warm machten oder einboxten. Neben den üblichen Sandsäcken und Bällen unterschiedlicher Größe, auf die mehr oder weniger wuchtig eingeschlagen wurde, gab es Fitnessgeräte für jeden Geschmack. Die meisten Sportler arbeiteten für sich allein, einige Boxer trainierten paarweise. Joy beobachtete das Geschehen, bis eine helle Stimme sie aufhorchen ließ – am anderen Ende des Raumes war ein abgetrennter Gymnastikbereich, wo Heike sich mit vier anderen Frauen streckte, dehnte, auf der Stelle hüpfte und nun Joy zuwinkte. „Hier hinten sind wir, komm ruhig näher!“

Joy schlängelte sich zwischen einem seilspringenden Muskelmenschen, der eindrucksvoll an Sylvester Stallone erinnerte, und einem schweißüberströmten jungen Typen, der auf einen kleinen Speedball eindrosch, hindurch und durchquerte rasch die Halle.

„Na, was sagst du?“ lachte Heike ihr entgegen und stellte ihr rasch die anderen Frauen vor, die in lässigen T-Shirts und kurzen

Hosen ihre Übungen absolvierten und ihr kurz zunickten.

Joy grüßte in die Runde. „Ganz schön voll hier. Und laut und verschwitzt."

Heike nahm sich zwei kleine Hanteln und führte sie mit seitlich ausgestreckten Armen bis knapp über Schulterhöhe hoch und ließ sie dann langsam wieder sinken.

„Klar", sagte sie grinsend. „Das ist nichts für zarte Gemüter oder Ballerinas. Eine sehr direkte Art, sich fit zu halten, seine Kampfkraft zu erproben und sich auszutoben. Warum das nur etwas für Männer sein soll, sehe ich nicht ein. Frauen machen doch auch Judo und Kickboxen und so. Und wir haben auch Wut im Bauch, die wir rauslassen wollen."

Joy hatte in den vergangenen Jahren alle möglichen Sportarten ausprobiert – Tennis, Reiten, Volleyball, Squash –, war aber bei aller grundsätzlichen Begeisterung für Spiel und Bewegung für keine in echter Leidenschaft entflammt. Seit einigen Monaten ging sie regelmäßig in ein kleines Frauen-Fitneßstudio, um ein paar Muskeln und Kraft aufzubauen, da sie von eher zarter Konstitution war, aber besonders erquicklich fand sie es nicht, Gewichte zu stemmen, auf dem Ergometer zu strampeln und sich in irgendwelchen überdimensionalen Zugmaschinen abzuschinden. Sie erledigte ihr Programm wie eine notwendige Pflichtübung, flitzte noch eine Runde in die Sauna, dann ab unter die Dusche und nach Hause. Allerdings war es ein schönes Gefühl, allmählich den harten Bauch zu spüren, die kräftigen Schultern und Arme und die gut geformten Beine.

„Du bist doch ganz nett beieinander", riss Heike Joy aus ihren Gedanken. „Versuch's doch einfach mal – mach dich mit uns warm, und dann gehen wir beide nur so zum Spaß in den Ring. Zweimal zwei Minuten, und dir ist richtig warm. Hm, was ist – wär das nichts für dich?"

„Ich habe gar keine Sportklamotten mit."

„Kein Problem – ein T-Shirt und eine Hose habe ich noch dabei. Dürfte dir beides zwei Nummern zu groß sein, aber für den Schnuppertest müsste es reichen. Und Sportschuhe hast du ja sowieso an. Das geht auch für den Anfang. Handschuhe, Helm, Brust- und Mundschutz kriegst du hier."

Joy zögerte. Heike war um einiges größer und kräftiger als sie, und sie kannten einander auch nicht besonders gut. Joy hatte keine Lust, als Versuchskaninchen durch den Ring gescheucht zu werden und sich eine blutige Nase zu holen.

„Na, was ist – Lust, mal was ganz Neues auszuprobieren?" Heike ließ nicht locker und legte die Hanteln beiseite. „Oder hast du Schiss?"

Ja, sie hatte Schiss. In diesem Viereck war man ganz auf sich allein gestellt – selbst wenn man als ahnungslose Anfängerin vielleicht geschont wurde.

„Nö", antwortete Joy. „Natürlich nicht. Ich bin ziemlich fit, und wie geboxt wird, weiß man ja so in etwa. Warum also nicht?"

Erwärmung und kurze Einweisung dauerten ungefähr eine halbe Stunde. Joy war erstaunt, wie schwer die Handschuhe waren und welche Konzentration sie aufbringen musste, um mit gleichmäßiger Kraft gegen einen Sandsack zu schlagen. Haken, Aufwärtshaken, Doublette, Cross, Gerade – Heike erklärte, führte vor und ließ Joy dann die Schläge üben. Als sie schließlich den Ring betraten, war sie bereits schweißüberströmt und tröstete sich mit dem Gedanken, dass zweimal zwei Minuten ein lächerlich kurzer Zeitraum war, in dem ja nicht allzuviel Schlimmes passieren konnte. Mit dem Gong nahm sie die Fäuste hoch und lief auf Heike zu. Den ersten Schlag fing sie sich ein, ohne dass sie ihn hatte kommen sehen. Heike schlug beherzt gegen ihre rechte Schulter und drängte sie zurück, Joy holte aus – und kassierte den nächsten Schlag. Sie duckte sich hinter ihre Fäuste und wich rasch aus, als der nächste Hieb auf sie zuflog. Ihr Atem ging immer schneller, und jedesmal wenn sie versuchte, Heike mit einem

Konter zu antworten, erwischte sie Sekundenbruchteile früher ein satter Treffer. Als der Gong ertönte, hatte Joy den Eindruck, dass mindestens fünfzehn, wenn nicht zwanzig Minuten vergangen waren und sie in jeder einzelnen Minute zehn Hiebe eingesteckt hatte. Mindestens. Sie ging schnurstracks in ihre Ecke, wo ein junger Typ in verwaschenen Trainingsklamotten stand, der ihr einen Becher Wasser reichte und ihr entgegenlächelte.

„Hey, ich bin Piet. Du hältst dich gut, Kleine", sagte er in anerkennendem Ton.

„Willst du mich verarschen?" spuckte Joy ihm fast entgegen und ließ sich auf den kleinen Hocker fallen, den er ihr hingestellt hatte. Sie nahm ihren Mundschutz heraus, stürzte das Wasser hinunter und starrte Piet böse an. „Ich treffe sie nicht ein einziges Mal, und sie haut mir die Dinger um die Ohren, bevor ich sie auch nur kommen sehe. Aber klar – ich halte mich gut. Wenn das deine Art von Anmache sein soll – vergiss es, Typ!"

Piet lachte gutmütig und gab ihr ein Handtuch. „Heike ist seit Monaten dabei, sie wiegt erheblich mehr als du und nutzt deine Unerfahrenheit aus. Aber du steckst die Schläge weg wie nichts. Das ist schon eine Leistung."

Joy wischte sich das Gesicht ab und legte das Handtuch beiseite. Sie fixierte Piet. „Stell dir vor, das reicht mir aber nicht! Die blöde Kuh macht sich einen Spaß daraus, mich einzuseifen – wahrscheinlich um sich vor den anderen Mädels zu brüsten. Aber noch mal hab ich keine Lust auf diese Show."

Piet nickte. „Verstehe. Willst du einen kleinen Tip?"

„Nur zu."

„Heike deckt dich mit Geraden und Haken ein. Sie schlägt schnell und recht hart für den Umgang mit einer blutigen Anfängerin, dafür aber nicht mehr sehr präzise, weil sie dich als Unterlegene bereits im Sack glaubt – sie hält dich für Fallobst, wie wir das in der Boxersprache nennen. Du hast aber eine Chance, sie zu überraschen, indem du ihr mit einem Crosskonter in die Quere kommst.“ Er führte ihr Schlag und Bewegungsablauf vor. „Kopf schnell zurück, wirklich ganz schnell, eine Faust zur Deckung hoch, Schlagarm quer über ihre Fäuste – und am besten gleich auf den Punkt. Ich prophezeie dir: Das wird sie beeindrucken. Das wird sie sogar sehr beeindrucken. Und die anderen Mädels ebenfalls. Allerdings zu deinen Gunsten.“ Piet grinste.

„Hört sich ja ganz einfach an“, erwiderte Joy ironisch.

„Ist es auch. Stell dir die Bewegungsabfolge in Gedanken mal ganz ruhig vor und warte dann auf deine Chance. Du musst schnell reagieren, das ist alles.“

„Na denn, wenn's weiter nichts ist.“

Die zweite Runde begann Joy mit erheblicher Wut im Bauch. Heike tänzelte um sie herum, lächelte, plazierte ihre Schläge, nickte ihr freundlich zu und schien sich mit jedem Treffer prächtiger zu amüsieren. Joy witterte ihre Chance, als Heike gegen Mitte der Runde immer oberflächlicher angriff und fast ein gelangweiltes Gesicht aufsetzte, weil es allzu leicht war, Joy auf Abstand zu halten und ihr ab und an einen Schlag zu servieren.

„Na komm, ein bisschen mehr hast du doch drauf, oder?“ fragte Heike und ließ die Fäuste sinken. „Trau dich doch einfach mal!“

Joy lächelte, ging etwas näher, und diesmal sah sie das Zucken im Schlagarm ihrer Gegnerin. Sie riss schnell den Oberkörper zurück, Heikes Faust wischte an ihrem Kopf vorbei, und Joy knallte ihre Rechte über deren Arme in Richtung Kinn. Dabei traf sie zwar nur Heikes Nase, und auch nicht so fest, wie sie es sich gewünscht hatte, aber der Schlag reichte, um der geübten Boxerin einen verdatterten Blick zu entlocken, dem für Sekunden ein schmerzverzerrter Gesichtsausdruck folgte. Einen Moment spürte Joy dem Gefühl nach, einen Treffer gelandet zu haben, einen richtig satten Treffer. Sie atmete tief aus. Der hat gesessen, dachte sie, und es war nichts anderes als Genugtuung in ihr. Und du kannst noch mehr davon haben, wenn du willst. Zwei Sekunden später hielt sie sich taumelnd das Kinn, gleichzeitig hörte sie den Gong, und Heike trat mit munterem Lächeln zu ihr.

„Nichts für ungut, Kleine, wenn ich ein bisschen rüpelig war, hat aber Spaß gemacht mit dir“, sagte sie und klopfte Joy auf die Schulter.

„Ja, klar, das Vergnügen war ganz auf meiner Seite“, nuschelte Joy zwischen ihrem Mundschutz hervor, doch es klang alles andere als überzeugend. Ihr rauschte der Kopf, und ihre Beine waren weich wie Watte. Keine halbe Minute später war Heike verschwunden – ohne Piet, der immer noch in Joys Ecke stand, auch nur eines Blickes zu würdigen. Joy ging langsam zu ihm. Piet half ihr aus den Handschuhen und nahm ihr den Helm ab. Sie trank eine ganze Flasche Wasser, und ihre Hände zitterten.

„Super“, sagte Piet. „Das war erste Sahne. Glaub mir, die ist stinksauer, weil du einen Treffer gelandet hast.“

Joy blickte ihn ungläubig an. „Du willst mich trösten, nicht wahr?“

„Warum sollte ich? Ich kenne dich doch gar nicht, und wenn ich der Meinung wäre, du hättest hier nichts, aber auch rein gar nichts verloren, sondern solltest Gymnastik am langen Band betreiben oder Unterwassertanz oder so was ähnliches, könnte ich dir das ohne Probleme sagen – obwohl du verdammt schöne Augen hast.“ Er lächelte.

„Aha. Also der Unterwassertanz ist es eindeutig nicht.“

Piet massierte ihr ganz selbstverständlich die Schultern. „Das meine ich aber auch. Komm wieder. Ich mache ein flottes Fliegengewicht aus dir. Nicht mehr lange, und Frauenboxen wird auch hier etwas ganz Selbstverständliches sein. Du hast Biss und Durchhaltevermögen. Eine Kämpferin, die auch einstecken kann.“

Joy stand auf und streckte sich. Piet lächelte auf sie herunter. Sie schätzte ihn auf Mitte bis Ende Zwanzig. Er maß gut einsachtzig und war kräftig gebaut. Joy sah jetzt erst, dass er eine Nickelbrille trug.

„Du bist Trainer hier?“

Er nickte. „Seit zwei Jahren. Ich trainiere ein paar der jungen Kerle, vornehmlich die Leichtgewichte, und als ich dich sah, wusste ich, was mir bislang gefehlt hat. Ich meine – so als Trainer.“

„Ich werde darüber nachdenken“, sagte Joy.

„Davon bin ich überzeugt“, entgegnete er. „Du kannst jederzeit herkommen. Wenn ich nicht da bin, hinterlass eine Nachricht im Büro. So, und nun viel Spaß unter der Dusche.“ Damit wandte er sich um und ging davon.

Joy schaute ihm nach. Piet war attraktiv und überzeugend. Er sah etwas in ihr, von dem Joy nicht gewusst hatte, dass es da war – nicht in dieser Form. Etwas ungemein Aufregendes, Wildes, Handfestes. Ein Aufbegehren und eine Hartnäckigkeit, die ihr Herzklopfen verursachten, die Angst und Schmerz besiegen konnten. Manchmal in nur zweimal zwei Minuten.

Simon würde entsetzt sein. Dorothea sowieso. Joy konnte sich nicht daran erinnern, ihn jemals entsetzt erlebt zu haben. Es würde spannend werden, seine Gelassenheit einmal gründlich auf die Probe zu stellen und zu erleben, wie seine angeblich so unerschütterliche Ruhe einen Riss bekam. Mal sehen, wie weit es dann bis zur Mitte war. Joy lächelte leise.

10

Nadine hatte sich eine heftige Bronchitis eingefangen und konnte zwei Wochen nicht zum Training kommen. Als ich sie zu Hause besuchte, befand sie sich aber schon wieder auf dem Weg der Besserung. Sie lebte in einer Zwei-Zimmer-Wohnung in Wilmersdorf, die mit einer gewöhnlichen Studentenbude, wie ich sie von anderen jungen Leuten kannte, nichts gemein hatte. Ihr Schreibtisch stammte eindeutig nicht aus dem berühmten schwedischen Einrichtungshaus und die Regale, in denen viele schwere und zum Teil in Leder gebundene Kunstbände standen, ebensowenig. Sie hatte eine Vorliebe für Orange- und Blautöne und sammelte offensichtlich Porzellanelefanten. Die Vorhänge im Wohnzimmer waren farblich auf das Sofa abgestimmt, und die Stereoanlage war vom Allerfeinsten. Nadine musste eindeutig nicht von Bafög leben oder sich ihr Studium mit diversen Jobs finanzieren.

Sie hatte den Kaffeetisch im Wohnzimmer gedeckt, und ich freute mich auf den Rhabarberkuchen mit Sahne.

„Setz dich doch“, sagte sie, als sie mit der Kaffeekanne aus der Küche kam.

Ich nahm den Sessel am Fenster. Nadine tat mir ein Stück Kuchen auf und goss Kaffee ein.

„Du studierst Kunstgeschichte, nicht wahr?“ erinnerte ich mich.

Sie nickte. „Schwerpunkt Renaissance – Tintoretto und so. Ich sitze gerade an einer Hausarbeit über seine verschiedenen Abendmahlbilder.“

„Macht dir das Spaß? Ist es das, was du tun möchtest?“ fragte ich.

Nadine schlug die Beine übereinander. „Doch, es ist sehr interessant, aber ... na ja, Tintoretto ist nicht alles und Kunstgeschichte auch nicht.“

„Verstehe.“ Ich aß genüsslich – der Rhabarberkuchen hatte genau die richtige Mischung aus sauer und süß, und ich zierte mich nicht lange, als Nadine mir ein zweites Stück anbot. „Was interessiert dich denn sonst noch so?“

Sie lächelte. „Gute Frage – wahrscheinlich alles mögliche, aber ich muss erst mal lernen, meine eigenen Interessen überhaupt wahrzunehmen.“

„Und das Boxen gehört immer noch dazu?“

„Ja.“ Sie schaute mich an. „Unbedingt. Mehr denn je.“

Ich lehnte mich zurück. „Weil du Fortschritte gemacht hast?“

Nadine nahm ihre Tasse in beide Hände und lächelte verschmitzt. „Habe ich? Das ist ja toll. Danke fürs Kompliment, auch wenn es durch die Hintertür kommt. Doch das allein ist es nicht."

„Sondern?"

„Du hast neulich mal erzählt, dass Joy auch Angst gehabt hätte, und ich vermute mal, dass du damit meinst, sie hätte sich im Ring gefürchtet", erklärte Nadine.

Dort auch. „Hm", gab ich vage zurück. „Und?"

„Wenn eine kämpferische und gut boxende Frau wie Joy Angst im Ring hatte, dann darf ich die auch haben. Und wo wir gerade schon dabei sind: Wann darf ich in den Ring?"

„Nun, erst mal musst du wieder gesund werden, und dann sehen wir weiter."

Nadine verdrehte die Augen, doch im Grunde hatte sie mit keiner anderen Antwort gerechnet.

„Ich habe übrigens bei meinem letzten Bibliotheksbesuch mal unter Zen-Buddhismus nachgeschlagen", fuhr sie einen Moment später fort. „Das ist ein sehr interessantes Thema. Joy konnte nichts damit anfangen?"

„Nein, das war ein rotes Tuch für sie."

„Warum eigentlich?" fragte Nadine.

„Sie fühlte sich bedrängt von dem hundertprozentig überzeugten Vater und hat für sich keinen Sinn darin gesehen, ihm und seiner Lebensphilosophie nachzueifern", antwortete ich. „Oder ihrer Mutter, die nichts in Frage stellte, was von ihrem Mann kam, oder zumindest nur sehr wenig. Joy wollte ihren eigenen Weg finden, und der hatte ihrer Meinung nach nichts, aber auch gar nichts mit ihren Eltern zu tun."

Nadine nickte eifrig. „Und wie genau hat sie das angefangen?"

„Nun, zunächst mal hat sie sich einfach nur abgewendet", erzählte ich. „Sie führte ihr eigenes Leben und schob ihre Eltern weit von sich, sehr weit. Was sie anbetraf, konnte ihr Vater vor lauter Erleuchtung auf seinem Meditationskissen festwachsen und ihre Mutter vor Ehrfurcht erstarren. Das war nicht mehr Joys Sache."

Nadine nickte und sah mich gespannt an.

„Es vergingen viele Jahre, ohne dass es zwischen Joy und ihren Eltern zu einer Annäherung oder auch nur zu einem ausführlichen Gespräch gekommen wäre", fuhr ich fort. „Dann starb Joys Mutter wie aus heiterem Himmel. Sie hinterließ ihrer Tochter einen Brief."

Nadine ließ die Gabel sinken. „Ach. Und worum ging es?"

„Joy sollte auf Wunsch ihrer Mutter die Beziehung zu ihrem Vater überdenken und ihnen beiden eine Chance geben, einander besser kennen und respektieren zu lernen."

„Was hat Joy gemacht – den Brief zerrissen?"

„Danach war ihr anfänglich zumute, aber sie hat es nicht getan", erwiderte ich. „Sie ist nach langem Grübeln zu ihrem Vater gefahren und hat einige Wochen in ihrem Elternhaus verbracht."

Nadine strich sich mit der Hand übers Kinn. „Wirklich? Warum? Was sollte das bringen nach all den Jahren ohne großartigen Kontakt?"

„Tja, die Dinge, die zwischen den beiden und auch zwischen Mutter und Tochter standen, waren ja nicht unbedingt damit erledigt, dass die drei sich kaum sahen. Sie waren lediglich liegengeblieben. Außerdem: Dieser Brief war so etwas wie ein Testament. Auch wenn Joy ihrer Mutter nicht nahestand – sie konnte ihren letzten Willen nicht einfach ignorieren."

„Das war sicherlich ein schwerer Schritt", sagte Nadine einen Moment später nachdenklich. „Ihre Bedenken waren schließlich jetzt nicht kleiner, oder? Die sind doch nicht einfach verschwunden, weil die Mutter gestorben war. Der Vater hat immer noch meditiert, nehme ich an, und das Boxen fand er bestimmt nicht auf einmal toll."

„Wahrscheinlich nicht", stimmte ich zu. „Doch ihm war klar,

welche Überwindung es Joy gekostet hatte, auf ihn zuzugehen, und wie schwierig es für sie war, dem Wunsch ihrer Mutter nachzugeben. Nachgiebigkeit war nicht unbedingt ihre Stärke. Außerdem waren beide auch Trauernde. Und ein Zen-Übender versucht, die Dinge so zu nehmen, wie sie kommen – gut oder schlecht, schwierig oder leicht, angenehm oder unangenehm sind nebensächlich oder sollen es zumindest sein."

Nadine legte einen Moment den Kopf schief. „Tatsächlich? Und warum hat es ihn dann so sehr gestört, dass seine Tochter boxt?"

Ich lächelte. „Das ist eine gute Frage, die nicht mit zwei Sätzen zu beantworten ist." Ich sah auf die Uhr. „Wir werden ein andermal darüber reden. Ich muss jetzt los. Wann, denkst du, kannst du wieder zum Training kommen?"

„Der Husten ist fast weg", sagte sie. „In ein paar Tagen, schätze ich."

„Am Wochenende haben wir einen Verein aus Frankfurt zu Besuch", erzählte ich im Aufstehen. „Es wird einige interessante Kämpfe geben. Vielleicht hast du Lust zuzuschauen?"

Nadine begleitete mich zur Tür.

„Mal sehen", sagte sie. „Danke für deinen Besuch."

„Danke für Kaffee und Kuchen." Ich winkte und ging die Treppen hinunter.

Oben fiel die Tür ins Schloss.

11

Es gab einige wenige Momente, in denen Joy gänzlich vergessen konnte, dass sie bei ihrem Vater war. Und warum. Wenn sie sich für Stunden in ihre Arbeit vergrub – einen fast fünfhundert Seiten starken historischen Kriminalroman, den sie aus dem Norwegischen übersetzte – und dabei kaum hochschaute, weil sie ganz von dem Geschehen erfasst war, oder bei ihrer morgendlichen Gymnastik und beim Training in ihrem alten Club, wenn der Schweiß floss und nichts mehr in ihr Raum hatte außer einer bestimmten Übung oder Schlagkombination. Doch davon abgesehen waren Simon und damit auch Dorothea, ihre Kindheit und Jugend in diesem Haus präsent wie ein Film, der ständig im Hintergrund ablief und den sie nicht anhalten konnte. Sie sahen sich, wie Simon es vorgeschlagen hatte, regelmäßig zweimal am Tag – frühmorgens und gegen Abend. Er selbst war viel unterwegs oder saß in seinem Büro. Manchmal hörte Joy, dass Leute vorfuhren, und ihr Vater erzählte dann später von stundenlangen Besprechungen. Joy übernahm einen Teil der Hausarbeit, während Simon die meisten Einkäufe erledigte und sich um den Garten kümmerte. Sie spielten sich aufeinander ein – reibungsloser, als Joy zuvor angenommen hatte.

Auch ihre gemeinsame Zeit folgte vom ersten Tag an einem Ritual, von dem Joy nicht wusste, wer es festgelegt hatte oder ob es überhaupt geplant worden war. Aber das war unwichtig, denn offensichtlich benötigten sie es beide, und Joy war gespannt, was sich wie verändern würde, wenn Elena dazukam. Das Frühstück nahmen sie ein, ohne dass viel gesprochen wurde, am Abend jedoch unterhielten sie sich angeregt. Joy fiel auf, dass derjenige, der das Essen zubereitete, dann bei Tisch auch das Gesprächsthema einleitete. Manchmal jedoch schwiegen sie während der Mahlzeit oder sprachen nur das Nötigste und unterhielten sich anschließend bei einem langen Spaziergang oder wenn sie noch auf der Terrasse zusammensaßen. Am zweiten und dritten Tag hatten sie beide unverfänglichen Gesprächsstoff gesucht und plötzlich auftauchende kritische Punkte umschifft. Die damit natürlich nicht erledigt waren.

„Japan“, sagte Joy am vierten Abend. „Du bist immer noch nicht dort gewesen. Warum eigentlich nicht?“

„Das war ein alter Jugendtraum, der sich nicht verwirklichen ließ", antwortete Simon, ohne dass er über das Thema sonderlich erstaunt schien. „Mal sprach dies dagegen, mal jenes, und irgendwann wurde mir klar, dass diese Reise offensichtlich nicht sein sollte. Wahrscheinlich hatte ich viel zu viele Erwartungen. Das ist meist hinderlich."

Joy fragte nicht, welche Erwartungen er meinte. Sie schaute ihn an und sah, dass es in ihm arbeitete.

„Außerdem hätte deine Mutter es nicht gut verkraftet", fügte er schließlich hinzu. „Sie ist ihre Angst, mich zu verlieren, nie ganz losgeworden."

„Aber ..." Joy brach verblüfft ab. Das hatte sie nicht erwartet. „Und warum?" setzte sie noch einmal an. „Ihr wart doch ein sehr glückliches Paar, das war jedenfalls immer mein Eindruck. Warum hatte sie diese Angst?"

„Sie litt unter der Vorstellung, dass es mit ihrem, unserem Glück doch ganz plötzlich und unerwartet vorbei sein könnte, und sie wollte vorher so viele Augenblicke wie nur irgend möglich ... ja, ansammeln und festhalten. Wie Schmuckstücke", antwortete Simon. „Außerdem war sie abhängiger als ich. Abhängiger von gemeinsamen Erlebnissen, von gemeinsam verbrachter Zeit, um sich glücklich und zufrieden zu fühlen. Sie hat Dutzende von Fotoalben angelegt und viele Stunden damit verbracht, sich die Bilder anzuschauen, entsprechende Geschichten dazuzuschreiben und Erinnerungsstücke wie Restaurantrechnungen oder Bahntickets einzukleben. Im Laufe der Jahre ist sie gelassener geworden, sicherer, aber ganz verschwunden ist ihre Furcht nicht."

Joy schluckte. „Letztlich hat sich ihre Befürchtung dann ja auch auf tragische Weise erfüllt."

Simon nickte. „Ja, doch ich denke, sie hat tief in ihrem Inneren gerade in jedem glücklichen Augenblick ihrer Zeit mit mir, und davon gab es sehr viele, darum gebangt, dass morgen alles vorbei sein könnte – mit unserer Liebe, nicht weil sie ständig Angst gehabt hätte, einer von uns würde frühzeitig sterben."

„Und du konntest sie nicht davon befreien?“ fragte Joy, und sie hörte selbst, dass ihre Stimme leise zitterte.

Simon schüttelte den Kopf. „Von seiner Angst kann man sich nur selbst befreien. Niemand kann das für dich tun.“

„Du weißt, was ich meine“, entgegnete Joy und stand abrupt auf, um sich noch eine Tasse Kaffee zu kochen. Simon war mit seinem Tee, der vom Abendbrot noch übrig war, zufrieden.

„Nicht genau, erklär es lieber.“

„Nun, wenn ich es richtig verstanden habe, brauchte sie immer wieder die Bestätigung, dass du sie wirklich liebst, treu bist und so weiter.“

Simon lächelte. „Und so weiter?“

Der Wasserkocher fing an zu sprudeln. Joy nahm einen Becher aus dem Schrank und füllte zwei Löffel Kaffee in einen Filter. Dann goss sie das Wasser auf und atmete den Duft tief ein.

„Möchtest du aufgeschäumte Milch?“ fragte Simon und wollte aufstehen, doch Joy winkte ab.

„Nein, danke, diesmal nicht.“ Sie setzte sich wieder zu ihm. „Ich meine, gab es einen Grund für ihre Unsicherheit, für ihre Angst, sie könnte dich verlieren?“ nahm sie erneut den Faden auf.

„Natürlich. Für sie gab es wahrscheinlich sogar mehrere Gründe, vielmehr Erklärungen – meine stärkere innere Unabhängigkeit war sicherlich eine. Doch das Wichtigste war, dass sie nicht akzeptieren konnte, dass sich ein Augenblick nicht festhalten lässt, ob er schön ist oder weniger schön. Das ist das Prinzip des Lebens. Es gilt für jeden – ob man damit einverstanden ist oder nicht. Ja – es kann morgen alles vorbei sein, warum auch immer, oder erst in dreißig Jahren, das weiß man vorher nicht. Niemand weiß das vorher. Die Vergangenheit ist vorbei, die Zukunft kennen wir nicht – es bleibt uns nur, im Augenblick zu leben. Solange wir einander kennen, ist es mir nicht gelungen, Dorothea diese Haltung nahezubringen, zumindest nicht so nahe, dass es ihr geholfen hätte, ihrer Angst gegenüberzutreten und sie zu überwinden."

„Das wundert mich nicht", erwiderte Joy und rührte in ihrem Kaffee. „Wenn ich mir vorstelle, dass ich Angst hätte, meine Beziehung könnte auseinandergehen, und ich bekäme diese lapidare Antwort, hätte ich auch ein Problem."

Simon sah sie erstaunt an. „Ja, aber warum denn?"

„Das will niemand hören, der solche Befürchtungen hat, selbst wenn du hundertmal recht hast."

„Sondern?"

„Man will hören, dass es die große Liebe ist, die immer halten wird, dass man sich auf ewig heiß und innig liebt, stets alle Sorgen und Nöte teilt, den anderen auch in zwanzig Jahren noch schön und aufregend findet und so weiter und so fort. Das beruhigt", antwortete Joy.

„Das ist nicht aufrichtig."

„Das ist Romantik."

„Das hält uns davon ab, wirklich und wahrhaftig zu leben."

„Das ist deine Meinung, die du niemandem aufzwingen kannst. Und du kannst nicht jede Situation zum Predigen und jeden Ort als Tempel benutzen!"

„Jeder Ort *ist* ein Tempel."

Joy unterdrückte ihren Impuls, aufzuspringen und nach oben zu stürmen. Sie blieb sitzen und umfasste die Tischkante.

„So war es immer", sagte sie nach einer Pause leise. „Man versucht mit dir über ein ganz alltägliches oder auch tiefergehendes Problem zu sprechen, und du interpretierst alles vor dem Hintergrund deiner persönlichen Überzeugungen. Du lässt keine Gelegenheit aus, deine Philosophie ins Spiel zu bringen, mehr noch: Du lässt nichts anderes gelten. Jemand hat Angst oder ist unsicher, und du erklärst, dass das seine Richtigkeit hat und in drei Sekunden oder auch nächstes Jahr vorbei sein kann. Je nachdem. Manchmal täte es einfach ein wenig Zuspruch."

Simon nickte. „Zuspruch und liebevolle Zuwendung, Mitgefühl? Selbstverständlich. Nur das allein hilft auf die Dauer nicht, und das weißt du, Joy. Dann hätte deine Mutter ihr Problem schon vor über dreißig Jahren los sein müssen, denn sie hat alle Liebesbekundungen zu hören bekommen, die du dir nur vorstellen kannst."

Joy atmete tief aus, schaute kurz zum Fenster hinaus und sah dann wieder ihren Vater an. „Du warst immer so perfekt und hast auf alles eine Antwort gewusst. Oder ein Rätsel. Egal, worum es ging – Ärger in der Schule, mit Freunden, mit dir, Liebeskummer. Wie oft hätte ich einfach nur eine kleine, dumme Lüge gebraucht, um mich wieder stark und bestätigt zu fühlen. So aber wurde ich noch kleiner und schwächer und immer wütender."

„Ja, ich weiß. Du wolltest einen stinknormalen Vater, ein stinknormales Elternhaus."

Joy schob ihre Tasse beiseite. „Ja. Irgendwie so was. Ich habe mich hier immer ausgeschlossen gefühlt, verstehst du das nicht? Meine Mutter kümmerte sich in allererster Linie um dich, um euch, eure Ziele und Vorstellungen. Dass sie Angst hatte, dich zu verlieren, erklärt einiges, ändert aber gar nichts daran, dass du der große, tolle Meister für sie warst und ich die kleine Joy, die im Grunde niemand brauchte."

„Du hattest ständig Angst, zu kurz zu kommen, und du warst eifersüchtig. Ich konnte dir beides nicht nehmen und auch nicht die Unsicherheit, die dahintersteckte. Wie sieht es heute damit aus?"

Joy winkte ab. Ihr Herz flatterte noch aufgeregter. „Jeder Mensch hat diese und jene Gefühle, Stärken, Schwächen, Eigenschaften, Unarten, Begabungen und so weiter. Ich käme zu nichts anderem mehr, wenn ich mich dauernd selbst beobachten würde."

„Stimmt, es ist sehr anstrengend und aufwendig, aber es lohnt sich; es ist ausgesprochen spannend, und man lernt viel über sich."

„Warum willst du denn soviel über dich lernen? Ich denke, ihr Buddhisten sollt euer Ich überwinden?“

Simon lächelte. „Tja, dazu muss ich es aber erst mal kennenlernen.“

„Warum das denn?“

„Es gehört mehr dazu, als du dir ohne eingehende Betrachtung und Überprüfung vorzustellen vermagst. Zum Beispiel gibt es eine Form von scheinbarer Hilfsbereitschaft, die nichts damit zu tun hat, dass jemand aus tiefem Mitgefühl helfen möchte. Er tut es nur, um sich selbst zu bestätigen, sein warum auch immer schlechtes Gewissen zu beruhigen oder um vor anderen gut dazustehen.“

Joy hob die Hände. „Gut, dann erkennt derjenige das und hört sofort auf, gute Werke zu tun. Prima Idee. Die Folge wäre, dass es wahrscheinlich auf einen Schlag nur noch halb so viele ehrenamtlich tätige Menschen gibt wie zuvor, wenn überhaupt. Man kann es auch unnötig komplizieren. Lass doch Tante Hildrun von nebenan in der Suppenküche aushelfen, auch wenn sie es nur tut, um beim nächsten Kaffeekränzchen damit prahlen und alle anderen ausstechen zu können. Das ist der Suppe egal und den Obdachlosen auch.“

„Nein, das denke ich eben nicht. Sinnvoller ist es, die eigenen Motive zu erkennen ...“

„... und dann aus echtem Mitgefühl zu handeln.“ Joy seufzte tief. „Papa, das geht am wirklichen Leben vorbei. Unsere egoistischen Bedürfnisse sind ein Teil davon.“ Sie zuckte zusammen, weil sie zum ersten Mal seit langer Zeit wieder Papa gesagt hatte. „Du bist ein Idealist. Ein hoffnungsloser noch dazu.“

Simon lächelte und legte die Arme auf den Tisch. „Du hast recht – keine Hoffnungen heißt keine Enttäuschungen – was zählt, ist nur der Augenblick.“

„Du meinst das ernst, oder?“

Er nickte.

Joy schwankte in den ersten Minuten nach diesem Gespräch zwischen zähneknirschendem Unmut, der ihr nur allzu bekannt war, und dem Gefühl, in der ersten Runde wenigstens nicht aus den Latschen gekippt zu sein. Es ist zum Haareraufen, dachte sie später, als sie in ihr Zimmer nach oben ging. Da hat meine Mutter ständig Angst gehabt, ihn zu verlieren. Warum habe ich das nie mitbekommen? Sie war doch immer so fröhlich und guter Dinge. Oder nicht? Sie hat häufig auf ihn gewartet, wenn Simon unterwegs war. Unruhe, der ständige Blick aus dem Fenster, der abwesende Gesichtsausdruck, erinnerte sich Joy. Und die permanent gute Laune, mit der sie dauernd um ihn herumgewuselt war, hatte Joy häufig für übertrieben gehalten.

Joy legte sich ins Bett und starrte an die Decke. Jetzt wäre es gut, Elena neben sich zu haben. Auch wenn sie vielleicht sticheln würde, und sei es nur durch ein Hochziehen der Augenbraue. Küsse, ihre Hände, ihr Geruch. Anschmiegen. Elena würde sich auf sie rollen und lachen, Joys Mund suchen, ihre Zunge, es würde knistern und warm werden. Das genügte. Und sie hätte diesen fordernden, forschenden Blick, dem so schnell nichts entging, auch wenn Joy sich geschickt durchmogelte und das Thema Sex in den letzten Monaten stillschweigend auf Eis gelegt worden war. Schließlich hatte Joy gerade ihre Mutter verloren. Da war es doch wohl verständlich, dass sie keine Lust auf Sex hatte. Eine willkommene Ausrede. Aber wie lange noch? Wie war das eigentlich damals mit Isabell gewesen? Joy konnte sich nicht daran erinnern, dass sie Probleme gehabt hatten. Alles – Zärtlichkeit, Erotik und Sex – war aufregend und neu, toll und wichtig gewesen. Bis sie mit dem Boxen angefangen hatte. Dann war es rapide bergab gegangen und schließlich Knall auf Fall zu Ende gewesen.

Eine Woche nach dem Kampf mit Heike war Joy wieder beim Boxtraining. Und wenige Tage darauf erneut. Sie bezahlte den Vereinsbeitrag von ihrem Taschengeld, ohne mit ihren Eltern gesprochen zu haben, die der Aufnahme in den Verein erst noch zustimmen mussten. Aber Joy wollte erst ganz sicher sein, dass sie ihren Sport wirklich gefunden hatte. In der Woche darauf erschien sie zweimal. Piet freute sich und stellte einen Trainingsplan für sie auf, der wöchentlich drei Einheiten umfasste, und sie stimmte zu – das würde sie schaffen. Sie trainierte entweder allein oder mit den anderen jungen Frauen zusammen oder unter der direkten Anleitung und schonungslosen Begutachtung von Piet. Er ließ sie schwitzen und ächzen, und er munterte sie immer gerade dann auf, wenn sie keinen guten Tag hatte. Sie gehörte dazu.

Ihr Körper begann sich zu verändern – er wurde härter, beweglicher und kraftvoller –, und je deutlicher sich diese Umformung abzeichnete, desto klarer sah Joy zwei entscheidende Situationen auf sich zukommen. Zum einen war ein klärendes Gespräch mit Isabell nötig, die sich für Joys Boxerei gar nicht erwärmen konnte und immer mauliger wurde, aber Joy ahnte, dass es weniger um das Boxen als vielmehr um Piet ging, für den sie recht offen schwärmte, und zwar nicht nur was den Sport und das Training anging. Er war einer der wenigen Männer, mit dem sie sich vorstellen konnte, ins Bett zu gehen und viel Spaß zu haben. Die erotische Spannung zwischen ihnen feuerte sie zusätzlich an, und natürlich spürte Isabell das, und es passte ihr nicht. Joy hätte im umgekehrten Fall genauso empfunden. Nach einem als Aussprache geplanten Gespräch, das in einen kurzen, aber heftigen Streit mündete, bei dem die Fetzen nur so flogen und sich das Thema Beziehung von allein erledigte, war es Isabell, die den zweiten für Joy anstehenden Konflikt ins Spiel brachte.

„Ich bin ja mal gespannt, was dein Alter dazu sagt, wenn er erfährt, dass du dich in einem Boxclub herumtreibst“, sagte sie mit höhnischem Unterton, als Joy schon in der Tür stand und im Begriff war, Isabells Zimmer zu verlassen. „Und dich demnächst von diesem Schläger vögeln lässt. Oder hast du dich schon vögeln lassen? Ich gehe jede Wette ein, dass du zu Hause noch nichts von deinen neuesten Hobbies erzählt hast, stimmt's, Herzchen?"

Joy drehte sich langsam um.

„Es ist besser, du hältst jetzt die Klappe. Die letzte halbe Stunde war schon unerfreulich genug", sagte sie betont ruhig.

„Ach ja? Aber warum denn – nun wird es doch erst so richtig spannend. Dein Vater wird wahrscheinlich aus allen Wolken fallen. Sein Töchterlein als Boxerin! Da wäre ich gerne dabei, wenn er das erfährt. Und du musst ja bald mal Farbe bekennen, oder? Schließlich bist du noch keine achtzehn, Süße."

Isabell saß auf ihrem Bett, und Joy ging langsam zu ihr hinüber, obwohl sie spürte, dass es besser wäre, Abstand zu halten. „Ich habe keinerlei Probleme damit, Farbe zu bekennen. Nur ist das meine Sache und nicht deine. Halt dich da raus."

„Na ja, nicht dass du bei all dem Training und dem aufgegeilten Typ noch vergisst, deine Eltern um Erlaubnis zu fragen, dass du diesen Sport überhaupt ausüben darfst."

Joy packte Isabell mit beiden Fäusten am Kragen ihres Pullovers und zog sie vom Bett hoch. Sie war weiß vor Wut, und sie wusste, dass sie kurz davor war, einen großen Fehler zu begehen.

„Na, was denn? Willst du mir jetzt eine runterhauen? Ist es das, was du da gelernt hast – im Konfliktfall schnell mal zuschlagen?" Isabell ließ die Arme hängen und grinste. „Toller Sport. Und wie tapfer du doch bist."

„Eifersüchtiges Miststück. Du kannst es bloß nicht ertragen, dass ich Piet mag und – ja – glatt mit ihm ins Bett steigen könnte. Und deshalb ist dir jedes Mittel recht, dich irgendwie an mir zu rächen. Aber nur damit du es ganz genau weißt: Ja, er macht mich an mit seinen schmalen Hüften, den Muskeln, dem knackigen Hintern und seiner ganzen Ausstrahlung. Ich habe Bock auf ihn, o ja!"

Isabell hob die Hände, stieß Joy zurück und schlug ihr ins Gesicht. Die Antwort kam wie ein Reflex. Joys Rechte traf Isabell mit erheblicher Wucht an der Schulter – zum Glück nur an der

Schulter, denn Isabell schrie auf und stürzte rücklings aufs Bett. Als sie hochblickte, erschrak Joy.

„Das wirst du mir büßen!“ zischte Isabell und hielt sich die getroffene Schulter. „Ich werde dafür sorgen, dass sich diese Aktion herumspricht – bei dir zu Hause werden sie den Mund nicht mehr zukriegen, das schwör ich dir, und dann siehst du richtig alt aus.“

Joy hob das Kinn. „Ach ja? Und dir wird man natürlich das Unschuldslamm abkaufen. Mein Vater ist doch nicht blöd.“

„Es genügt, ein paar Zweifel zu säen. Und nun mach, dass du die Kurve kratzt.“

Das tat Joy, und sie war ziemlich sicher, dass Isabell ihre Drohung wahrmachen würde. Ihr war im Moment jedes Mittel recht, der Ex-Freundin eins auszuwischen. Joy vermutete zähneknirschend und mit einem mulmigen Gefühl im Bauch, dass es bei der bevorstehenden Aussprache nun nicht mehr nur darum gehen würde, Simons Gelassenheit zu prüfen oder die Eltern mit einer Sportart zu provozieren, von der Joy überzeugt war, dass sie ihnen nicht gefiel.

Joy war rechtzeitig zum Abendessen zu Hause. Sie hängte ihre Jacke auf, ging sich die Hände waschen und betrat grüßend die Küche. Dorothea stellte gerade eine Karaffe mit frischgepresstem Orangensaft auf den Tisch, Simon richtete den Salat an. Beide sahen ihr entgegen. Joy entdeckte im Gesicht ihrer Mutter ein Zucken über dem rechten Auge. Simon wirkte ruhig wie immer, aber das hieß nichts. Joy setzte sich, und sie aßen fast schweigend. Sie gab sich gleichmütig und setzte eine zufriedene Miene auf, von der sie wusste, dass Simon sie durchschaute und Dorothea sie für eine Unverschämtheit hielt. Beim Nachtisch brach ihre Mutter schließlich das Schweigen.

„Deine Freundin hat vorhin angerufen“, sagte sie. „Vielmehr deine Ex-Freundin.“

„Ja, das habe ich mir gedacht. Sie hatte es angekündigt", erwiderte Joy gelassen und schnitt einen Pfirsich in vier Hälften. Der Saft machte ihre Finger klebrig, und Simon reichte ihr eine Serviette.

„Sie war sehr aufgebracht und verletzt und hat uns wenig Erfreuliches erzählt", fuhr Dorothea fort. Sie hatte dieses leise Beben in der Stimme, das ihren mühsam unterdrückten Zorn verriet. Die Erregung färbte ihre Wangen rot, und sie bekam zittrige Lippen.

„Nämlich?" fragte Joy.

Simon wollte etwas sagen, doch Dorothea war schneller. „Sie hat erzählt, dass du seit einiger Zeit in einem Boxclub trainierst und mit deinem Trainer ein Verhältnis hast und heute, als sie dich darauf ansprach, gewalttätig geworden bist. Um genau zu sein: Du hast sie niedergeschlagen."

Joy lächelte ihre Mutter an. „Das klingt, als wäre die Sache für dich, für euch absolut klar. Dann brauche ich ja gar nichts mehr zu sagen. Ihr habt euer Urteil ja bereits gefällt."

„Durchaus nicht", mischte sich Simon nun ein. „Aber wir gehen zumindest davon aus, dass du uns seit geraumer Zeit deinen neuen Sport verschweigst. Und ansonsten – bitte erzähl, was geschehen ist." Er warf Dorothea einen beruhigenden Blick zu.

Joy lehnte sich zurück und zuckte die Achseln. „Na schön, also ich war einige Male beim Frauenboxtraining – eine Freundin von Isabell macht das schon länger, und ich wollte es auch mal eine Weile ausprobieren. Es macht Spaß, und der Trainer ist ein sehr netter Typ, den ich gerne mag. Das wiederum kann Isabell nicht gut wegstecken. Außerdem verstehen wir uns ohnehin nicht mehr so toll. Wir haben uns heute gestritten, heftig gestritten, und sie hat mir eine geknallt. Ich habe ihr eine zurückgeknallt. Das war's, jedenfalls in Kurzform."

„Isabell hat erzählt, dass du sie in Boxmanier niedergeschlagen hättest", warf Dorothea ein.

„Isabell erzählt viel, wenn der Tag lang ist", gab Joy zurück. „Aber klar – du glaubst zunächst mal ihr, oder wie?"

„Sie war sehr aufgebracht, hat geweint, und sie meint, du seist dabei, in üble Kreise zu geraten ..."

Ich hätte sie ausknocken sollen, dass sie zwei Tage vor sich hin dämmert und anschließend ihren eigenen Namen nicht mehr weiß, dachte Joy, diese blöde Kuh – sie hat Dorothea an der Strippe gehabt und genau die richtigen Worte gewählt. Der eine oder andere Standesdünkel war ihrer Mutter nämlich keineswegs fremd, auch wenn sie immer wieder betonte, dass alle Menschen gleich seien und soziale Unterschiede lediglich Äußerlichkeiten wären. Tennis und Segeln schienen Dorothea nun mal angemessener als irgendein schnöder Turnhallensport – von Boxen ganz zu schweigen. *Üble Kreise* war zudem ein perfekt gewählter Ausdruck, um ihre Tochter sofort auf der schiefen Bahn zu vermuten.

„Sie ist stinksauer auf mich und eifersüchtig", hielt Joy dagegen. „Sie will mir eins auswischen! Warum siehst du das denn nicht, sondern bist statt dessen sofort bereit, auf mir herumzuhacken?"

„Boxen also", wandte Simon plötzlich ein.

Jetzt, dachte Joy, jetzt geht's erst richtig los. Mamilein war nur für die Einleitung zuständig. Die Stichwortgeberin.

„Du hast gesagt, du wolltest es mal ausprobieren und es würde dir Spaß machen. Was genau heißt das denn?" fuhr er fort.

„Dass ich weitermachen möchte."

„So ein Quatsch!" ereiferte sich Dorothea, und Joy sah, dass ihre Mutter nahe daran war, mit der Faust auf den Tisch zu hauen, was sie für einen Moment fast amüsant fand. „Boxen! Meine Güte – du kannst reiten, segeln, die tollsten Sachen machen, und du kommst ausgerechnet auf die Idee, dich in einen Ring zu stellen und mit einer anderen Frau herumzuprügeln? Das kann ich nicht glauben! Das kann ich wirklich nicht glauben."

„So einfach ist es nicht, Mama. Es wird nicht geprügelt."

„Ach nein? Dafür schlägst du dann aber bei der nächstbesten Gelegenheit im Streit auf deine Freundin ein!"

„Wenn du meinst."

„Warum?" fragte Simon mit unerschütterlich beherrschter Stimme. „Wenn es dir um das Kämpferische geht – es gibt einige wunderbare Kampfsportarten: Judo, Karate, Tai Chi, Aikido ... Warum willst du ausgerechnet boxen?"

„Ich will kein asiatisches Zeug machen. Ich will boxen!"

„Du kennst doch das asiatische Zeug gar nicht."

„Und du das Boxen nicht. Doch für dich ist natürlich sofort klar, dass Boxen Mist ist, und das andere sind edle Sportarten, allein schon weil sie aus China oder Japan stammen, nicht wahr? Aber Vorurteile hast du natürlich keine."

„Wenn ein Karateschüler sein Wissen und seine Macht in einer privaten Auseinandersetzung missbrauchen würde, hätte sein Meister ein sehr, sehr ernstes Wort mit ihm zu reden", entgegnete Simon. „Unter Umständen würde er sogar aus seinem Dojo ausgeschlossen werden."

„Na toll, ich habe keinen Dojo und keinen Meister, sondern einen Club und den Trainer, und wenn ich dem erzähle, dass mich eine zwei Jahre ältere und zehn Kilo schwerere Frau ins Gesicht geschlagen hat, worauf ich ihr einen Hieb auf die Schulter verpasst habe, so fände er das wahrscheinlich ganz in Ordnung. Wie Tausende andere auch. Nur du natürlich nicht. Ich hätte ihr wohl auch noch die andere Wange hinhalten und mich anschließend bedanken sollen, wie? Was hätte denn Bruce Lee getan?"

„Bruce Lee wäre gar nicht erst in eine solche Situation hineingestolpert, und ansonsten sollten Disziplin und Selbstbeherrschung die wesentlichen Voraussetzungen oder zumindest Zielsetzungen sein. Kampfsport auszuüben, ohne ein geistiges Heranreifen damit zu verbinden, ist Zeitverschwendung und sogar gefährlich."

„Erstens weißt du gar nichts über Boxen, und du willst auch gar nichts darüber wissen. Für dich und auch für Mama ist es einfach nur bescheuertes Prügeln ohne Sinn und Verstand, brutal, dumm, primitiv – das machen nur Leute aus den untersten Schichten, nicht wahr? Wo bleibt eure ganze vielbeschworene Toleranz? Deine Tochter steigt in einen Ring und kämpft dort mit ihren Fäusten gegen eine andere Frau. Das willst du nicht. Es ist nicht edel genug. Darum geht es dir und nur darum. Gib es wenigstens zu!"

Sie sah an seinen Augen, dass sie den wunden Punkt getroffen hatte.

„Und zweitens?" fragte er einen Moment später mit sanfter Stimme.

„Und zweitens – ich will es für mich tun und nicht für dich. Verstehst du? Es ist meine Entscheidung."

„Aber Joy, du tust es doch für mich."

„Was?"

„Geh boxen, wenn du willst. Ich halte dich nicht davon ab. Aber denk mal darüber nach, warum du es tust."

„Wieder eines deiner komischen Rätsel, weil es sonst nichts mehr zu sagen gibt?"

„Ja, durchaus. Und noch etwas", erwiderte Simon. „Wenn wir schon dabei sind, wie wäre es mal mit einem Koan – einem Rätsel, das du nicht mit deinem Verstand, deinen Vorstellungen und deinem Willen lösen kannst, sondern nur durch die unmittelbare und intuitive Erfahrung der Wirklichkeit? Gerade als Boxerin hast du vielleicht irgendwann die Gelegenheit dazu, den Klang der einen Hand zu hören. Sag mir Bescheid, wenn es dir gelungen ist."

Joy stand langsam auf. Sie zitterte. „Du ziehst dich prächtig aus der Affäre. Richtig meisterhaft. Tust du nicht gerade dasselbe, was du mir vorwirfst? Missbrauchst du nicht dein Wissen, um nicht der Unterlegene zu sein?"

Simon atmete tief durch und schaute sie einen Moment starr an.

„Ich setze mein Wissen ein, um dir etwas klarzumachen. Ich missbrauche es nicht“, sagte er dann.

„Na, dann gratuliere ich dir!“ Sie stieß ihren Stuhl um und stürmte aus der Küche.

Spätestens von diesem Tag an wurde das Boxen zur echten Leidenschaft. Joy trainierte viermal in der Woche, und wenn Piet Sparrings gegen Frauen aus anderen Clubs organisieren konnte, war sie häufig mit von der Partie. Offizielle und anerkannte Amateurwettkämpfe und eine stabile Profiszene gab es erst viele Jahre später, aber darum ging es Joy auch gar nicht. Sie boxte nicht, um als Frau ihr Recht auf die Ausübung dieser Sportart einzufordern und sich gegen dumm-dreiste Ausgrenzungsversuche zu wehren, von denen es jede Menge gab – das war höchstens ein Nebeneffekt; sie boxte, weil es ihr Sport war, weil sie Talent hatte, Fortschritte machte und sich gut dabei fühlte. Weil Simon hier keine Macht über sie hatte und Dorothea unwichtig wurde. Es lohnte sich schon lange nicht mehr, um deren Anerkennung zu kämpfen. Aber es lohnte sich, im Ring zu kämpfen. Joy lernte ihren Körper kennen, ihre Wut und die Angst. Sie erlitt Schmerz und Niederlagen, die sie zutiefst ängstigten, und sie teilte aus und spürte ihre wachsende Stärke. Manchmal ging ihr der eigentümliche Satz mit dem Klang der einen Hand durch den Kopf, blitzartig und völlig aus dem Zusammenhang gerissen, und sie schob ihn jedesmal entnervt beiseite. Koan, Rätsel – so ein Quatsch. Eine einzelne Hand machte doch keinen Ton. Zwei Hände machten einen Ton. Das war ein ganz einfaches Erfahren der Wirklichkeit. Und mit zwei Fäusten konnte man eine wunderbare Deckung aufbauen. Dahinter fühlte sie sich sicher und geborgen. Das war eine handfeste Erfahrung, an der es nichts zu deuteln und zu philosophieren gab. Joy schlief mit Piet und stellte anschließend lapidar fest, dass seine Trainerqualitäten ungleich besser waren als seine Talente im Bett. Sie blieben Freunde. Nach dem Abitur zog Joy nach Hamburg, um ihr eigenes Leben zu führen. Sie war froh über die Distanz zu ihren Eltern und überzeugt, dass die beiden umgekehrt genauso empfanden.

12

Ihre Mutter fehlte ihr. Oder es war die Lücke, die der Tod gerissen hatte, die Leerstelle, die Joy in ihrem Elternhaus auffiel und die ihr angst machte? Eine Beziehung, die sie hätte vermissen können, hatte es nie gegeben. Nur die Sehnsucht danach. Joy ging durchs Haus, und es gab tausend Dinge, die mit ihr verbunden waren. Sie war erstaunt, dass ihr Tod in manchen Augenblicken immer noch so unwirklich erschien, nicht fassbar. Ihre Mutter war noch nicht alt gewesen. Sie war aktiv, fröhlich und konnte doch nicht einfach bei einer Routine-Operation sterben! Joy wusste, dass die Frage nach Sinn und Unsinn kindlich-naiv war und gefährlich obendrein, denn sie führte ihr die eigene Sterblichkeit vor Augen. Glücklicherweise waren diese Momente der Hilflosigkeit selten.

Als Joy anlässlich eines Telefonats mit Elena nach gut einer Woche bei Simon eine Art Resümee ziehen wollte, fehlten ihr die richtigen Worte, um ihre Stimmung zu beschreiben. Ja, sie kam ganz gut klar mit Simon ... Nein, sie bereute ihren Entschluss nicht ... Doch, sie waren beide bemüht, gut miteinander auszukommen. Verstand sie ihren Vater inzwischen besser, war er ihr näher als früher? Reagierte sie anders auf ihn – seine Haltung, seine Lebensweise, seine Stärke? War der alte Groll noch genauso groß wie vorher, oder hatte er sich verändert? Sie wusste es nicht. Aber sie spürte, dass ein Teil von ihr ausharrte, hinter hochgezogener Deckung skeptisch beobachtete; ein anderer hatte sich inzwischen wider Erwarten behaglich eingerichtet, und ein dritter war unruhig. Elena würde in wenigen Tagen kommen, und wie ging es dann weiter? Hier zu dritt, aber auch was sie beide als Paar anging. Mehr als einmal wachte Joy mitten in der Nacht auf und hätte beinahe zum Telefon gegriffen, um den geplanten Besuch abzusagen, und wenn ihr dies am nächsten Morgen wieder einfiel, schüttelte sie den Kopf und war zugleich betroffen. Verwirrt. Dann wieder fieberte sie Elena entgegen, als hätten sie sich viele Wochen nicht gesehen.

Joy fuhr jeden Tag nach Altona in ihren alten Boxclub, in dem sie sich für vier Wochen angemeldet hatte, und sie war erleichtert, festzustellen, wie wenig sich verändert hatte. Es gab zwar zum Teil neue, modernere Trainingsgeräte und eine kleine Cafeteria anstelle des ursprünglichen Kiosks, an dem sie früher ihre Müsliriegel und ihre Getränke gekauft hatte, und auch die Dusch- und Umkleideräume waren renoviert worden, aber die große Halle hatte nichts von ihrem miefigen Charme eingebüßt. Bis auf den Hausmeister, zwei inzwischen stark ergraute Trainer und das eine oder andere flüchtig bekannte Gesicht traf Joy in den ersten Tagen niemanden aus den alten Zeiten. Piet war schon damals als Jugendtrainer nach Lübeck gewechselt. Die Frauengruppe bestand zur einen Hälfte aus reinen Fitneßsportlerinnen unterschiedlichen Alters, zur anderen aus ambitionierten Kämpferinnen, die in den Ring wollten. Joy trainierte in der Regel allein. Zwei Tage vor Elenas Ankunft tippte ihr jemand auf die Schulter, als sie einen Doppelendball, der an Boden und Decke befestigt war, bearbeitete und gerade ihren Rhythmus gefunden hatte. Widerwillig trat sie zurück, fing den Ball ab und drehte sich um.

„Kennst du mich noch?“ fragte mit breitem Lächeln eine kleine kräftige Frau, die ihr halblanges dunkles Haar zu einem Pferdeschwanz zusammengebunden hatte. Ein Kranz aus feinen Linien und Lachfältchen umgab ihre großen grünen Augen.

Joy musterte sie einen Moment, dann schlug sie sich vor die

Stirn. „Meine Güte, Saskia! Das gibt's ja gar nicht! Du bist immer noch hier?"

„Ja, klar, warum auch nicht?" gab Saskia zurück und betrachtete Joy amüsiert. „Und du? Ich denke, du bist in Berlin?"

„Bin ich auch. Aber zur Zeit besuche ich für ein paar Wochen meinen Vater."

„Es geschehen noch Zeichen und Wunder!" rief Saskia aus. „Du besuchst deinen Vater? Ich fasse es nicht."

Joy entschied sich, das Thema zu diesem Zeitpunkt nicht zu vertiefen, und die beiden vereinbarten, nach dem Training in der Cafeteria auf ihr Wiedersehen anzustoßen. Saskia war fast eine große Liebe gewesen. Sie hatten sich im Club kennengelernt und sich das erste Mal nach einem harten Sparring-Fight, bei dem Joy knapp unterlegen gewesen war, unter der Dusche geküsst. Saskia war einige Jahre älter und zumindest damals kein Kind von Traurigkeit gewesen, was im Klartext nichts anderes hieß, als dass Joy die Beziehung ernster genommen hatte als sie.

Während Saskia eine Runde Seilspringen ging, schlug Joy mit schärferem Rhythmus wieder auf ihren Ball ein. Sie war gespannt, ob Saskia sich verändert hatte. Eine gute Stunde später saßen sie sich mit noch nassen Haaren gegenüber. Der erste Durst war mit Zitronenwasser und Apfelschorle gestillt. Joy hatte als erstes vom Tod ihrer Mutter erzählt, um diesen Punkt rasch hinter sich lassen zu können. Nun saßen sie vor großen Kaffeetassen.

„Bist du immer noch Krankengymnastin?" fragte Joy schließlich nach einer kurzen Pause.

Saskia nickte rasch, sie war offensichtlich auch erleichtert über den Themenwechsel. „Inzwischen habe ich eine eigene kleine Praxis, zusammen mit meiner Lebensgefährtin."

„Na, das klingt ja richtig gut. Bist wohl sesshaft geworden?"

„Was meinst du denn damit?" fragte Saskia mit süffisantem Unterton und lächelte spitzbübisch.

Joy lehnte sich zurück und streckte die Beine aus. „Nun – feste Freundin, gemeinsame Praxis, das erinnert nicht unbedingt an das flippige Leben, das du damals bevorzugt hast. Heute hier, morgen da.“ Und ich saß zu Hause, wartete auf dich und glaubte immer noch, du wärst treu und es ginge um mich, um uns. Manchmal hab ich dir sogar gezeigt, wie nahe ich dir gern wäre.

Saskia beugte sich vor und machte große Augen. „Sag bloß, du bist immer noch sauer?“

„Sauer? Ach, Quatsch, ich sag nur, wie's war, oder möchtest du nicht daran erinnert werden?“

„Ich habe kein Problem damit“, gab Saskia zurück. „Außerdem – was heißt schon sesshaft? Ich flirte immer noch ganz gerne mal aushäusig.“

Ja, dachte Joy, genau den Eindruck machst du auf mich.

„Und deine Freundin hat nichts dagegen?“

„Ich tue es nicht unbedingt unter ihren Augen, und ansonsten halte ich ohnehin nichts von Treueschwüren bis ans Ende des Lebens.“

Joy lächelte. „Ja, ich weiß. Und sie – was hält sie davon?“

Saskia seufzte. „Na schön, du hast mich kalt erwischt. Sagen wir mal so – sie ist insgesamt ruhiger und wäre wohl ein bisschen glücklicher, wenn ich ähnliche Tendenzen hätte. Tja, aber es gibt Dinge, da kann ich einfach nicht aus meiner Haut, und warum auch? Wir sind schon über dreißig, und eigentlich will ich noch ein bisschen was erleben, bis ich vierzig werde. O Gott, kannst du dir vorstellen, vierzig Jahre alt zu werden?“ Sie starrte Joy mit schreckgeweiteten Augen an. „Dabei ist das gar nicht mehr so lange hin. Ich weiß noch, wie meine Mutter vierzig wurde, und ich habe sie für verdammt alt gehalten. Sie sich übrigens auch. Der Tag war ziemlich daneben.“

„Aber ist das wirklich eine Frage des Alters?“ entgegnete Joy. „Meine Freundin ist vierzig, und sie hat überhaupt kein Problem damit.“

„Und du?“

„Ich auch nicht – sieht man mal davon ab, dass sie manchmal sehr lehrerinnenhaft ist und fürchterlich abgeklärt. Ich vermute jedoch, dass sie das vor zehn Jahren auch schon war oder vor zwanzig. Vielleicht schon als Kind. Gehört wahrscheinlich zu ihrem Charakter. Ansonsten läuft sie Marathon und ist fitter als so manche Fünfundzwanzigjährige.“

„Geht's dir gut mit ihr?“

Joy lächelte. „Ja.“

Saskia hielt ihren Blick fest. „Keine Probleme?“

Was soll die Frage? dachte Joy. Im übrigen geht dich das überhaupt nichts an. Sie schüttelte den Kopf. „Wir sind noch nicht sehr lange zusammen. Jede hat ihre eigene Wohnung und macht ihr eigenes Ding. Da ergeben sich viele Probleme erst gar nicht.“

„Stimmt, diese elende Streiterei darüber, wer wann mit der Wäsche dran ist und wessen Lieblingsjoghurt nicht eingekauft wurde, kann ganz schön nerven. Aber sag mal“, Saskia legte ihre Hand auf Joys Arm, „wie lange bist du eigentlich noch hier?“

„Wie darf ich das jetzt verstehen?“

„Keine Anmache, Süße, obwohl ...“

Sie lachten beide, doch Joy wusste, dass Saskia im Zweifelsfall nicht zweimal aufgefordert werden müsste, um sich auf einen heißen Flirt einzulassen.

„Nein, ich meine jetzt was ganz anderes“, fuhr Saskia fort. „Wie ich gesehen habe, bist du gut in Form und boxt nach wie vor regelmäßig.“

„Na klar, meist viermal die Woche, zur Zeit täglich.“

„Gehst du in den Ring?“

„Ab und an.“

Saskia leerte ihre Tasse. „Wir tragen Ende Juli unsere Stadtmeisterschaften aus – eine inoffizielle Veranstaltung, aber nichtsdestotrotz gut besucht und immer eine willkommene Gelegenheit, um zu testen, wo man steht. Unser Fliegengewicht ist verletzt. Wir wissen nicht, ob sie bis dahin wieder fit sein wird. Hättest du nicht Lust, dich zumindest bereitzuhalten?"

„Ich weiß nicht, ob ich so gut in Form bin ..."

„Ach, na klar, du legst hier beim Training einfach noch 'nen Zacken zu, und schon kann's losgehen. Überleg's dir. Macht bestimmt Spaß. Das Hamburger Boxpublikum ist prima."

„Gut, ich überleg's mir."

Einige Minuten später brachen sie gemeinsam auf. Als sie auf die Straße traten, winkte Saskia einem Wagen zu, der gerade hupend am Bordstein hielt.

„Ich muss los, da ist meine Schöne", sagte sie und klopfte Joy auf die Schulter. „Mach's gut, wir sehen uns die Tage. Und wenn dir bei deinem Vater die Decke auf den Kopf fällt, sag Bescheid." Sie lächelte unschuldig und zwinkerte Joy dann vertraulich zu. „Vielleicht können wir ja was Nettes zusammen unternehmen – über die guten alten Zeiten reden, zum Beispiel."

Damit drehte sie sich um und schlüpfte auf den Beifahrersitz. Die Tür knallte zu, und der Wagen fuhr los. Joy blickte ihm einen Moment hinterher. Das ist jetzt wirklich das Allerletzte, wonach mir zumute wäre, dachte sie.

Simon hatte Käsekuchen gebacken. Das ganze Haus duftete danach. Joy betrat die Küche, als er den Kuchen gerade aus dem Ofen holte.

„Ich erinnere mich doch richtig, dass Elena eine Vorliebe für Kasekuchen hat, oder?" fragte er.

„Ja, du erinnerst dich richtig", antwortete Joy und setzte sich an den Tisch. „Und wir beide, was essen wir heute abend?"

Simon legte die Topflappen beiseite. „Ich dachte mir, wir fahren nach Hamburg rein, machen einen Spaziergang am Hafen und gehen anschließend in ein Fischlokal. Oder hast du einen anderen Vorschlag?"

Joy war einverstanden, und wenig später brachen sie auf. Sie war gern am Hafen, obwohl sie nicht zu den Menschen gehörte, die mit sehnsuchtsvollen Blicken den Schiffen nachsehen und von romantisch-abenteuerlichen Überseefahrten träumen. Beim kleinsten Seegang wurde ihr ohnehin übel. Aber sie mochte das bunte Gewimmel an den Landungsbrücken und das betriebsame Hin und Her an den Fähren. Dabei blieb kaum Gelegenheit, viel zu reden, und Simon unterbrach ihr Schauen nicht. Natürlich nicht.

Nach gut einer Stunde begann Joys Magen laut und anhaltend zu knurren, und Simon schlug den Weg zu einem kleinen Fischrestaurant ein. Joy schaute sich ein wenig skeptisch um, als sie das Lokal betraten – von der Decke hing das obligatorische Netz samt Seesternen herab, Bilder mit Segelschiffen in Seenot oder bei hohem Wellengang schmückten die Wände, und der Innenraum war mit dunklem Holz getäfelt –, aber Simon versicherte nach einem Blick auf die Miene seiner Tochter lachend, dass das Essen hervorragend sei. Dem konnte Joy eine halbe Stunde später zustimmen.

„Erzähl mir von deinem Leben in Berlin“, sagte Simon, nachdem sie beide ihren Fisch genossen hatten. „Seit du hier bist, haben wir darüber noch gar nicht weiter gesprochen. Wie lange lebst du jetzt schon dort – sieben, acht Jahre?“

„Es sind jetzt gut acht Jahre“, antwortete Joy. Und sie sind schnell vergangen, dachte sie. Vielleicht ist man doch schneller vierzig, als man gucken kann. „Schöne Jahre“, fügte sie hinzu. „Mein Studium hat mir großen Spaß gemacht. Es gab die eine oder andere Beziehung, ansonsten habe ich mein Leben gelebt.“

„Und jetzt – lebst du immer noch dein Leben?“

„Natürlich. Das ist mir sehr wichtig. Beziehungen kommen und gehen, davon darf man sich nicht abhängig machen.“

Hanna fiel ihr plötzlich ein. Sie hatten sich an der Uni kennengelernt und waren drauf und dran gewesen, sich eine gemeinsame Wohnung zu suchen. Hanna hatte ihr über die schwere Zeit direkt nach der Geschichte mit Charlotte hinweggeholfen – als Joy verletzt und unsicher gewesen war und ihre Freundschaft noch auf wackligen Füßen gestanden hatte. Mit Hanna war alles sehr friedlich und harmonisch gewesen. Doch dann hatte Hanna unbedingt ein Kind haben wollen. Aus heiterem Himmel und egal, von wem, aber ein Kind. Joy war aus allen Wolken gefallen und hatte sich mit Händen und Füßen dagegen gewehrt, sie hatte getobt, gefleht, gedroht und die Beziehung beendet, als Hanna schließlich doch schwanger geworden war. Und diesen idiotisch-glückseligen Blick drauf gehabt hatte. Später war Joy ihr mal vor der roten Infobox auf dem Potsdamer Platz begegnet – Hanna mit Kinderwagen, einer Freundin an der Seite und beide mit diesem idiotisch-glückseligen Blick. Mein Gott, diese Heldinnen an der Windelfront!

„Wahrscheinlich sollte man sich von gar nichts abhängig machen", sagte Joy, als sie aus ihren Gedanken wieder auftauchte, und lächelte ihren Vater an. „So würdest du es ja wohl ausdrücken."

„Stimmt. Doch wenn man sich ständig seine Unabhängigkeit beweisen muss, ist man auch nicht unbedingt freier."

Joy spießte eine Krabbe auf ihre Gabel. Elena und er werden sich prächtig verstehen, dachte sie. Ein kluger Spruch wird den nächsten jagen. Aber vielleicht lassen sie ja mich dabei aus dem Spiel.

„Ich bin froh, dass du da bist", sagte Simon plötzlich. „Das ist ein großes Geschenk."

Joy sah erstaunt hoch und wandte rasch den Blick ab, als sie spürte, wie ihr Tränen in die Augen schossen. Sie konnte es nicht ausstehen, wenn ihr dieses Heulgefühl in den Hals stieg, noch dazu so überraschend.

„Wir sind so verschieden ...", erwiderte sie mit rauher Stimme.

„Ja. Das ist so. Es wird sich zeigen, was wir damit noch anzufangen wissen. Und bisher haben wir uns doch ganz gut gehalten, oder nicht?"

„Stimmt, die Fetzen sind nicht geflogen."

Simon lächelte amüsiert. „Du hast noch nicht mal eine Tür geknallt."

Sie kehrten spät heim. Joy ging in die Küche, um sich ein Glas Wasser zu holen. Simon hatte ihr eine gute Nacht gewünscht und war auf die Terrasse gegangen. Joy sah vom Treppenaufgang im Flur, dass er ein Windlicht anzündete, das nur ein mattes Licht spendete, und sich auf sein Kissen setzte. Kerzengerade, die Beine verschränkt. Er atmete tief durch und blickte nach vorn. Hinaus in den Steingarten, der jetzt im Dunkeln lag. Was tust du da bloß, dachte sie. Was passiert da? Es sieht nach einer heiligen Handlung aus, die mich irritiert und ausschließt, von der ich nichts verstehe und von der du mal behauptet hast, ihr Ziel sei die Leere. Aber wer sich ein Ziel vornehme, hätte den Sinn bereits verfehlt. Also ziellos auf einem Kissen herumsitzen und ins Leere starren?

Der Großteil von Elenas Gepäck bestand aus Sportutensilien – zwei Paar Laufschuhe, mehrere T-Shirts, lange und kurze Hosen, Jacke, Weste, Hüfttasche, ein Paket mit Powerriegeln, Walkman, Trinkflasche und einiges mehr an Zubehör. Joy half ihr beim Auspacken. Es tat gut, etwas zu tun zu haben.

„Meine Güte, was willst du denn mit diesen ganzen Klamotten? Wir haben doch eine Waschmaschine", stöhnte sie und schüttelte den Kopf.

Elena reihte ihre sämtlichen Schuhe säuberlich nebeneinander auf und blickte dann hoch. Sie lächelte, und Joy sah ihr Grübchen. „Im Gegensatz zu dir bin ich wetterabhängig, und ich breche einen langen Lauf nicht ab, weil zwei Wolken aufgezogen sind."

„Ach, nein? Und was hast du abgesehen vom Laufen hier noch so vor?"

Elena stand auf, trat zu ihr und legte die Arme um sie. „Mal gucken, was sich anbietet. Deine Laune scheint ja ziemlich gut zu sein." Sie küsste Joy aufs Ohr. „Freust du dich, dass ich da bin?"

„Na klar." Joy lehnte sich an sie und schloss die Augen. Und wie sie sich freute. Schon bei der Begrüßung war ihr vor Freude plötzlich ganz schwindelig gewesen. Und vor Aufregung. Anspannung.

Elena zog sie nah an sich. Ihre Brüste berührten sich. „Ich bin froh, hier zu sein."

Joy schloss kurz die Augen. Ich bin auch froh, dachte sie. Und doch ist mir bange, schoss es ihr einen Moment später durch den Kopf. Was wird aus uns? Was erwartest du von mir? Sie schob die Gedanken rasch beiseite und öffnete die Augen wieder.

„Es gibt Käsekuchen", sagte sie.

Elena verdrehte genüsslich die Augen. „Ja, dein Vater ist schon ganz gespannt, ob mir sein Rezept zusagt. Er hat es in irgendeinem uralten Backbuch gefunden."

Elena küsste sie zärtlich auf den Mund, und sie gingen gemeinsam nach unten.

Simon hatte den Tisch besonders schön gedeckt. Eine Kerze brannte, und ein Strauß Sommerblumen verbreitete frischen Duft. Joy spürte, dass Elena gerührt war über die Aufmerksamkeit, die er ihr zuteil werden ließ. Die beiden einigten sich ohne Umschweife darauf, sich zu duzen, und als Joy Kaffee und für Simon Tee einschenkte, war das Eis bereits gebrochen. Elena war sofort in ihrem Element, als Simon sie auf ihr Training ansprach, und berichtete vom aktuellen Stand ihrer Marathonvorbereitung.

„Lange Läufe um die dreißig Kilometer", nahm er ihre Worte mit deutlicher Bewunderung auf. „Ich vermute, das ist auch für eine trainierte Sportlerin eine Herausforderung."

Elena nickte. „O ja. Das mache ich auch nur in der unmittelbaren Vorbereitung, sonst spielt mein Knie nicht mit. Angeschlagen gehe ich ungern in einen Lauf, und nach vielen Monaten intensiven Trainings unter Umständen gar nicht antreten zu können, frustriert mächtig."

„Ist dir das schon mal passiert?“ fragte Simon.

„Ja, vor einigen Jahren bin ich mitten in einem Leistungshoch eingebrochen: erst das Knie, dann ein Infekt, dann wieder das Knie. Zwei Wochen vor dem Marathon. Das war das Aus. Ich habe geheult wie ein Schlosshund. Gerade zu dem Zeitpunkt sah es nämlich ganz danach aus, als würde ich endlich meine Dreidreißig-Grenze knacken können. Doch dann konnte ich gar nicht antreten.“

„Ich vermute, dreidreißig bedeutet drei Stunden und dreißig Minuten?“ fragte Simon nach.

„Ja, genau, und die will ich unterbieten.“

„Was ist so wichtig an dieser Grenze?“

„Sie ist für mich wichtig“, erläuterte Elena. „Dreiachtundzwanzig ist toll, dreivierunddreißig so lala. Verrückt, aber es ist so. Wenn man anfängt, regelmäßig und leistungsorientiert an Läufen teilzunehmen, gibt es immer wieder die eine oder andere magische Grenze, die man überwinden möchte. Im Zehn-Kilometer-Bereich war es anfangs die Fünfzig-Minuten-Grenze, die ich schaffen wollte, dann mussten es vierzig sein. Mittlerweile brauche ich dort wieder ein paar Minuten länger, weil ich kein junges Ding mehr bin, und das ist in Ordnung. Im Marathonbereich sind viele Freizeitläufer ganz wild darauf, unter vier Stunden zu bleiben. Ich habe die halbe Nacht gefeiert, als es mir zum ersten Mal gelang.“

„Ich wusste gar nicht, dass du so ehrgeizig und auf deine Zeiten fixiert bist“, warf Joy erstaunt ein. „Bisher klang das immer wesentlich lockerer, wenn du von deinen Zielen gesprochen hast, oder hab ich da was nicht mitbekommen? Wie war das denn im letzten Jahr?“

Elena lächelte. „In der direkten Vorbereitung gerade des Berliner Herbstmarathons bin ich in der Tat um einiges angespannter als sonst, und es treibt mich nicht nur das gemeinsame Lauferlebnis und die Euphorie, die zweiundvierzig Kilometer zwischen jubelnden Menschenmassen hinter mich zu bringen. Im letzten Jahr war ich nicht besonders gut vorbereitet, und ich bin am Anfang wie so oft ein falsches Tempo gelaufen – so konnte ich mich noch vergleichsweise gut damit abfinden, die Zeit nicht geschafft zu haben. Manchmal geht eben dies und jenes schief, und dann weiß ich anschließend, warum es nicht geklappt hat, und es genügt mir auch, eine Erklärung zu haben. Doch diesmal stehe ich besonders unter Strom, weil ich den Eindruck habe, dass mir nicht mehr allzu viele Jahre bleiben, um endlich diese Leistung zu bringen." Elena lächelte Joy und Simon ein wenig verlegen an. „Lange Rede, kurzer Sinn: Ja, es frustriert mich schon, wenn ich nach optimaler Vorbereitung und in bester Form und Stimmung bei Kilometer fünfunddreißig oder siebenunddreißig einbreche, weil ich mir trotz allem das Rennen nicht gut eingeteilt habe und meine Kräfte aufgebraucht sind. Und das soll diesmal anders werden."

Simon tat allen noch ein Stück Kuchen auf den Teller, und Elena seufzte befriedigt. „Mmmh, er ist hervorragend, und glaub mir, ich kann das beurteilen."

„Danke, das freut mich. Aber lass mich noch mal auf deinen Leistungswillen zu sprechen kommen", nahm Simon das Thema wieder auf. „Warum ist dieser Unterschied von wenigen Minuten so wichtig, zumal für dich als Hobbyläuferin?"

„Ich möchte es mir selbst beweisen, das ist alles. Es mag unverständlich klingen, vielleicht sogar engstirnig, aber es ist so. Ich versuche es seit Jahren immer wieder, und ich bin sicher, dass ich es schaffen kann. Das ist übrigens ganz entscheidend: Ich fordere nichts von mir, was nicht im Bereich des Machbaren wäre. Die Balance zwischen meinem Können und der Herausforderung stimmt, was unabdingbar ist. Doch mir ist natürlich auch klar, dass ich einem willkürlich festgelegten Limit hinterherlaufe und dass letztlich nichts, aber auch gar nichts dagegen spricht, vier, fünf Minuten länger für die Strecke zu benötigen."

„Und es reicht nicht, tief in dir zu spüren, dass du es schaffen könntest?“ fragte Simon.

Elena lächelte. „Nein, eben nicht.“

„Und wenn du eines Tages dein Ziel erreicht hast, setzt du dir dann eine neue Grenze?“

„Ich glaube nicht. Dazu bin ich wiederum zu realistisch. Jede weitere Steigerung würde mir mehr abfordern, als ich meinem Körper gegenüber vertreten könnte. Außerdem müsste ich dann einige Pfund abnehmen und zum Beispiel auf diesen köstlichen Käsekuchen verzichten.“ Sie lachte. „So asketisch bin ich nicht. Außerdem mag ich mich, so wie ich bin. Viele sehr schnelle Langstreckenläuferinnen sehen halb verhungert aus und sind es auch. Das ist nichts für mich.“

„Und wenn dir jemand sagen würde – trainiere noch ein wenig härter, nimm drei Kilo ab, und du wirst spielend in dreizwanzig ankommen, würdest du da nicht ins Grübeln geraten?“

Elena lehnte sich amüsiert lächelnd zurück und warf Joy einen Seitenblick zu. „Dein Vater lässt nicht so schnell locker.“

„Ach?“ gab Joy zurück. „Da wäre ich jetzt wirklich nicht drauf gekommen, aber du willst dich doch nicht etwa um die Antwort drücken?“

„Keineswegs“, entgegnete Elena. „Ich gebe zu, das würde mich nachdenklich stimmen, doch ich schätze, dass ich vernünftig genug wäre, mich nicht eingehender damit zu befassen.“

„Ich würde dich gerne mal beim Laufen begleiten – auf dem Fahrrad natürlich, oder trainierst du am liebsten ganz allein?“ fragte Simon.

„Auf sehr langen Strecken schätze ich eine Begleitung durchaus“, antwortete Elena, sichtlich erfreut über sein Interesse. „Ich muss mein Wasser nicht selbst tragen, spare mir den Walkman, und man kann zwischendurch nett miteinander plaudern.“

Simon setzte eine verblüffte Miene auf. „Du hörst Musik dabei oder unterhältst dich?“

„Ja, manchmal schon, allerdings nur bei den langen, langsamen Läufen."

„Interessant", sagte Simon, und Joy ahnte, dass er sich diesbezüglich seine eigenen Gedanken machen und Elena diese in allernächster Zeit präsentieren würde.

„Du bist sehr an Sport interessiert?" fragte Elena einen Moment später.

Joy griff nach ihrer Tasse.

„An manchen Sportarten", antwortete Simon. „Ich selbst mache Tai Chi und fahre sehr gern Fahrrad. Früher bin ich auch viel gerudert."

Elena öffnete den Mund und schloss ihn dann wieder. Joy ahnte, dass sie drauf und dran gewesen war, das Thema Boxen anzuschneiden, und räusperte sich.

Simon sah seine Tochter an. „Und auch Joy hat schon immer viel Sport getrieben. Mit dem Boxen habe ich mich allerdings nicht anfreunden können – aus verschiedenen Gründen." Er lächelte und wandte sich wieder Elena zu. „Ein schwieriges Thema, das wir jetzt nicht vertiefen müssen."

Joy atmete tief aus. Gute Idee. Elena nickte.

Sie gingen zeitig nach oben. Joy öffnete ihre Tür und zog Elena mit in ihr Zimmer. Bloß nicht mehr reden, dachte Joy, als sie sich küssten und zusammen aufs Bett fallen ließen. Elena kicherte, als Joy den Kopf unter ihr T-Shirt steckte und an ihren Brustwarzen knabberte. Sie zogen sich gegenseitig aus, und Joy spürte Elenas Lust wie schweres Parfum. Elena drängte sich an sie, umfasste ihren Po mit beiden Händen, und Joy kam ihr mit einer sanften Bewegung entgegen.

„Ich will dich anschauen", sagte Elena mit rauher Stimme. „Alles sehen, verstehst du?"

„Nein."

„Ich möchte zwischen deine Beine kriechen, deinen Schoß anschauen, jede Falte, jede Tiefe, mit dir spielen ..."

„Du redest zuviel!"

Elena legte sich auf sie, hielt ihre Hände fest. „Hast du eigentlich mal an Spielzeug gedacht? Sexspielzeug?"

Joy starrte sie an. „Du meinst irgendwelche Gummiteile?"

„Ja, zum Beispiel."

„Was soll ich damit? Dann kann ich doch gleich mit einem Typen schlafen."

Elena lachte, ließ sie nicht los. „So 'n Quatsch! Wenn ich mit meinen Fingern in dir bin, sagst du doch auch nicht, dass dich das zu sehr an einen Mann erinnert."

„Das ist was anderes."

„Ach ja. Warum eigentlich?"

Joy atmete laut aus. „Meine Güte, nun mach es nicht so kompliziert!" Mach einfach weiter, dachte sie, und hör um Gottes willen endlich auf zu reden.

Elena lächelte auf sie herunter. Sie legte eine Hand auf Joys Schoß und suchte sich mit zwei Fingern ihren Weg.

„Stimmt, so kompliziert ist das alles gar nicht", sagte sie dann.

Joy schloss die Augen. Dein Glück, dachte sie. Ein wohlig-warmer Schauer rieselte durch ihren ganzen Körper.

„Sieh mich an!" flüsterte Elena plötzlich.

Joy drehte den Kopf zur Seite, aber Elena ließ nicht locker. „Mach die Augen auf und sieh mich an! Jetzt gleich."

„Verdammt, was willst du?" Joy spürte, wie sie nervös wurde. Die Situation drohte zu kippen. Sie ließ den Schauer verklingen und öffnete widerwillig die Augen.

Elena lächelte und bewegte ihre Finger. „Bleib bei mir, sag mir, was ich wie tun soll, sieh mich an, genieße es. Hab Vertrauen."

Einen Moment lang hielt Joy inne, dann packte sie Elenas Hand und schüttelte den Kopf. Nein, dachte sie, du kriegst mich nicht soweit, dass ich mich vergesse und loslasse. Nicht heute, nicht morgen, gar nicht. Vergiss es.

„Was ist mit dir?“ fragte Elena mit sanfter Stimme. „Warum darf ich dir nicht nahe sein? Was macht dir angst?“

Joy stieß Elena von sich und fuhr hoch. Ihre Hände zitterten. Sie zog sich die Bettdecke bis über die Schultern.

„Nichts, verdammt noch mal, gar nichts!“ rief sie. „Du machst es schon wieder kompliziert! Können wir nicht schlicht und einfach miteinander schlafen? Musst du unbedingt immer alles so genau wissen?“

Elena starrte sie an und richtete sich ebenfalls langsam auf. Sie fuhr sich mit beiden Händen durch die Haare.

„Ja, ich muss immer alles ganz genau wissen“, antwortete sie langsam. „Und jetzt erst recht. Ich möchte, dass wir uns ansehen, während wir uns lieben. Ich möchte, dass du mir sagst, was du willst. Und das allein reicht aus, dass du an die Decke gehst! Ja, stell dir vor, dazu fällt mir tatsächlich die eine oder andere Frage ein.“

„Du stellst ständig irgendwelche Fragen ...“

„... die dir nicht passen, weil ich einen wunden Punkt treffe?“

„Ach, vergiss es, Elena, im Grunde ist es doch ganz einfach: Du stellst dir etwas anderes im Bett vor als ich. Wenn ich das aber nicht will, hast du noch lange kein Recht, mich dazu zu zwingen. Wo kommen wir denn da hin?“

„Und wo kommen wir hin, wenn du dir nicht endlich mal Gedanken über deine sexuellen Wünsche beziehungsweise Nicht-Wünsche machst?“ hielt Elena ihr entgegen.

Sie war aufgebracht und verletzt und keine Spur mehr gelassen und souverän. Joy sah es mit Erstaunen.

„Ich brauche mir keine Gedanken darüber zu machen“, erwiderte Joy. „Mir ist all das nicht so wichtig. Dir offensichtlich schon. Das Thema hatten wir bereits – du erinnerst dich. Tut mir leid, wenn du bei mir zu kurz kommst, doch ich kann es nicht ändern.“

Elena stützte den Kopf in die Hände. „Mein Gott, du gibst mir gerade das Gefühl, irgendein geiler, rücksichtsloser Typ zu sein, der nichts anderes will, als dich hemmungslos zu benutzen. Ich versuche, auf dich einzugehen, deine Wünsche herauszubekommen, immer wieder, und du hältst mir vor, zu viele Fragen zu stellen oder alles unnötig zu komplizieren." Sie ließ die Hände sinken und schaute Joy an. „Kann es nicht sein, dass du ein Problem hast?"

Joy verschränkte die Arme vor der Brust. „Willst du dich jetzt auch noch therapeutisch betätigen?"

Elena lächelte kühl. „Warum nicht?"

„Weil ich mich nicht von dir therapieren lasse – das merkst du doch gerade. Und ansonsten ist es wohl die beste Lösung, wir lassen das mit dem Sex einfach sein. Dann ist endlich Ruhe im Karton."

„Das glaubst du doch selbst nicht!"

Joy zog die Schultern hoch. „Na, dann eben nicht. Nur so geht es ja wohl auch nicht weiter mit uns, oder?"

„Stimmt." Elena stand auf und klaubte ihre Sachen zusammen. Sie ging zur Tür.

Joy spürte, wir ihr Herz sich zusammenzog. „Was tun wir jetzt?" fragte sie hastig, und ihre Stimme klang plötzlich so hell und ängstlich, dass sie erschrak.

Elena drehte sich um. „Das liegt an dir, Joy. Wenn du eine Idee hast oder mir etwas sagen möchtest – nur zu. Ich wohne nebenan, vorerst jedenfalls, und ich hoffe, dass wir uns wieder soweit berappeln können, dass der Besuch hier bei deinem Vater nicht allzusehr darunter leidet. Ich bin bereit, zunächst einfach abzuwarten und ansonsten dankbar für jeden Vorschlag, für jeden Ton, den du hoffentlich bald von dir gibst. Okay?" Sie hob zum Abschied grüßend eine Hand, dann verließ sie leise das Zimmer.

Joy blickte ihr sekundenlang nach. Es ging ein Ruck durch sie, ein Gefühl wie bei einem Déjà-vu. Die Hand, der Ton, der Klang. Das Koan, ein Rätsel, das nicht mit dem Verstand und dem Willen gelöst werden konnte. So was Verrücktes – warum fiel ihr ausgerechnet jetzt wieder die Geschichte mit dem Klang der einen Hand ein? Sie streckte sich auf dem Bett aus. Es war dreizehn Jahre her, seit ihr Simon das Koan während eines Streits präsentiert hatte, und in den vergangenen Jahren war es ihr immer mal wieder flüchtig in den Sinn gekommen. Doch Joy hatte es jedesmal achselzuckend fortgeschoben – wen interessierte es schon, wie sich der Klang der einen Hand anhörte? Jetzt jedoch ließ es sich nicht vertreiben. Zwei aufeinanderklatschende Hände ergaben einen Klang, ein Geräusch. Eine Hand war eine Hand. Sie klatschte nicht und erzeugte keinen Klang. Und das sollte wohl der Kern der Sache sein – ein Rätsel, bei dem der Intellekt sich vergeblich mühte. Wie konnte es dann gelöst werden? Joy setzte sich auf und betrachtete ihre Hände. Sie streckte die Finger, dehnte sie und hörte genau hin. Nichts, es sei denn, sie ließ die Gelenke knacken, aber das zählte wohl nicht. Später merkte sie, dass ihr Gesicht nass war. Ich rede mit ihr, dachte sie, morgen oder übermorgen, in den nächsten Tagen. Mir wird schon etwas einfallen. Ein vierter Anlauf? Und wie sollte der aussehen? Diesmal würde es nicht so einfach werden.

13

Nadine erschien einige Tage später zum Training. Ihre Bronchitis war vollständig abgeklungen, und sie fühlte sich fit.

„Ich habe am Wochenende mit meiner Mutter telefoniert“, sagte sie, während sie in ihre Handschuhe schlüpfte.

„Aha, und?“

„Na ja, ich wollte einfach mal hören, ob sich ihre Einstellung vielleicht ein bisschen verändert hat.“ Sie trat von einem Bein aufs andere und lächelte mich unsicher an. „Ich meine, hätte doch sein können, oder? Immerhin ist inzwischen einige Zeit ins

Land gegangen, ich bin ausgezogen und ... na ja, mir lässt das schließlich auch keine Ruhe."

„Wie hat sie denn reagiert?"

Nadine ließ die Arme hängen und schüttelte den Kopf. „Ich hatte das Gefühl, dass unser Streit gerade mal zwei Stunden her ist. Sie hat sich nicht einen Millimeter von der Stelle gerührt – immer noch dieselben Vorwürfe, dieselbe Überheblichkeit, im Grunde alles noch mal von vorne, als hätte man einen Film zurückgespult, nur eben am Telefon. Ich hatte zumindest erwartet, dass sie ..." Sie verstummte.

„Ja?"

Nadine wollte die Hände vor der Brust verschränken, aber mit den Handschuhen ging das nicht so gut. Also ließ sie sie wieder sinken.

„Ich habe den ersten Schritt gemacht", sagte sie dann. „Sie hätte doch zumindest das anerkennen können."

„Sie geht davon aus, dass du im Unrecht bist", erwiderte ich. „Dass allein du Fehler machst."

„Und genau das nehme ich von ihr an."

„So ist es."

„Aber ich habe angerufen", wiederholte Nadine und heftete ihre großen Augen auf mich.

„Um ihre Anerkennung zu gewinnen. Das ist auf deine Mutter bezogen ein Widerspruch in sich", sagte ich. „Und für dich eigentlich auch."

Nadine presste die Lippen zusammen, drehte sich abrupt um und marschierte schnurstracks auf einen Sandsack zu. Sie nahm Aufstellung und boxte. Die Schläge waren kräftiger geworden, trotz Bronchitis und Trainingspause. Ich folgte ihr und trat neben sie.

„Du meinst also, dass es überhaupt keinen Sinn hat, mit meiner Mutter zu reden", sagte sie, ohne die Schlagfolgen zu unterbrechen.

„Nein, das meine ich nicht. Doch solange du auf ihre Zustimmung wartest und hoffst, dass sie deine Entscheidungen nicht nur toleriert, sondern sogar gutheißt, wirst du enttäuscht werden und dein eigentliches Ziel, nämlich deine Wünsche zu ergründen und zu verwirklichen, aus den Augen verlieren."

Nadine hielt einen Moment inne. „Ich hab ihr sogar erzählt, dass ich fleißig trainiere. Sie hält mich für total übergeschnappt und meint, dass Bernds schlechter Einfluss dafür verantwortlich ist. Verstehst du, sie traut mir noch nicht mal zu, dass es *mein* Wunsch und *meine* Entscheidung war, mit dem Boxen anzufangen, und dass ich diese Entscheidung auch selbständig in die Tat umsetze!" Sie tänzelte wieder und boxte weiter. „Wie war denn das mit Joy und ihrem Vater und dem Boxen, als sie nach dem Tod der Mutter bei ihm war? Gab es wieder Streit deswegen – wie damals?"

„Nein, doch Joy sind die alten Geschichten natürlich lebhaft in Erinnerung geblieben", erzählte ich.

„Sie war immer noch wütend auf ihn?"

„Wütend, verletzt, enttäuscht, aber auch neugierig, wie sie miteinander auskommen würden."

Joy hatte das Gefühl gehabt, in den Ring steigen und gegen einen starken, unberechenbaren Gegner antreten zu müssen und dabei das Risiko einzugehen, kläglich zu versagen, dachte ich. Aber gar nicht anzutreten wäre gleichbedeutend mit einer sofortigen Niederlage gewesen. Doch es war ja nicht nur um Simon, sondern auch um Elena gegangen.

„Hatten Joy und ihr Vater sich denn wenigstens etwas zu sagen?" fragte Nadine.

Ich schaute hoch und lächelte. „Und ob."

14

Sie gaben sich beide Mühe, ihren Konflikt nicht nach außen zu tragen, und gingen freundlich miteinander um, aber natürlich spürte Simon sofort, dass etwas vorgefallen war. Dazu genügte am nächsten Morgen beim Frühstück ein einziger Blick in Joys Gesicht, doch Simon ging selbstverständlich nicht darauf ein. Elena erzählte, dass sie einen langen Spaziergang machen und am Nachmittag nach Hamburg fahren wollte. Sie schaute Joy von der Seite an, die aber nichts dazu sagte.

„Ich kann dich mitnehmen", bot Simon Elena an. „Ich habe eine Geschäftsbesprechung in der Stadt. Wo möchtest du denn hin?"

„Am liebsten zum Hafen", sagte Elena. „Wenn es dir nichts ausmacht ..."

„Keineswegs. Ich setze dich dort ab und könnte dich ungefähr zwei Stunden später wieder mit nach Hause nehmen."

„Wunderbar, ich danke dir." Elena trank einen Schluck Kaffee.

Simon bat seine Tochter um den Obstkorb. „Und du?" fragte er dann. „Möchtest du dir nicht auch mal eine Arbeitspause gönnen und einen kleinen Ausflug machen?"

„Heute nicht", gab Joy knapp zurück. „Ich bin gerade an einer schwierigen Stelle angelangt, da will ich jetzt nicht einfach unterbrechen."

Elena lächelte kurz in sich hinein, und Joy räusperte sich, als ihr die Doppeldeutigkeit bewusst wurde. „Ein andermal", fügte sie schnell hinzu.

„Da bin ich ja mal gespannt", sagte Elena leise, als sie alle drei gemeinsam aufstanden, und küsste Joy leicht auf die Wange. „Bis später dann."

Joy verkniff sich eine weitere Entgegnung, und auf einmal wurde es sehr still im Haus – Simon war in sein Büro verschwunden und Elena zu ihrem Spaziergang aufgebrochen. Die Sonne schien, es war warm, und einen Moment lang gab Joy sich dem verführerischen Gedanken hin, sich im Liegestuhl auf der Terrasse auszustrecken und faul in den Tag hineinzudösen. Dann nahm sie ihre Kaffeetasse und ging nach oben. Keine ruhige Minute würde sie haben – so allein all ihren Gedanken und Gefühlen ausgesetzt. Dann lieber ins historische Norwegen eintauchen. Sie öffnete ihr Fenster und fuhr den Laptop hoch. Das leise Summen beruhigte sie. Zehn Minuten später hatte das Geschehen sie gefangengenommen, und sie blickte erst wieder hoch, als sie die Stimmen von Elena und Simon hörte, die sich mit einem kleinen Imbiss direkt unter Joys Fenster auf die Terrasse gesetzt hatten.

„Joy hat erzählt, dass du Zen-Buddhist bist", vernahm sie Elenas Stimme. „Seit ewigen Zeiten, wie sie sich ausdrückte."

„Ganz so lange wohl noch nicht", gab Simon zurück, und Joy war sicher, dass er amüsiert lächelte.

Sein Thema, dachte sie, und in Elena hat er eine wissbegierige und aufmerksame Zuhörerin. Einen Augenblick erwog sie, das Fenster zu schließen. Der Lauscher an der Wand ... Dann verwarf sie den Gedanken.

„Ich habe als Student einen jungen Japaner kennengelernt, der mich damit vertraut gemacht hat und der vieles von dem verkörperte, was ich gerne gewesen wäre oder erreicht hätte", erzählte Simon.

„Aha. Und was genau hat dich fasziniert?"

„Diese wunderbare Einfachheit." Simon lachte leise. „Es hörte sich alles so einfach und folgerichtig an: sitzen, sich dem Augenblick öffnen und ihn wertfrei annehmen, egal, was er bringt, Achtsamkeit, Konzentration, nichts wollen, Mitgefühl, eins werden mit allem, was dich umgibt, allumfassende Liebe. Und am Anfang war es auch ganz einfach. Ich fand es toll, auf meinem Kissen zu sitzen, unter Umständen lange zu sitzen, dann erfrischt und erfüllt aufzustehen und mich ein kleines bisschen erleuchteter zu fühlen. Um genauer zu sein: Ich fühlte mich großartig, voller Energie und Spiritualität; ich war dabei, die wesentlichen Dinge zu erfassen und umzusetzen, und das nach nur wenigen Monaten. Ich las gelehrte Bücher und verstand vieles sogar. Ich führte ein zufriedenes, ausgefülltes Leben, hatte gerade Joys Mutter kennen- und lieben gelernt und studierte mit großem Erfolg. Ehrlich gesagt, fragte ich mich manchmal insgeheim, warum so viele Meister Jahre oder gar Jahrzehnte brauchten, um ihre Gefühle zu beherrschen und ihren Geist zu klären. Nach meinem Empfinden war es doch gar nicht so schwer. Es war einfach und machte glücklich, jedenfalls mich."

Joy schob ihr Wörterbuch beiseite. Simons Stimme klang warm.

„Aber so blieb es nicht?" fragte Elena.

„Ich schloss mich einer Zen-Gruppe an, auf die mein Freund mich aufmerksam gemacht hatte", fuhr Simon fort. „Dort lernte ich Matthias kennen. Er war Ende Vierzig, und er zerstörte mit wenigen Worten alle Bilder, die ich mir von Zen und von mir selbst gemacht hatte. Ich erzählte ihm nach dem zweiten oder dritten Gruppentreffen von meinen bisherigen Erfahrungen beim Sitzen und meiner Entwicklung, so wie sie sich für mich darstellte, und er nickte nur. Sie schien ihn kaum zu beeindrucken, was ich ganz und gar nicht angemessen fand – immerhin war ich noch sehr jung und hatte schon solche Fortschritte gemacht!" Wieder lachte Simon, und es klang sehr amüsiert. „Ich berichtete ihm voller Eifer von meinen Plänen, nach Japan zu reisen, von meinem Studium, meiner besonderen Vorliebe für japanische Gärten, die doch so unendlich viel schöner und kunstvoller seien als alles, was man hier zu sehen bekäme – man denke bloß an die deutsche Unart, ganze Stadtparks in wahre Stiefmütterchen-Plantagen zu verwandeln –, und plötzlich schüttelte er den Kopf und sagte: Du übst nicht Zazen, du sitzt wie ein hochmütiger Gockel auf deinem Stolz, statt dem Universum jeden Tag demütig für dieses wundervolle Leben zu danken. Wer sitzt, um etwas damit zu bezwecken, sitzt nicht, er bezweckt etwas.Dann lass das Sitzen doch gleich sein! Wonach suchst du – Erleuchtung? Zur Zeit befindest du dich auf dem Weg der Verblendung. Geh den Hof fegen, pflanze Stiefmütterchen, sitze, um zu sitzen, und mach die Augen auf."

„Ach je", meinte Elena. „Das hattest du wohl nicht erwartet?"

„Wohl kaum, ich war vollkommen perplex."

„Und dann?"

„Tja, dann machte Matthias mir klar, was ich als erstes zu lernen hätte: nämlich Dankbarkeit und Demut. Das war schwer genug. Das ist noch heute immer wieder schwer, aber das Leben präsentiert einem schon die nötigen Aufgaben – und wenn man bereit ist, hinzuschauen, gelangt man immer ein kleines Stück weiter. Und manchmal gewinne ich eine Ahnung davon, dass es tatsächlich sehr einfach ist."

Joy hielt den Atem an. Dieser Teil der Zen-Erfahrung ihres Vaters war ihr völlig neu.

„Und welche Aufgaben haben dich besonders beschäftigt?" fragte Elena.

Joy hörte an ihrer Stimme, dass sie fasziniert war.

„Der Verzicht auf meine Japanreise", antwortete Simon ohne Zögern. „Dorothea war damals gerade schwanger geworden, und ich konnte und durfte sie nicht allein lassen. Aber das war gar nicht der entscheidende Punkt. Viel wichtiger war, diesen Wunsch loszulassen und den Verlust zu überwinden, ohne wem auch immer etwas nachzutragen, zu grollen. Und dann war da noch mein Schwiegervater."

Das wird ja immer interessanter, dachte Joy. Opa Karl war ein erfolgreicher und angesehener Wirtschaftsberater gewesen, der viel von guten Manieren, der richtigen Schulbildung und angemessenem Umgang gehalten hatte. Seine Frau, Dorotheas Mutter, war ein zartes Persönchen gewesen, die sich nie getraut hatte, ihm zu widersprechen. Joy fand, dass sie eine völlig untypische Großmutter gewesen war – still, in sich gekehrt, unsicher. Schutzbedürftig.

„Er war eine echte Herausforderung für mich", sagte Simon. „Seine ganze Art widerstrebte mir – er war arrogant und spitzfindig, ließ keine andere Meinung gelten, polterte herum, schnauzte, wenn es sein musste, seine Mitarbeiter oder auch seine Frau an. Und von mir hielt er nicht allzuviel, das spürte ich mit jedem Blick, den er mir zuwarf."

„Das kann ich gar nicht verstehen", kommentierte Elena charmant.

„Danke für die Blumen, aber so war es. Für ihn war ich ein abgefahrener Spinner – ein Träumer, der es nie weit bringen würde, gerade mal ein besserer Gärtner. Ich hatte mir bislang viel darauf eingebildet, Konflikten mit ihm entweder aus dem Weg zu gehen, indem ich das Haus meiner Schwiegereltern einfach mied, Einladungen missachtete und Termine vorschob oder ihn spüren ließ, dass ich keinesfalls nach seiner Pfeife tanzen würde."

„Und?"

„Nun, die Aufgabe hieß zunächst mal: auf ihn zugehen und herausbekommen, warum ich ihn nicht mochte."

Eine wirklich schwierige Aufgabe, dachte Joy – Opa Karl ist ein Kotzbrocken gewesen. Punkt. Was gibt es da noch zu rätseln? Allerdings konnte sie sich nicht daran erinnern, dass ihr Großvater und Simon sich jemals gestritten hätten oder auch nur unfreundlich zueinander gewesen wären.

„Du hast hinlänglich erklärt, warum er nicht gerade dein Freund war", sagte Elena. „Er war arrogant, laut, jähzornig, und er lehnte dich ab. Reicht das nicht als Grund?"

„Er war, wie er war. Meine Gefühle – Gefühle, die mir weismachen wollten, dass dieser Kerl unfreundlich, ungerecht und hochnäsig ist und ich ihn darum nicht leiden kann – entstanden letztlich nur durch die Gedanken, die ich mir über ihn und sein Verhalten machte, und durch die Bewertung, die ich vornahm. Die einzelnen Situationen waren, wie ich bald bemerkte, für sich betrachtet eher harmlos, so wie der ganze Mann, denn entscheidend für meine Einstellung zu ihm war weniger sein ruppiger Ton oder seine bestimmende Art als vielmehr mein verletzter Stolz, von ihm als Schwiegersohn nicht so akzeptiert zu werden, wie ich es mir wünschte. Und genau da lag der Knackpunkt. Ein für mich entscheidender Knackpunkt."

„Und was hast du getan, als du das erkannt hattest?"

„Ich habe versucht, Karl nicht mehr zu verurteilen, mich nicht mehr von unguten oder unfreundlichen Gefühlen leiten zu lassen, sondern sie genau zu hinterfragen. In den folgenden Jahren habe ich ihn einige Male um Hilfe gebeten, was mir schwerfiel und ihm offensichtlich guttat, und wir haben gelernt, einander zu respektieren. Er ist nicht mein bester Freund geworden, doch er war auch nicht mehr mein Gegner. Das hat ihm und mir vieles erleichtert und Dorothea sicherlich auch."

„Aber wie verhinderst du denn unfreundliche Gefühle? Es ist doch ganz normal, den einen mehr, den anderen weniger zu mögen, und Gründe dafür finden sich auch immer", wandte Elena ein.

Genau, dachte Joy, ganz genau.

„Ich verhindere diese Gefühle nicht, und ich unterdrücke sie auch nicht. Ich versuche zu erkennen, wo sie herkommen, welche Gedanken sie warum ausgelöst haben."

„Ja, aber dann sind die unfreundlichen Gefühle doch immer noch da."

„Natürlich – und ich nehme sie an, schließlich sind sie ein Moment des Lebens, so wie alle anderen Gefühlszustände auch. Sie kommen und gehen", sagte Simon, und Joy konnte sich gut vorstellen, dass er lächelte. „Aber es bleibt nicht mehr viel von ihnen übrig, wenn mir plötzlich klar wird, dass ich zum Beispiel jemandem ablehnend gegenüberstehe, weil ich denke, dass er ein Rivale ist oder mich nicht so sieht, wie ich es gerne hätte, oder weil er bevorzugt wird – im Geschäftsleben zum Beispiel. Dann erkenne ich den gedanklichen Zusammenhang und weiß, dass nicht der

Mensch oder die Situation mein Gefühl ausgelöst haben, sondern meine eigenen Gedanken und Wünsche, meine Phantasien und Mutmaßungen – meine ganz persönliche Bewertung oder meine egoistischen Bestrebungen. Und damit ist die Chance sehr groß, dass sich das Gefühl auflöst."

„Ziemlich kompliziert", sagte Elena. „Meinst du also, dass es darum geht, alle negativen Gefühle durch die Erkenntnis der negativen Gedanken, die sie bewirken, aufzulösen, um sich nur noch von Liebe erfüllt und friedlich zu fühlen und mit allem in Harmonie zu leben?"

„Es gibt keinen Unterschied zwischen guten und schlechten Gefühlen und Gedanken. Alles ist vergänglich, alles hat seine Berechtigung und auch seine Ursachen, und die gilt es zu erforschen. Wenn uns klar wird, warum wir nach etwas streben oder was uns verletzt oder was uns wütend oder glücklich und zufrieden macht, so haben diese Gefühle keine Macht mehr über uns – wir identifizieren uns nicht länger mit ihnen. Wir können lernen, unsere egozentrischen Bestrebungen loszulassen und sowohl die einzelnen Augenblicke des Lebens als auch andere Menschen so zu sehen, wie sie wirklich sind – ohne etwas hinzuzufügen, was sie von uns trennt, nämlich unsere persönliche Bewertung. Daraus erwachsen Liebe und Mitgefühl."

Amen, hätte Joy beinahe laut gesagt. Sie war gespannt, wie Elena reagieren würde.

„Das war ein bisschen viel auf einmal", sagte Elena einen Moment später. „Darüber muss ich erst mal in Ruhe nachdenken."

Gläser klirrten, ein Stuhl knarzte.

„Wir müssen los", sagte Simon kurz darauf. „Möchtest du dich von Joy verabschieden, während ich das Geschirr abräume?"

„Ja, ich bin in zwei Minuten zurück."

Joy stand rasch auf und schloss das Fenster. Als Elena klopfte und nach einem kurzen Herein von Joy die Tür öffnete, starrte sie auf den Monitor.

„Kommst du gut voran?“ fragte Elena und lehnte sich an den Türrahmen. Sie trug eine knielange Leinenhose und Sandalen, in denen ihre schmalen Fesseln gut zur Geltung kamen. Ihren kleinen Lederrucksack hatte sie sich über die Schulter geschlungen.

„Ja, geht so.“

„Willst du nicht doch mitkommen? Es ist wunderbares Wetter. Genau richtig für einen Bummel zu zweit.“

„Das ist wohl wahr. Ich möchte aber jetzt hier nicht unterbrechen. Ein andermal vielleicht.“

Elena nickte. „Gut, wie du meinst. Wir fahren dann los. Soll ich dir etwas mitbringen? Hast du einen besonderen Wunsch?“

„Nein, habe ich nicht.“

„Joy?“

Joy schaute Elena an. „Ja?“

„Hast du schon einmal darüber nachgedacht, dass all unsere Gefühle von Gedanken ausgelöst werden?“

„Habe ich.“

„Und?“ Elena kam zwei Schritte näher. „Findest du nicht, dass das eine hochinteressante Überlegung ist?“

Joy schwang sich auf ihrem Stuhl zu Elena herum. „Mag sein. Und wenn schon. Gefühle, Gedanken – wer da was auslöst, ist doch letztlich vollkommen egal. Sie gehören zu mir und meinem Leben und fertig.“

Elena nickte langsam. „Verstehe. Aber es gibt doch auch Gefühle, die es einem unnötig schwermachen können, die man gerne hinterfragen und loswerden würde. Interessiert es dich nicht, herauszufinden, was ein bestimmtes Gefühl überhaupt erst erzeugt hat?“

Joy lächelte schief. „Du klingst infiziert.“

„Und du lenkst ab. Ich meinte meine Frage ernst.“

„Ich weiß, und ich wiederhole: Mich bringt das in keiner Weise weiter. Wenn ich Kartoffelbrei nicht ausstehen kann, so kann ich ihn eben nicht ausstehen – ob der Kartoffelbrei an sich nun harmlos ist und nur meine Gedanken oder Erfahrungen oder was auch immer zu diesem Gefühl, zu dieser Geschmacksempfindung geführt haben, ist doch völlig nebensächlich. Ich mag ihn trotzdem nicht. Warum die Sache unnötig komplizieren? Schließlich gibt es noch andere leckere Gerichte auf der Speisekarte."

„Kartoffelbrei?" Elena blies die Wangen auf und verdrehte die Augen. „Interessantes Beispiel. Wenn es aber um Wesentlicheres geht, lässt du dann auch alles unangetastet, weil du daran nichts ändern kannst? Oder besser gesagt: weil du meinst, es nicht ändern zu können?"

Joy legte die Hände in den Schoß und verschränkte die Finger ineinander. „Wenn du plötzlich schon derart Zen-mäßig drauf bist, warum nimmst du die Dinge dann nicht einfach so, wie sie sind – wie der Augenblick sie bringt? Guck doch mal nach, warum du unbedingt willst, dass ich etwas herausfinde oder ändere. Nimm mich doch so, wie ich bin."

Elena starrte sie einen Moment wortlos an.

„Ich kann nur hoffen, dass das lediglich Haarspalterei sein soll. Andernfalls würde ich denken, dass du es dir verdammt einfach machst", sagte sie dann und verließ das Zimmer.

Joy wandte sich wieder ihrem Schreibtisch zu. Sie nahm einen Bleistift und zerbrach ihn. Das Splittern des Holzes drang laut in die plötzliche Stille ein. Ein unangenehm hoher Ton. Joy hielt in jeder Hand eine Hälfte des Stiftes und betrachtete sie abwechselnd. Dann warf sie beide wutentbrannt zu Boden.

Am frühen Nachmittag war es verhältnismäßig leer im Boxclub. Joy machte sich rasch warm und ging dann gleich an den schweren Sandsack. Deckung, zielen, gleichzeitig ausatmen und schlagen. Deckung, zielen, gleichzeitig ausatmen und schlagen. Nach zehn Minuten taten ihr die Schultern weh, nach zwanzig spürte sie sie nicht mehr. Ihre Fäuste schlugen mit präzise dosierter

Kraft. Bewegung, Schlag und Klatschen des Leders wurden zu einer Einheit. Joy atmete tief in jeden Stoß hinein.

„Du haust ja ganz schön drauf", sagte plötzlich jemand neben ihr.

Joy tauchte aus ihrer tiefen Konzentration auf und trat zurück. Neben ihr stand ein älterer, hochgewachsener Mann mit fast weißem Haar und ungewöhnlich hellen blauen Augen. Er trug einen schwarzen Trainingsanzug und hielt einen gepolsterten übergroßen Lederhandschuh, eine Pratze, in den Händen, die wie ein Sandsack benutzt wurde. Boxerinnen übten so Schlagkombinationen mit dem Trainer. Joy erinnerte sich daran, dass Saskia von einem Trainer gesprochen hatte, der in der Woche zuvor noch im Urlaub gewesen war und ein eigentümlicher, wortkarger Typ sein sollte, mit dem man sich entweder auf Anhieb verstand oder überhaupt nicht klarkam. Dazwischen gäbe es nichts.

„Ich bin Erik und halte die Mädels hier in Schwung", sagte er. „Ich beobachte dich schon eine ganze Weile. Sieht aus, als wärst du mittlerweile warm. Hast du Lust, ein paar Kombinationen zu schlagen?"

Erik sah Joy erwartungsvoll an. Sein Lächeln war zurückhaltend.

Joy nickte. „Ja, warum nicht?"

Sie suchten sich eine ruhige Ecke, und Erik zog die Pratze über seine rechte Hand. Sie begannen mit einzelnen, ruhig ausgeführten Rechts-, Linksschlägen. Joy fand sofort zu ihrem Rhythmus. Sie spürte, wie der Schweiß auf ihrer Kopfhaut prickelte und ihre Wirbelsäule entlanglief. Dann forderte Erik ein höheres Tempo und Doppelschläge. Joy schlug auf sein Kommando, und sie hörte nur seine leise Stimme, ihr eigenes tiefes Atmen und das satte Klatschen von Leder auf Leder. Eine Hand allein gibt keinen Klang, kein Klatschen, unmöglich. Joy biss die Zähne zusammen und schlug noch schneller – Gerade, Cross, Jabs. Verdammt noch mal, lasst mich doch alle in Ruhe! Plötzlich ließ Erik die Pratze zur Seite schnellen und versetzte Joy mit seiner linken Hand einen Schulterstoß, der sie aus dem Gleichgewicht brachte. Joy ließ die Fäuste sinken und starrte ihn an.

„Was soll das denn? Das war nicht abgemacht!" rief sie entgeistert.

„Beim Boxen ist so einiges nicht abgemacht", erwiderte Erik. „Du bist schnell, ausdauernd und hast Kraft und Zorn. Was dir eben gefehlt hat, war die vollkommene Aufmerksamkeit. Sonst hättest du auf meine Bewegung reagieren können."

Joy atmete stoßweise. Ihre Augen brannten, weil ihr der Schweiß hineinlief. Sie blinzelte, und der Hals tat ihr weh.

„Ich denke, du hast genug für heute", meinte Erik einen Moment später und streifte die Pratze ab. „Sieht man dich jetzt öfter im Club?"

„Ich bin nur Gast", antwortete Joy mit rauher Stimme. „Und noch ungefähr zwei Wochen hier zu Besuch."

„Dann haben wir ja noch ein bisschen Zeit." Erik lächelte plötzlich herzlich, und unzählige Fältchen zeigten sich in seinen Augenwinkeln. „Bis die Tage."

Joy nickte ihm zu und ging langsam in den Umkleideraum. Sie war völlig erschöpft.

Elena und Simon kehrten am frühen Abend zurück. Joy hatte inzwischen Nudelsalat vorbereitet und den Tisch gedeckt. Simon erzählte von seinem neuen Auftrag – einer weiträumigen Grünanlage, die zu einer Privatschule gehörte. Er setzte sich und rückte zwei Messer zurecht, während Elena Joy einen Kuss gab und Teewasser aufsetzte. Gleich nach dem Essen zog Simon sich zurück.

„Du siehst geschafft aus", stellte Elena fest.

„Ich war vorhin beim Training, und das war ganz schön anstrengend."

Elena nickte kurz. „Was liegt heute abend noch an?"

„Ich habe nichts geplant. Und du – wonach ist dir?"

„Ich möchte mich auf die Terrasse setzen und ein Eis essen. Schließlich haben wir auch Ferien, oder?"

„Gute Idee", stimmte Joy zu. „Mein Vater hat immer Eis im Haus."

Es gab Vanille-, Johannisbeer- und Mandeleis mit Sahne. Sie saßen nebeneinander auf einer breiten Holzbank und löffelten still ihre Schälchen leer. So kann es bleiben, dachte Joy. Jetzt bloß keine Worte machen. Sie schaute in den Abendhimmel und sah dann zur Seite. Elena war in die Betrachtung von Simons Garten versunken.

15

In den nächsten Tagen gewann Joy zunehmend das Gefühl, dass die Situation ihr entglitt, ohne dass sie es genauer hätte beschreiben können. Es herrschte eine stille Arbeitsatmosphäre im Haus, die von unauffälligem Kommen und Gehen begleitet wurde. Elena absolvierte ihre Läufe oder zog sich mit einem Buch zurück. Joy saß an ihrem Schreibtisch oder fuhr zum Training. Einmal unternahmen sie zu zweit einen Ausflug an die Außenalster, aber die Stimmung war angespannt, und Joy hatte den Eindruck, dass auch Elena froh war, als sie wieder zurück waren. Simon war häufig unterwegs, manchmal begleitete Elena ihn, und abends setzten sich alle drei nach dem gemeinsamen Kochen zu Tisch. Elena war an allem interessiert, was Simon betraf, und sie nahm dankbar jede Möglichkeit wahr, mehr von ihm und seinen Anschauungen, seiner Lebensweise zu erfahren. Sie hatte überhaupt keine Mühe, die geschäftige Stille beim Kochen mit ihm zu teilen, und Joy konnte sich nicht daran erinnern, dass Elena je hingebungsvoller eine Möhre geputzt hätte. Wenn die beiden aus dem

Auto stiegen, waren sie meist angeregt ins Gespräch vertieft, und beim Essen lauschte Elena konzentriert, wenn Simon erzählte. Wenn er schwieg, schwieg sie auch. Im Grunde wartete Joy nur noch darauf, dass Elena anfangen würde, sich in Zazen zu üben und eine Buddhafigur in ihrem Zimmer aufstellte, und wenn sie sich ihre eigene Reaktion darauf ausmalte, so war zwischen hysterischem Gelächter, entnervtem Augenrollen und eisigem Schweigen alles möglich. Eine Fahrradtour unternahmen sie zu dritt, ansonsten mied Joy größere Aktivitäten mit den beiden. Der konzentrierte Austausch zerrte an ihren Nerven, legte sie blank, ließ Gefühle und Bilder in ihr hochsteigen, die sie quälten und erschreckten und die sie zu unterdrücken suchte. Je einträchtiger Elena und Simon miteinander umgingen, desto mehr hatte Joy das Gefühl, eingeschnürt zu werden. Hilflos in den Seilen zu hängen und einen Hieb nach dem anderen versetzt zu bekommen. Elena hatte sogar schon begonnen, langsamer und bedächtiger zu sprechen, was Joy mit bitterem Hohn zur Kenntnis nahm, und an so weltlichen Dingen wie einer Talkshow im Fernsehen war sie überhaupt nicht mehr interessiert. Ich könnte dir eine knallen, dachte Joy manchmal, und sie schob den Gedanken jedesmal rasch wieder beiseite. Joy bemerkte, dass sowohl Elena als auch Simon ihren Rückzug aufmerksam registrierten und sich ihre Gedanken dazu machten, doch beide nahmen ihre Entscheidung kommentarlos hin. Ihr Glück, dachte Joy, doch wahrscheinlich ist es ihnen sogar lieber, wenn ich nicht dabei bin. Viel lieber.

Eine Woche nach Elenas Ankunft stand ein langsamer Dreißig-Kilometer-Lauf auf dem Programm, und Simon machte seine Ankündigung wahr, Elena zu begleiten. Als Joy am Samstag in die Küche herunterkam, waren die beiden schon vor der Tür. Simon pumpte sein Fahrrad auf und verstaute mehrere Trinkflaschen und Bananen in den Satteltaschen; Elena lockerte ihre Muskulatur und winkte Joy zu, als sie sie am Küchenfenster entdeckte.

„Hallo, Schlafnase!“ rief sie, und Joy öffnete das Fenster. „Hast du nicht doch Lust mitzukommen? Ein paar Stunden an der frischen Luft würden dir bestimmt auch guttun.“ Sie lachte.

Joy winkte ab. „Lass mal gut sein. Du hast ja Begleitung.“

Simon drehte sich zu ihr um. „Wenn du Elena begleiten möchtest, ist es kein Problem für mich, meine Pläne zu ändern. Du musst es nur sagen.“

„Nein, nein, fahr du mal mit.“ Joy schüttelte rasch den Kopf. „Langsames Radeln gehört ohnehin nicht zu meinen Lieblingshobbies. Da passiert mir einfach zu wenig.“

Simon lächelte. „Gut, wie du möchtest. Wir sehen uns dann in ungefähr –“, er blickte Elena fragend an. „Wie lange brauchen wir etwa?“

„Knapp drei Stunden. Ich werde ganz ruhig und langsam laufen.“

„Na, viel Spaß dann und bis später“, meinte Joy scheinbar gleichmütig.

Elena stellte ihre Uhr und trabte los, Simon fuhr hinter ihr her. Ein harmonisches Bild, das Joy lange vor Augen hatte. Sie schloss das Fenster, wandte sich um und starrte in die leere Küche. Die beiden hatten nur etwas getrunken und ihre Tassen ordentlich in die Spüle gestellt. Wie es sich gehörte. *Räum dein Zimmer auf, Joy! Wie willst du in deinem Kopf Ordnung halten, wenn du es nicht einmal in deinem Zimmer schaffst? Nimm dir ein Beispiel an deinem Vater.* Joy konnte die Erinnerung nur mit Mühe abschütteln. Sie kochte sich einen Tee, nahm sich eine Portion Müsli und setzte sich damit an den großen Küchentisch. Abgesehen von einigen Schäfchenwolken war der Himmel klar und tiefblau, und es sah ganz nach einem heißen Tag aus. Joy überlegte kurz, zum Schwimmen zu fahren, aber der Gedanke an die vielen Menschen, die Gleiches im Sinn haben würden, vergraulte ihr die spontane Idee. Eine halbe Stunde später machte sie sich auf den Weg zum Friedhof und suchte das Grab ihrer Mutter auf. Sie lockerte das Beet und goss die Blumen. Ein schwerer Geruch von feuchter Erde stieg ihr in die Nase. Sie setzte sich auf eine nahegelegene Bank und kam langsam zur Ruhe. Einige Reihen weiter sah Joy einen älteren Herrn vor einem Grab stehen. In der einen Hand hielt er eine Gießkanne, in der anderen ein Taschentuch. Er weinte. Simon weinte auch manchmal. Ich kann das nicht, dachte sie und stand auf.

Elena kam pitschnass und mit hochrotem Kopf zurück, und auch Simon war verschwitzt. Zwei Stunden und knapp fünfzig Minuten, dachte Joy nach einem raschen Blick auf die Uhr. Das war das, was Elena als lockeren Sauerstofflauf bezeichnete, bei dem sie kaum aus der Puste geriet – andere wären nach so einer Tour am Ende ihrer Kräfte, wenn sie die Distanz überhaupt bewältigten. Joy war in der Küche und bereitete einen Früchtequark zu, auf den Elena nach einer solchen Anstrengung meist Appetit hatte, bevor sie sich ein, zwei Stunden später über ein üppiges Reis- oder Nudelgericht hermachen würde, um die Kohlenhydratspeicher aufzufüllen. Simon kam zur Tür herein und begrüßte seine Tochter mit einem herzlichen Lächeln.

„Interessante Erfahrung“, sagte er. „Und wie schnell sie laufen kann, ohne sich großartig anzustrengen ...“ Er goss zwei Gläser Orangensaft ein und blickte Joy an. „Sie würde sich noch viel weniger anstrengen – und wäre noch schneller –, wenn sie weniger an die Zeit denken würde.“

„Gut möglich“, gab Joy zurück.

Simon reichte seiner Tochter und der eintretenden Elena ein Glas Saft und nahm sich dann selbst eins. Elena trank und wischte sich mit dem Arm den Schweiß von der Stirn.

„Wunderbar“, sagte sie und lächelte Joy an. „Dein Vater scheint immer zu riechen, wann ich etwas zu trinken brauche. Allerdings redet er auch beim Radfahren nicht besonders gern.“ Sie zwinkerte Simon zu. „Und jetzt muss ich erst einmal unter die Dusche. Vielen Dank für deine Begleitung. Bis gleich."

Eine Viertelstunde später saßen sie mit dem Quark, Apfelschorle, Tee und einem Teller Gebäck auf der Terrasse. Elena hatte sich auf einem Liegestuhl ausgestreckt und seufzte wohlig, während sie genussvoll aß. Simon saß auf einem Holzstuhl neben ihr, und Joy hatte sich für die Bank entschieden.

„Dir ist einiges aufgefallen, stimmt's?" fragte Elena Simon, nachdem sie das zweite Schälchen Früchtequark gelöffelt hatte, und blickte ihn gespannt an.

Worauf ich jede Wette eingehe, dachte Joy bissig. Ich kann mir sogar schon so ungefähr denken, was da jetzt kommt. Sie spürte, wie sich die mühsam errungene Ruhe der letzten Stunden verflüchtigte.

„Ja, mir ist einiges aufgefallen, oder besser gesagt: Mir geht dieses und jenes durch den Kopf, aber ich denke, du solltest dich erst mal gründlich ausruhen, bevor wir darüber reden", antwortete Simon. „Sofern du das überhaupt möchtest."

„Na klar, nur zu", ermunterte Elena ihn und räkelte sich. „Ich fühle mich wunderbar, und Sport ist mein Thema. So müde kann ich gar nicht sein, dass ich keine Lust hätte, darüber zu sprechen."

Na, ich hoffe, du weißt, worauf du dich da einlässt, dachte Joy und lehnte sich zurück.

Simon stellte sein Glas ab. „Ich bin kein Spezialist, was Ausdauersport anbelangt, aber als ehemaliger Ruderer kann ich zumindest nachvollziehen, was es bedeutet, regelmäßig immer längere Distanzen oder auch schnellere Zeiten zu trainieren. Und ich weiß noch sehr genau, wie es sich anfühlt, erschöpft ins Ziel zu kommen oder auch voller Leichtigkeit Schlag um Schlag vorwärts zu gelangen, ohne dass die Anstrengung einen aus dem Rhythmus bringt. Es ist ein wunderbares Gefühl, mit den Bewegungen des Körpers völlig im Einklang zu sein." Er schaute Joy an. „Das müsste dir ähnlich gehen, oder?"

„Ja, das kenne ich auch", antwortete Joy.

Simon nickte zufrieden und blickte Elena wieder an. „Warum läufst du?"

„Weil es mir Spaß macht und mir tiefe Zufriedenheit beschert, meistens jedenfalls."

„Ich habe eher den Eindruck, dass du läufst, um in einer bestimmten Zeit ans Ziel zu kommen."

„Das eine schließt das andere nicht aus, Simon", erwiderte Elena, und Joy hörte, dass ihre Stimme energischer klang als sonst in den letzten Tagen. „Ich laufe auch leistungsorientiert – was mir ebenfalls großen Spaß macht, aber dafür muss ich zusätzlich etwas tun. Insbesondere in einer intensiven Vorbereitungsphase spielen neben meiner Lauflust viele andere Faktoren eine Rolle: Ernährung, Gymnastik, verschiedene Trainingsansätze, mal Tempo, mal langsame Einheiten, Intervalle und einiges mehr. Das gehört dazu, um einen Marathon zu bewältigen, erst recht in einer Zeit, die für Hobbyläuferinnen schon beachtlich ist. Das wird beim Rudern vom Ansatz her nicht viel anders gewesen sein."

„Ich möchte deine Fähigkeiten und auch dein Wissen mit meiner Bemerkung in keiner Weise schmälern", betonte Simon. „Und dass du ehrgeizig bist, weiß ich auch. Darum geht es aber gar nicht. Ich sage dir, dass du nur einen Fuß vor den anderen setzen musst und du kommst in der Zeit an, die dein Körper bewältigen kann und mit der du auch zufrieden sein wirst."

Elena setzte sich auf und stellte ihr Quarkschälchen auf dem Tisch ab. Joy sah, dass Simon ihre Reaktion genau beobachtete.

„Wenn es so einfach wäre! Wie stellst du dir das vor? Soll ich meine Uhr wegwerfen?" wandte Elena ein. „Bei kaum einer anderen Disziplin, abgesehen von den Ultraläufen – es gibt Menschen, die hundert Kilometer und mehr laufen –, spielen die physiologischen Grundlagen eine so bedeutende Rolle wie beim Marathon. Ich kann nicht einfach blind drauflosrennen, in der

Hoffnung, das für mich richtige Tempo schon irgendwie zu finden. Im übrigen – vor Jahren bin ich genau so in die Rennen gegangen. Und was war das Ergebnis? Ich war auf dem letzten Viertel fix und alle. Ich muss wie alle anderen auch beachten, dass ich meine Reserven nicht zu früh aufbrauche."

„Und dazu musst du ständig an die Zeit denken und auf deine Uhr schauen? Nach so vielen Jahren Erfahrung spürst du nicht, wie du dich bewegen musst? Bedenke doch mal, dass du trotz deiner Erkenntnisse, trotz all deines Wissens und zahlloser Trainingskilometer mit der Uhr am Arm dein Ziel heute so wenig erreichst wie vor Jahren. Was also stimmt nicht: das Ziel, das Rennen oder die Vorbereitung?"

Elena sah Simon schweigend an. Er lächelte leise und legte ihr kurz die Hand auf den Arm. Joy blickte zur Seite. Ja, beruhig sie nur, denn die ach so schöne Harmonie ist jetzt futsch – jedenfalls für sie. Joy griff nach ihrem Glas.

„Ein Teil deiner inneren Konzentration hat nichts mit dem Laufen zu tun", fuhr Simon fort. „Du entziehst dir selbst die Energie, indem du auf die Uhr starrst, rechnest, überprüfst, kilometerweit nach vorne denkst oder auch zurück. Du läufst nicht, du willst die Zeit bewältigen, du zählst die Minuten. Setze einen Fuß vor den anderen und tu nichts anderes als das – all dein Wissen und deine Vorbereitung sind doch längst ein Teil von dir. Du musst nicht ständig darüber nachdenken."

Simon wandte sich an Joy. „Was passiert, wenn du beim Boxen an etwas anderes denkst?"

Joy stöhnte innerlich auf. Dann nickte sie. Das konnte schmerzhaft werden. Sie dachte an Erik und die Trainingseinheit mit der Pratze. „Wenn meine Gegnerin gut ist, erwischt sie mich genau in dem Augenblick." Erstaunlich, dass Simon sie und ihr Boxen einbezog.

Elena seufzte. „Laufen, nichts als laufen? Du magst recht haben, so lange es um zehn, zwanzig oder auch dreißig Kilometer geht, aber der Marathon hat seine eigenen Gesetzmäßigkeiten, die hauptsächlich mit den Gegebenheiten des menschlichen Stoffwechsels zusammenhängen."

Simon lächelte. „Der Stoffwechsel ist, wie er ist. Vertrau ihm, ohne ihn ständig in den Mittelpunkt deiner Gedanken zu stellen. Du bist in jeder Hinsicht gut vorbereitet, wenn du in ein Rennen gehst. Aber dann geht es um das Rennen – Schritt für Schritt –, und nicht mehr um das Training. Das ist abgeschlossen, Vergangenheit."

Joy setzte ein unschuldiges Gesicht auf, als Elena sie verunsichert ansah.

„Hört sich sehr theoretisch an", sagte sie schließlich.

Simon lachte laut auf. „Überhaupt nicht – du bist diejenige, die so auf der Theorie beharrt! Ich spreche lediglich vom Laufen." Er wirkte amüsiert. „Versuch doch einfach mal, einige Runden ohne Uhr zu drehen, und sieh, was passiert."

„Das würde mich aus der Ruhe bringen."

„Das macht nichts. Du wirst trotzdem zu deinem Rhythmus finden."

Elena ließ diese Behauptung unwidersprochen stehen. Eine Viertelstunde später zog Simon sich in sein Zimmer zurück.

„Ich kann mir nicht vorstellen, dass das funktioniert", sagte Elena eine ganze Weile danach leise und schaute Joy nachdenklich an. „Ich muss doch meine Zwischenzeiten wissen. Es würde mich völlig aus dem Tritt bringen, beispielsweise kein genaues Zehn-Kilometer-Ergebnis zu haben, weil das Risiko zu groß ist, dass ich den nächsten Abschnitt zu schnell laufe."

„Du bist sie auch beim letzten Marathon zu schnell gelaufen", wandte Joy ein. „Obwohl du eine Uhr dabei hattest – hast du mir jedenfalls erzählt."

Elena winkte ab. „Ach, das war etwas anderes. Da hab ich gedacht, dass ich sowieso nicht optimal vorbereitet bin und habe alles auf eine Karte gesetzt, in der Hoffnung, ich könnte mich irgendwie selbst überlisten und das Tempo durchziehen, auch über die magische Grenze hinaus."

Joy grinste. „Du scheinst viel nachzudenken beim Laufen. Du hast doch gehört – einen Fuß vor den anderen, nur das. Im Augenblick sein – nichts weiter."

Elena starrte sie an. „Was genau erheitert dich jetzt eigentlich so?"

„Zu sehen, dass auch du deine Grenze hast. Zu erleben, dass nicht alle Anregungen meines Vaters auf Begeisterung bei dir stoßen – vor allen Dingen dann nicht, wenn sie dich unmittelbar und persönlich betreffen und deine Auffassungen in Frage stellen. Da wirst du richtig missmutig. Du findest es höchst interessant, was Simon so alles zu sagen hat, und meinst, dass ich mir vieles zu eigen machen sollte, aber kaum geht es um dich selbst, noch dazu auf deinem ureigenen Gebiet, wirkst du ausgesprochen konsterniert."

„Na und? Dann wirke ich halt konsterniert."

Joy grinste noch breiter. Aha, dachte sie, jetzt hab ich dich endlich mal erwischt. „Mehr noch. Du bist sauer. Stinksauer. Und jetzt denk mal genau über dieses Gefühl nach. Vielleicht kommst du ja zu einem befriedigenden Ergebnis, was die auslösenden Gedanken dazu betrifft."

„Garantiert, liebe Joy, denn im Gegensatz zu dir bleibe ich bei einem konsternierten, sauren oder sonstigen Gefühl nicht einfach stehen! Oder laufe davor weg oder leugne es, um dann zusätzlich das Risiko einzugehen, andere damit zu belasten. Stell dir vor, ich weiß, warum ich sauer bin. Ich weiß es sogar sehr gut." Elenas Stimme war laut geworden. Laut und biestig.

„Toll! Gratuliere." Joy bebte. „Dann kannst du es ja bald wieder auflösen, wenn ich den Mechanismus richtig verstanden habe."

„Ganz bestimmt. Wahrscheinlich geht das sogar ziemlich flott!"

„Dann ist aber als nächstes dein Hochmut dran!"

Elena stand langsam auf. Sie zitterte. „Gerne, aber vorher kümmerst du dich um deine sexuellen Probleme!"

Joy erhob sich ebenfalls. Sie trat dicht an Elena heran. Zu dicht, dachte sie kurz, gefährlich dicht. „Einen Scheiß werde ich! Mach du dich nicht so abhängig von sexueller Befriedigung, dann haben wir das Problem gar nicht mehr."

Elena drehte sich um und hastete durch die Terrassentür ins Haus. Joy fegte ihr Glas vom Tisch. Minuten später holte sie ein Kehrblech und sammelte die Scherben ein. Sie war überzeugt, dass Elena ihre Sachen packen und abreisen würde. Ein Geräusch an der Tür ließ sie aufblicken. Simon stand vor ihr. Er bückte sich und sammelte die Scherben ein, die noch unter dem Tisch lagen.

„Vorsicht", sagte Joy leise. „Du könntest dich schneiden."

„Ich bin achtsam."

Sie saßen beide auf dem Boden. Simon blickte sie an.

„Was möchtest du jetzt tun?" fragte er und nahm ihre Hände in seine.

Weinen, schreien, um mich schlagen, fuhr es Joy durch den Kopf, und hinter ihren Schläfen pochte ein dumpfer Schmerz. Der Klang, die Hand. Eine Hand. Sie wandte sich ab und stand auf.

„Allein sein. Danke für deine Hilfe."

Beim Abendessen wurde nicht viel gesprochen. Elena sah müde aus. Simon aß. Ich sitze hier wie in einem Kokon, dachte Joy. Es wird immer enger und die Luft immer dünner. Sollte sie ihre Sachen packen und nach Hause fahren? Simon blickte sie plötzlich an, und Joy hätte schwören können, dass er ihre Gedanken mitbekommen hatte. Nein, ich kneife nicht, dachte sie und presste die Lippen aufeinander. So nicht.

Später unternahmen Elena und Simon einen Spaziergang. Joy sah vom Wohnzimmer aus, wie sie zurückkehrten – langsam und dicht nebeneinander gehend. Wahrscheinlich waren Elenas Beine doch ein wenig schwer nach der morgendlichen Anstrengung. Vor dem Garten blieben sie stehen. Vor Simons Garten. Er setzte sich auf die niedrige Steinmauer, die den geharkten Sand und die bemoosten Steine umgab, und verschränkte die Beine. Dann streckte er seine Hand nach Elena aus, und sie blickte einen Moment auf ihn herunter. Schließlich ergriff sie seine Hand und setzte sich neben ihn. Beide blickten mit offenen Augen und geradem Rücken nach vorn. Stille. Joy sah auf ihre Hände. Sie waren zu Fäusten geballt, und ihr Atem war schneller geworden.

16

Joy hatte mich aus Hamburg angerufen – nur um zu plaudern, wie sie sich ausdrückte. Doch sie hatte keine Plauderstimme gehabt, und als sie mitbekam, dass ich ihre Anspannung spürte, erzählte sie von Erik, dem Trainer, der nicht allzu viele Worte machte. Dafür machte sie um so mehr, um ihr übervolles Herz zu übertönen. Am liebsten hätte ich sie in den Arm genommen, aber das wäre ihr nicht recht gewesen.

Nadine hatte auch ein übervolles Herz, und ihre Ungeduld wurde immer deutlicher.

„Findest du nicht, dass es allmählich Zeit wird?“ fragte sie eines Abends. „Ich bin jetzt seit drei Monaten dabei. Meine Schläge sind härter geworden, ich trainiere, ohne zu murren. Wir reden viel miteinander, und ich weiß, dass ich hier bin, um mir etwas zu beweisen.“

„Und deiner Mutter?“ hakte ich nach.

„Ja, der auch“, gab sie zu.

Ich konnte bestätigen, dass ihre Schläge inzwischen tatsächlich Schläge geworden waren, doch nach wie vor hielt sie etwas zurück.

„Was wirst du deiner Mutter sagen, wenn du im Ring gewesen bist?“ fragte ich und nahm eine Pratze zur Hand.

„Keine Ahnung. Ich weiß ja nicht, was dort passiert.“

Ich hielt die Pratze hoch und forderte sie auf, Kombinationen zu boxen. Sie tänzelte und schlug zu. Spürbar, aber ohne Wucht.

„Was könnte denn passieren?“ fragte ich weiter.

„Dass ich einiges auf die Nase bekomme“, antwortete sie.

„Was noch?“

Sie blieb stehen und atmete schwer. „Dass ich mich nicht wehre. Dass ich verprügelt werde und es hinnehme. Wie früher.“ Sie setzte ein winziges gequältes Lächeln auf. „Da kann ich nur hoffen, dass du mir keine allzu schlagkräftige Partnerin aussuchst.“

Ich zuckte mit den Achseln. „Du wirst mit mir in den Ring gehen.“

Nadine starrte mich an. „Was? Du bist meine Trainerin. Außerdem hätte ich das Gefühl, dass du es ohnehin nicht ... na ja ...“

„... ernst meine?“ vervollständigte ich den Satz. „Da schätzt du mich aber ganz falsch ein, liebe Nadine. Ich nehme meinen Job sehr ernst, und wenn ich mit einer Schülerin in den Ring steige, habe ich sehr gute Gründe dafür.“

„Hast du auch mal mit Joy geboxt?“

„Mehrfach.“ Und sie hat ihre Angst nicht verloren, fügte ich in Gedanken hinzu. Weil sie sie nicht zulassen konnte. Weil auch ich eine Bedrohung für sie war. Schutzlos zu sein war das Schlimmste für sie.

Nadine kam zwei Schritte auf mich zu. „Wann, Charlotte?“

„Ende der Woche – wenn du dann immer noch willst.“

Sie nickte. „Und ob.“

Ich lächelte. Sie hatte Mut. Ich mag mutige Frauen.

17

Bis auf Charlotte hatte Joy immer nur männliche Trainer gehabt. Sie kam gut mit ihnen klar. Erik galt als Schleifer, wie Saskia erzählt hatte – und das war Joy nur recht. Sie wollte so erschöpft sein, dass ihr keine Kraft mehr blieb, sich tiefschürfende Gedanken zu machen oder sich mit bedrängenden Gefühlen herumzuschlagen. Außerdem war er kein Schwätzer, der seine Anweisungen durch langatmige Erklärungen untermauerte, und auch kein Schreihals, der seine Kritik hauptsächlich brüllend vermittelte. Erik gab die Übung vor, und Joy übte. Wenn etwas falsch lief, unterbrach er und korrigierte mit wenigen, klaren Worten. Anfangs war Joy erstaunt, wie bereitwillig sie sich seinem Kommando unterordnete, nach zwei Trainingstagen war ihr klar, dass er als gänzlich unaufdringlicher Chef im Ring stand, dem es um seine Aufgabe ging und um nichts anderes. Es erhöhte die Effizienz beträchtlich, wenn sie sich einfach nur auf die vorgegebene Übung konzentrierte, statt sie zu hinterfragen oder andere Vorschläge zu machen. Sie sprang Seil, sie drosch auf die unterschiedlich großen Bälle und Sandsäcke ein, sie schwang Hanteln, und sie ging mit Erik in den Ring.

„Hast du Angst?“ fragte er beim ersten Sparring mitten im Geschehen.

„Nö.“

„Ich rate dir, Angst zu haben. Nicht zu viel, nicht zu wenig.“ Damit schlug er kraftvoll zu.

Es tat weh. Joy atmete tief ein. Einen Moment fühlte sie sich nackt. Hilflos. Bedrängt. Dann ging sie auf Erik zu. Der schlug wieder zu. Joy nahm die Deckung rechtzeitig hoch und konterte. Das Leder knallte, und sie spürte, dass ihre Stärke gewachsen war und die Angst zurückging. Wen habe ich eigentlich geschlagen – Erik oder die Angst? fuhr es ihr durch den Kopf. Hat er die Angst ausgelöst, oder war die Angst schon vorher dagewesen –

im Hintergrund lauernd? Was für seltsame Fragen.

„Also – ich gehe davon aus, dass ich dich am Freitag zu den Stadtmeisterschaften sehe“, sagte Erik am Ende des Trainings.

„Ja“, antwortete Joy nach kurzem Zögern. „Sind mehrere Vorrundenkämpfe zu bestreiten?“

Er wischte sich mit dem Handtuch übers Gesicht. „Nach den bisherigen Meldungen sieht es nur nach einem aus – wenn du den gewinnst, kommt noch der Hauptrundenkampf.“

„Habe ich eine Chance?“ fragte Joy.

Er lächelte. „Klar. Die hast du immer.“

Als Joy am späten Nachmittag nach Hause kam, war nur Elena da.

„Simon musste zu einer Besprechung und hat anschließend noch ein wichtiges Geschäftsessen“, sagte sie. „Er kommt erst spät. Also sind wir beide heute mal allein. Ich hatte mittags nur eine Kleinigkeit und bin ziemlich hungrig. Wie sieht es mit dir aus?“

„Ganz ähnlich“, sagte Joy gleichmütig. Und wie schön, dass du so gut Bescheid weißt, was mein Vater wann, wo und warum macht, fügte sie im stillen hinzu.

„Wie wäre es, wenn wir einfach mal eine ganz ordinäre Pizza in den Ofen schieben würden? Ich habe Thunfisch und Schinken mitgebracht.“

„Klingt gut.“

Sie aßen zur Abwechslung im Wohnzimmer und sahen nebenbei eine Nachrichtensendung. Es kam Joy vor, als wäre es hundert Jahre her, seit sie gemeinsam und so einvernehmlich etwas ganz und gar Gewöhnliches getan hatten. Sie versuchte, sich zu entspannen und ihre Pizza zu genießen. Was wäre, wenn nun auf einmal Simon in der Tür stünde? Elena saß neben ihr auf dem Sofa. Ihre Oberschenkel berührten sich. Joy fiel plötzlich ein, dass sie in wenigen Tagen beide wieder in ihren Berliner Alltag zurückkehren würden, doch trotz der ungewöhnlichen und auch schwierigen Wochen, die hinter ihr lagen und in denen sie gerade in letzter Zeit mehr als einmal an Flucht gedacht hatte, befremdete sie diese Vorstellung. Fast einen Monat war sie jetzt schon hier, knapp vierzehn Tage zusammen mit Elena. Sie hatte in der Zeit einen oberflächlichen Frieden mit Simon geschlossen, der Dorotheas Wunsch wohl nicht gänzlich erfüllte, aber immerhin war ihr Verhältnis besser als je zuvor. Doch was die Beziehung zu Elena anbelangte, war noch mehr Verwirrung und Enttäuschung entstanden, als schon vorher bestanden hatte. Hier war alles unklar. Brüchig. Voller Zweifel und zunehmender Bitterkeit. Es hatte kaum einen Tag ohne Anspannung gegeben. Ohne Streit, bohrende Fragen, Missmut. Und je näher Elena und Simon sich gekommen waren, je deutlicher ihr tiefes Verständnis füreinander wurde, selbst wenn sie einmal nicht einer Meinung waren, desto breiter war der Graben zwischen Joy und Elena geworden. Das war die ungeschminkte Wahrheit. Simon und Elena geben einander Ruhe und Aufmerksamkeit, Verständnis und Wärme – bedächtiges, ja Zen-mäßiges Miteinander, liebevoll, achtsam, und das nach so wenigen Tagen, die sie sich erst kennen, dachte Joy, und die Erkenntnis schmerzte. Keine Gefühlsausbrüche, keine verworrenen Reaktionen, kein Streit und kein Rückzug. Keine Angst. Fehlte eigentlich nur noch die Zärtlichkeit. Sie vermisst ihn schon, wenn er nicht da ist. *Geh jetzt auf dein Zimmer, Liebes, Simon und ich brauchen ein wenig Zeit füreinander.* Joy zuckte zusammen.

„Ich nehme am Freitag an den Stadtmeisterschaften des Clubs teil“, sagte sie, nur um schnell irgend etwas zu sagen und damit ihre Not zu vertreiben.

„Diesen Freitag, sozusagen als Abschiedskampf, bevor es wieder nach Hause geht?“

„Man kann es so betrachten, aber der Hintergrund ist denkbar simpel – eine Boxerin ist verletzt, und ich springe ein.“

Elena legte eine Hand auf Joys Knie und umfasste es mit zärtlichem Druck. „Was denkst du, wie geht es weiter, wenn wir wieder zu Hause sind?“

„Du meinst, wie es mit uns weitergeht?“

Elena nickte.

Da geht nicht mehr viel weiter, dachte Joy. Du weißt doch längst, was du willst und was du nicht willst. Wahrscheinlich weißt du sogar schon, wie das mit dem Klang der einen Hand geht. Ich bin die unreife Göre, und du hast keine Lust mehr auf den Frust mit mir. So einfach ist das. Warum also schon wieder ein großes Tamtam machen und die wenigen friedlichen Minuten, die wir gerade miteinander haben, zerstören?

„Nun?“ fragte Elena erneut. Sie legte Joy behutsam den Arm um die Schultern. „Hat es dir die Sprache verschlagen?“

Joy spürte ihren Herzschlag wie Seitenstechen. Sie streckte den Rücken und blickte Elena an, die ihren Arm wieder herunternahm. „Ich kann dazu nicht allzuviel sagen. Wir haben unsere Probleme, daran hat sich nichts geändert, eher haben sie sich noch verstärkt.“ Um es vorsichtig zu formulieren.

„Und warum ist das so? Warum schleichen wir umeinander herum, anstatt die Dinge in die Hand zu nehmen und zu lösen?“ fragte Elena.

„*Wir*“ – netter Versuch, erst einmal den Eindruck zu erwecken, die Geschichte wäre von beiden vermasselt worden, obwohl doch längst klar war, wer hier von wem für was verantwortlich gemacht wurde. Joy rückte ein Stück ab, was Elena mit einem unbestimmten Lächeln quittierte. „Na, du hast doch längst eine Erklärung parat, stimmt's?“

„Mein Eindruck ist, dass du dich komplett zurückgezogen hast, und vielleicht erfahre ich ja auch noch, warum“, erwiderte Elena. Sie saß entspannt neben Joy und hatte nun die Beine übereinandergeschlagen. Offensichtlich war sie bemüht, Ruhe auszustrahlen. „Du bist hierhergekommen, um dich mit deinem Vater auseinanderzusetzen, um zu arbeiten und dir ein wenig Zeit für unsere Beziehung zu nehmen – so habe ich jedenfalls die ursprüngliche Absicht meines Besuchs hier verstanden, ansonsten hätten wir uns das Ganze auch sparen können. Außerdem knirscht es zwischen uns ja nicht erst seit einigen Tagen, was unser Disput gleich nach meiner Ankunft sehr deutlich gezeigt hat. Du tust kaum etwas anderes, als stur dein Ding durchzuziehen – arbeiten, boxen, für dich sein. Die wenigen gemeinsamen Sachen, die hier ablaufen, ob nun zu zweit oder zu dritt, lässt du in der Regel eher über dich ergehen, als ihnen etwas abzugewinnen."

„Und du hast keine Idee, warum das so ist?" hielt Joy ihr entgegen. Ihre Hände waren eiskalt, und sie verschränkte die Finger.

Elena zuckte die Schultern. „Du willst dich weder mit Simon noch mit mir, noch mit unseren oder auch deinen Problemen befassen, sondern sitzt hier einfach deine Zeit ab. Bis zum Schlussgong sozusagen, denn eine Flucht kommt selbstverständlich nicht in Frage."

„Meine Probleme, unsere Probleme?" fragte Joy und setzte ein kühles Lächeln auf. „Ach, du liebe Güte, letzten Endes bist du doch heilfroh, damit nicht belästigt zu werden."

„Wie kommst du denn auf den Quatsch? Warum spreche ich dich wohl immer wieder darauf an? Ich mache mir Sorgen, verdammt noch mal!"

„Schlechtes Gewissen?"

Elena war so verblüfft, dass ihr einen Moment der Mund offen stehenblieb. „Ich verstehe kein Wort, Joy. Wie meinst du das denn?"

„Ich habe trotz deiner Beschwerden über mein Verhalten ganz und gar nicht das Gefühl, dass du dich unwohl fühlst oder es dich frühzeitig nach Berlin zieht. Du läufst, liest, bist unterwegs, ruhst dich aus, bist mit Simon zusammen, das ganz besonders gern, und machst insgesamt einen ausgesprochen munteren und zugleich gelassenen Eindruck – wie immer eigentlich. Da sind weit und breit keine Sorgenfalten in Sicht, schon gar nicht solche, die mit mir oder uns zu tun haben könnten."

Elena schüttelte verständnislos den Kopf. „Ach, ja und? Soll ich den ganzen Tag weinen, um dich davon zu überzeugen, dass mir die Situation an die Nieren geht?"

„So Zen-infiziert, wie du inzwischen bist, kommt das natürlich nicht in Frage."

Elena schnappte nach Luft. „Du spinnst, Joy. Im übrigen, um auf deine Spitze einzugehen, nur weil du mit den Überzeugungen deines Vaters nichts anfangen kannst oder dich dagegen sperrst, weil du ihm was auch immer nachträgst, heißt das noch lange nicht, dass das auch für mich gilt. Ich finde toll, was er macht und wie er es macht, und es interessiert mich brennend."

„Ja, das ist nicht zu übersehen. Ich warte eigentlich nur noch auf den Buddha in deinem Zimmer und auf das Schild an der Tür: *Zazen, bitte nicht stören!* Hast du schon verstanden, wie das mit den Gefühlen funktioniert – dass du dich nicht mit ihnen identifizieren sollst? Schon gar nicht mit denen, die mit mir zu tun haben. Und wie sitzt du eigentlich? Schon halber Lotos oder noch burmesisch?"

„Und wenn es so wäre? Was genau kannst du denn daran nicht ertragen? Nehme ich dir etwas weg? Bist du eifersüchtig? Und auf wen oder was denn eigentlich genau?"

Joy sprang wutschnaubend auf, doch Elena packte ihre Hand und zog sie wieder herunter. „Du bleibst jetzt hier und erzählst mir, was los ist!"

Joy schüttelte ihre Hand ab, blieb jedoch sitzen. „Eifersucht? So ein Quatsch! Nur erzähl mir doch bitte nicht, dass du zwischen uns dies und das vermissen würdest und dass ich mich rar mache, wenn du gleichzeitig nur noch Ohren für Simon hast. Und auch nur noch Augen für ihn. Du himmelst ihn ja förmlich an und hängst an seinen Lippen. Mal sehen, was da demnächst noch alles ..."

„Pass bloß auf, was du sagst!" unterbrach Elena sie mit scharfer Stimme. Sie war weiß wie ein Laken geworden. „Du bist diejenige, die dicht macht, egal, wer dir was vorschlägt. Und wach und munter bist du nur letztens geworden, als Simon sich kritisch zu meinem Training geäußert hat. Das war Wasser auf deiner Mühle, nicht? Was geht bloß in dir vor?" Elena blickte sie an. Sie klang wieder ruhiger. Deprimiert. „Bitte, sag es mir. Simon meint ..."

„Simon meint? Na klasse, wenn du dich schon mit ihm besprochen hast, erübrigen sich doch alle weiteren Erörterungen! Dann weißt du ja längst Bescheid, und wir können uns dieses Theater hier sparen."

„Was ist denn so schlimm daran, wenn ich mir Rat hole von einem Mann, den ich schätzen gelernt habe und der zufälligerweise auch noch dein Vater ist und den ich mag, sogar sehr mag? Er kennt dich wirklich gut, und er weiß besser über dein Innenleben Bescheid, als du denkst oder auch nur vermuten würdest."

Joy sprang auf, und diesmal ließ Elena sie gewähren.

„Er weiß immer alles besser", fuhr Joy sie an. Sie zitterte am ganzen Leib. Ihr Herz raste. Am liebsten hätte sie zugeschlagen, mit beiden Fäusten gleichzeitig. „So lange ich ihn kenne, weiß er alles besser! Und alle finden ihn immer fürchterlich toll – ein echtes Vorbild. Neben ihm hat kaum ein anderer Platz, schon gar nicht jemand, der sein eigenes Profil entwickelt hat. Aber ich will niemanden nachäffen, weder meinen Vater noch sonstwen, oder hingebungsvoll an seinen Lippen hängen und förmlich auf die Knie fallen bei jedem schlauen Satz, den er von sich gibt. Ich will meine eigenen Sachen machen und nicht in Ungnade fallen, nur weil ich eben nicht den Weg meines Vaters gehe. Diese Situation kenne ich zur Genüge. Glaub mir, meine Mutter war eine wahre Meisterin darin, sie hat mir immer und jederzeit klargemacht, wer für sie an erster Stelle kommt und warum."

„Darum geht es doch gar nicht", erwiderte Elena. „Außerdem hast du mehr von den Anschauungen verinnerlicht, die – ich drucke es mal andersrum aus, vielleicht gefällt es dir dann ja besser – zufälligerweise auch Simon teilt, als du dir eingestehen möchtest. Du pickst dir das jeweils für dich Passende heraus, benennst es mit anderen Worten, und dann ist es okay. Denk doch mal an deine Konzentration beim Boxen! Aber was nicht in dein Konzept passt – dir Kritik anzuhören oder wenn du deine Einstellung überprüfen sollst –, schiebst du einfach beiseite, und dein Vater ist der große Buhmann, der dir keinen Spielraum lässt oder dich verbiegen will. Und das gleiche machst du, wenn ich dir zu nahe komme. Nur du vergisst etwas Wesentliches dabei: Niemand will dich verbiegen, weder Simon noch ich. Was für einen Sinn würde das wohl machen?"

„Du kommst dir wohl sehr schlau vor, was? Ihr beide passt wirklich wunderbar zusammen. Besprich dich mit ihm, was die wesentlichen Fragen des Lebens angeht, aber hör endlich auf, mich zu drängen und zu nötigen und nach Veränderungen zu schreien, von denen in erster Linie du profitieren möchtest! Oder geht es gar nicht mehr darum, weil du schon ganz auf Simon fixiert bist – in jeder Hinsicht?"

Elena sprang ebenfalls auf und baute sich dicht vor Joy auf. Ihre Lippen bebten. „Letztlich geht es um dich und nur um dich, Joy. Nicht um Simon oder deine Mutter, auch nicht um mich. Es geht um dich und deine Angst, einen Menschen, den du liebst, wirklich an dich heranzulassen. Ganz dicht, und ohne Wenn und Aber und doppelten Boden. Das ist die ganze Wahrheit, und du kennst sie. Doch du schlägst lieber um dich, als dich damit auseinanderzusetzen."

Joy atmete schwer, und ihr Kopf schien bersten zu wollen. Elenas Augen ließen sie nicht los. Joy spürte eine verzweifelte Lust, sie zurückzustoßen, zu schlagen, ihr den Mund zu stopfen. Sei still, sei endlich still! Was weißt du schon! Es ist doch immer das gleiche. Sie hob die Hände und stützte sich auf die Lehne eines Sessels.

„Lass mich in Ruhe", sagte sie leise. „Du hast keine Ahnung, wovon du sprichst. Und wovor ich Angst habe oder nicht, ist meine Sache."

„Warum?" flüsterte Elena. „Ich bin doch bei dir, wir können es gemeinsam bewältigen."

Joy schüttelte den Kopf, und er tat noch mehr weh. „Da gibt es nichts gemeinsam zu bewältigen. Und jetzt lass mich endlich in Ruhe."

Sie drehte sich um und verließ rasch den Raum. Ihre Knie waren weich wie nach einem langen schweren Kampf. Sie ging in ihr Zimmer, warf sich aufs Bett und schlief innerhalb von Sekunden ein.

Als sie aufwachte, saß Simon neben ihr und stellte eine Schale mit Suppe auf den Nachtschrank. Sie wunderte sich nicht darüber.

„Kann ich sonst etwas für dich tun?" fragte er.

„Ich brauche eine Kopfschmerztablette. Hast du so was im Haus?"

Simon nickte und ging, um die Tablette und ein Glas Wasser zu holen. Er strich ihr übers Haar, während sie trank. „Es wird dir bald besser gehen, Joy."

„Bist du sicher?"

„Ziemlich sicher."

„Warum das alles?" fragte Joy. „Und jetzt antworte bitte nicht: karmische Verstrickungen."

„Für jemand, die angeblich so gar nichts von fernöstlichen Philosophien hält, bist du gut informiert."

Zu ihrer eigenen Verblüffung musste Joy lächeln. „Das ist aber keine Antwort."

„Es ist dein Weg – das ist die Antwort. Warum und weshalb", er zog die Schultern hoch, „ist jetzt zweitrangig."

„Das Koan", sagte Joy plötzlich. „Erinnerst du dich daran?" Natürlich würde er das.

„Der Klang der einen Hand?"

„Ja. Ich verstehe es nicht, weil es nichts zu verstehen gibt."

„Eben."

„Warum hast du es mir gegeben? Und warum taucht es gerade jetzt wieder auf? Ich werde es einfach nicht los."

Simon lächelte. „Iss deine Suppe."

„Ich kann es nicht ausstehen, wenn du so reagierst."

„Auch das wird vorübergehen."

Ich hoffe, dachte Joy und fühlte sich plötzlich seltsam leicht und zugleich grenzenlos erschöpft. Sie aß ihre Suppe und schlief wieder ein. Als sie das nächste Mal aufwachte, war sie minutenlang davon überzeugt, dass das Gespräch mit Simon nur ein Traum gewesen war. Ein friedlicher Kindertraum, der lange zurücklag. Sie hob ihre Hände und schaute sie abwechselnd an. Nichts. Natürlich nicht. Wie findet man eine Antwort auf eine Frage, die nicht durch Suchen gefunden werden kann?

Im Morgengrauen stand sie auf und ging nach unten in die Küche. Sie kochte sich einen Kakao, ging damit ins Wohnzimmer und öffnete die Terrassentür. Die ersten Vögel erhoben ihre Stimmen, und der Garten lag im sanften Morgenlicht wie in die Erde gebettet da. Seine Kargheit rührte Joy, und zugleich hatte sie plötzlich das Gefühl, dass nichts fehlte.

18

Nadine hatte am Tag des verabredeten Sparrings eine alles andere als gesunde Gesichtsfarbe. Buttermilch und Spucke pflegte meine Großmutter immer zu sagen, wenn ich derart bleich durch die Gegend gelaufen war, und ihr Rezept dagegen hatte gelautet: frische Luft, Kräutertee, eine ordentliche Mahlzeit und ein ausgedehnter Mittagsschlaf. Simpel, aber wirksam. Nur war das zumindest im Moment für Nadine keine Option. Sie boxte sich nach der Gymnastik ein, und mein Angebot, unseren Sparringkampf zu verschieben, lehnte sie mit heftigem Kopfschütteln ab. Etwas anderes hatte ich, ehrlich gesagt, auch nicht erwartet.

Nadines Training hatte nie im Ring stattgefunden – abgesehen von unserem Ballspiel und einigen Übungen, um mit der Größe und Bodenbeschaffenheit vertraut zu werden. Sie war gespannt wie ein Flitzebogen, als sie nun nach oben kletterte und ihre Wasserflasche sowie Handtuch, Helm und Mundschutz bereit legte, und ich verstand sie gut. Während ich in meine Ecke ging und meinen Helm aufsetzte, kam unsere Ringrichterin Bärbel nach oben und schlug den Gong, um uns in die Mitte zu rufen. Einige Frauen unterbrachen ihr Training und traten näher. Sparrings waren zwar an der Tagesordnung, aber trotzdem eine willkommene Abwechslung, zumal wenn eine Trainerin in den Ring stieg.

„So, Mädels, ihr wisst Bescheid", sagte Bärbel. „Keine Tiefschläge, keine Beschimpfungen und kein Geklammere. Da steh ich nicht drauf." Bärbel nahm ihren Job durchaus ernst. „Zweimal zwei Minuten. Los geht's." Der Gong erklang.

Nadine stand mit erhobenen Fäusten vor mir und sah mich aus riesigen Augen an. Einen Moment lang war ich versucht, das Experiment abzubrechen und sie in den Arm zu nehmen. Lass es sein, Kleine, das ist nichts für dich, du tust dir weh. Dann verwarf ich den Gedanken und schlug sachte gegen ihre Deckung. Sie boxte vorsichtig zurück. Ich gab ihr einen Hieb auf die Schulter, sie tat es mir gleich. Nadine begann zu tänzeln, und ich folgte ihr. Ich traf ihre Schulter, sie meine. Allmählich bekam sie eine normale Gesichtsfarbe und atmete schnell und gleichmäßig.

„Was wird das, Nadine?" fragte ich und wich einem Schlag aus. „Bislang ist das kein Boxkampf, eher ein Tanz. Nun zeig mal, was du drauf hast."

Sie verzog das Gesicht und kam näher heran. Sie bewegte sich schnell und reagierte gut. Zwei Cross-Schlägen wich sie geschickt aus – eine exzellente Verteidigerin, aber das hatte ich schon vorher gewusst und sie wahrscheinlich auch.

„Und nun? Wo bleibt der Angriff? Ich warte, Nadine! Du bist immer noch am Tanzen, obwohl wir uns hier zum Boxen verabredet haben. Soll ich vielleicht die Musik anstellen?“ spöttelte ich.

Die Zuschauerinnen lachten. Nadine fing an zu schwitzen. Kurz darauf ertönte der Gong. Ich wandte mich um und ging in meine Ecke, ohne sie anzusehen. Ich atmete tief in den Bauch und sammelte meine Aufmerksamkeit. Als wir uns zur zweiten Runde erneut in der Mitte trafen, wich sie meinem Blick aus.

„Na, was ist?“ fragte ich unmittelbar nach Ertönen des Gongs und gab ihr einen etwas stärkeren Schlag an den Helm. „Weißt du jetzt, warum du hier bist?“

Sie boxte behutsam zurück. Ich stöhnte. „Ach, Nadine, was wird das? Kommst du jetzt mal in Gang, oder wollen wir gleich ein Lied anstimmen?“ Ich traf ihre Schulter mit einem satten Schlag, und sie zuckte zusammen.

Eine Zuschauerin pfiff, eine andere johlte. „He, nun mal los da oben! Mach hin, Kleine. Das ist ja zum Einschlafen!“

„Ich weiß, was mit dir los ist“, fuhr ich fort. „Du kannst das gar nicht. Es ist zwar eigentlich ganz simpel – man haut einfach zu –, aber du, du kannst es nicht. Natürlich nicht. Etwas anderes habe ich auch gar nicht erwartet, wenn ich ehrlich sein soll.“ Ich tippte mit der Linken gegen ihren Bauch und setzte rechts mit einem gut spürbaren Haken nach. „Deine Schläge, sofern du überhaupt welche machst, sind lächerlich. Es ist schon hochgegriffen, überhaupt von Schlägen zu sprechen. Sie sind einfach nur zum Kaputtlachen. Was willst du also hier?“

„Sei doch endlich still!“ fuhr Nadine mich an und wehrte einen Schlag in Richtung Schulter ab.

„Warum soll ich still sein? Ich langweile mich. Du kannst es einfach nicht. Bist du dir zu fein dafür?“

Sie riss die Augen auf. „So was Albernes! Meinst du, ich bekomme nicht mit, dass du mich nur provozieren willst?“

„Aber sicher bist du nicht, oder?“ Ich lachte spöttisch und laut. „Nein, du bist überhaupt nicht sicher. Du hast Angst, zuzuschlagen, du hast Angst, dich zu wehren und für dich einzustehen – so wie immer.“

„Ich lerne es!“ schrie sie. „Verdammt noch mal, ich lerne es!“

Ich ließ die Deckung herunter und lachte sie an. „Davon ist aber kaum etwas zu merken. Du schaffst es nicht, Nadine, du bist feige und kannst nichts ohne mich ...“

„Sei still!“ stöhnte sie auf, machte zwei Schritte auf mich zu und schlug mir mit voller Kraft ins Gesicht. Ich taumelte zurück und hielt mir die Nase. Der Schlag war hart und gezielt gewesen und trieb mir die Tränen in die Augen. Ich richtete mich wieder auf, nahm den Mundschutz heraus und gab Bärbel ein Zeichen, die Runde zu beenden. Nadine starrte mich an, ich gab den Blick zurück und trat zu ihr.

„Du blutest“, sagte sie leise, und ihre Stimme zitterte.

„Ja. Das ist bei dem Schlag auch kein Wunder.“

Wir nahmen unsere Helme ab, legten die Handschuhe zur Seite und setzten uns in eine Ringecke auf den Boden. Sie schaute immer noch fassungslos auf mein Gesicht. Ich reichte ihr die Wasserflasche und drückte mir ein Taschentuch unter die Nase.

„Ich habe dich geschlagen.“

„Das hast du. Ist es das, was du wolltest?“

Sie trank und schwieg einen Moment. „Ja. Ja, das wollte ich, unbedingt sogar.“ Sie schüttelte langsam den Kopf. „Aber ich fühle mich jetzt, hinterher, ganz anders, als ich mir das vorher ausgemalt hatte: so als Triumph und Befreiung, jedenfalls ein bisschen. Du hast mich wütend gemacht, und ich fand es so wichtig, nicht aufzugeben, obwohl ich nahe dran war, sondern mittendrin den Widerstand zu überwinden, den ich schon so lange kenne ... Das Gefühl, dich zu schlagen, war ... ganz und gar ungewöhnlich." Sie lächelte plötzlich. „Es war ja auch das erste Mal. Nur ..." Sie schaute wieder auf ihre Hände, und einen Moment dachte ich, sie würde in Tränen ausbrechen. „Geändert hat sich gar nichts. Ich fühle mich nicht befreit und auch nicht siegessicher. Deine Nase blutet, und der heftige Schlag sitzt immer noch irgendwie in meiner Hand und klingt nach ..." Sie lächelte verlegen. „Wenn ich das meiner Mutter erzählen würde, hätte sie wahrscheinlich wieder ihr abfälliges Lachen parat und einige blöde Bemerkungen, doch das wäre es dann auch schon."

Ich nickte. „Lass sie lachen und blöde Bemerkungen machen. Nimm es hin und geh und tu, was für dich wichtig ist."

Sie blickte mich gespannt an. „Und du bist der Meinung, dass das Boxen nicht dazugehört?"

„Es ist nicht wichtig, was ich meine." Ich rappelte mich auf, reichte ihr die Hand und zog sie hoch. „Für heute hören wir aber in jedem Fall auf. Wenn du Lust und Zeit hast, bist du herzlich zum Essen eingeladen – meine Lebensgefährtin wollte eine Lasagne vorbereiten. Magst du Lasagne?"

Nadine nickte. „Klar."

„Und dann erzähle ich dir von Joys entscheidendem Kampf, als sie bei Simon in Hamburg war. Es war ihr wichtigster überhaupt."

19

Joy fuhr am Freitag frühzeitig in den Club, um sich dort in aller Ruhe warm zu machen und auf die Kämpfe vorzubereiten, die in einer Sporthalle nur zwei Straßen weiter stattfinden würden. Elena und Simon hatte sie in den vergangenen zwei Tagen nur flüchtig gesehen. Ihr Vater war rund um die Uhr mit seinem neuen Auftrag beschäftigt, und Elena hatte sich rar gemacht, was Joy nur recht gewesen war. Sie spürte, dass sie keine weiteren Auseinandersetzungen bewältigen konnte. Nicht jetzt. Erst die Kämpfe, dann der Abschied, Berlin, was auch immer. Sie hatte das Bedürfnis, mit Charlotte zu reden, aber wann immer sie den Hörer in der Hand hielt, legte sie ihn wieder auf. Ich weiß gar nicht, was ich sagen soll. Sie konnte es nicht erklären, aber trotz der Erschöpfung war eine seltsame Ruhe in ihr eingekehrt, die sie sich bewahren wollte.

Erik war ebenfalls früh da, und er bot Joy nach der Erwärmung eine Massage an. Dann boxte Joy sich ein. Eine Viertelstunde später machte sie sich auf den Weg in die Halle, wo bereits die ersten Vorrundenkämpfe gelaufen waren. Der Lärm vieler Menschen schlug Joy entgegen, und sie atmete tief ein. Mit so viel Publikum hatte sie nicht gerechnet. Sie erkannte einige Clubboxerinnen in dem Trubel, darunter Saskia, die ihr zuwinkte und irgendwas rief, das Joy aber nicht verstehen konnte. Dann stand Erik neben ihr.

„Es fängt gleich an“, sagte er und nahm Joys Arm. „Alles okay?“

„Klar.“

„Dann los.“

Sie kletterten in den Ring, und Joy setzte sich auf den Hocker in ihrer Ecke. Erik band ihre Handschuhe neu, und aus den Augenwinkeln beobachtete Joy ihre Gegnerin, die drahtig und etwas größer war als sie selbst. Sie zitterte vor Aufregung wie Espenlaub, aber Joy ließ sich nicht täuschen – manche aufgeregte Boxerin, der man kaum zutraute, ihre Fäuste ruhig zu halten, geschweige denn, sie richtig zu gebrauchen, wurde nach dem Gong ruhig und frostig wie ein Eisberg.

„Sie heißt Petra“, sagte Erik.

Joy blickte ihn an.

„Man sollte immer wissen, wie die Gegnerin heißt.“

Er würde sich gut mit Charlotte verstehen, dachte Joy.

Erik erhob sich und zog Joy hoch, massierte ihre Schultern.

„Schön locker bleiben. Zeig, was du kannst – drei Runden volle Konzentration."

Joys Mund war trocken, als sie in die Mitte ging. Sie berührte Petras Fäuste, nickte ihr zu und schaute ihr in die Augen. Die Angst durchströmte sie wie eine eisige Welle. Dann erklang der Gong, und die Geräusche um sie herum verebbten. Sie wartete ab, bis Petra den ersten Schlag ansetzte und konterte sofort mit einer wuchtigen Geraden aus der Tiefe der Angst heraus. Petra wich zurück, und der Augenblick der Furcht war vorüber. Weggeschlagen, aus dem Weg geräumt. Joy setzte sofort nach und ließ ihrer Gegnerin in der gesamten ersten Runde kaum noch eine Chance, sich aus der Defensive zu befreien. Erik sagte nichts in der Pause, also war er wohl zufrieden. In der zweiten Runde wurde Petra stärker, und sie lieferten sich einen abwechslungsreichen Kampf, den Joy in der dritten Runde schließlich deutlich für sich entschied. Sie bekam Beifall, als der Gong ertönte.

Erik legte ihr ein Handtuch um. „Gut gemacht. Fast ein Kinderspiel, oder?"

Joy lachte. Sie war schweißüberströmt, jeder Muskel fühlte sich an wie aufgeheizt.

„Hallo, Joy!" rief jemand aus dem Publikum.

Joy setzte die Wasserflasche ab, die sie gerade zum Mund hatte führen wollen, und schaute angestrengt nach unten. Dann atmete sie tief ein. Elena und Simon saßen dort und winkten ihr zu. Schließlich stand Elena auf und kam zu ihr an den Ring.

„Du hast gewonnen, herzlichen Glückwunsch! Soweit ich das beurteilen kann, war es ein sauberer Fight!"

Joy war so verdattert, dass sie kein Wort herausbrachte.

„Damit hast du nicht gerechnet, oder?" Elena lachte übermütig. „Ich habe gehört, es gibt nachher noch einen Kampf."

Joy nickte und schaute kurz zu ihrem Vater hinüber. „Simon hat sich noch nie einen Boxkampf angesehen. Ich weiß nicht ..."

„Er wollte es so“, sagte Elena rasch. „Lass mal, das wird er schon überstehen.“

Erik tippte Joy von hinten auf die Schulter. „Du solltest dich anziehen und ein wenig ausruhen. Autogramme kannst du später geben.“

Elena winkte und ging zurück zu ihrem Platz, während Joy sich mit Erik auf den Weg in die Umkleideräume machte. Sie streckte sich auf einer Liege aus und wusste nicht, was sie mehr beschäftigte – die Tatsache, dass Simon seine Abneigung überwunden hatte und seiner Tochter beim Boxen zusah, oder ihre Befürchtung, dass er es kaum ertragen würde, wenn es härter zur Sache ginge.

Eine knappe Stunde später machte Joy sich für den nächsten Kampf bereit. Sie war noch nervöser als sonst, und als sie erneut die Halle betrat, schien der Lärm fast unerträglich, und es war stickig.

„Deine Gegnerin heißt Brigitte. Sie ist dreiundzwanzig und gilt als ungewöhnlich stark und schnell“, erläuterte Erik, als sie in den Ring stiegen. „Sie ist sehr von sich selbst überzeugt und gibt gerne die harte, kompromisslose Schlägerin. Sei also vorsichtig.“

„Klar, immer.“

„Und noch was: Brigitte hat bislang noch keinen Kampf verloren. Hätte sie vor zwei Jahren wegen einer Verletzung nicht für längere Zeit aussetzen müssen, wäre sie sicherlich schon längst bei den Profis.“

„Das sind ja allerbeste Aussichten.“

„In der Tat – du hast nichts zu verlieren. Versuche, den Kampf so zu gestalten, wie du ihn für dich brauchst.“

Joy trat in die Mitte. Brigitte würdigte sie keines Blickes. Sie hatte kurze hellbraune Haare mit einem Stich ins Rötliche. Ihre Oberarme waren mit Sommersprossen übersät. Joy hatte schon häufiger mit einer Schlägerin zu tun gehabt, und da gab es nur drei schlichte Möglichkeiten – entweder man versuchte, sie gleich bei der erstbesten Gelegenheit aus dem Ring zu fegen, falls die eigenen Kräfte dafür ausreichten, oder man hielt sie in Schach, bis sie sich müde geboxt hatte, um dann die Regie zu übernehmen, oder man blieb, sofern man ihr gar nicht gewachsen war, konsequent hinter der Deckung, um die Runden mit möglichst wenigen Blessuren zu überstehen. Es hatte ihr immer ganz besondere Genugtuung bereitet, eine großmäulige Schlägerin zu besiegen. Doch diesmal war einiges anders. Es ging zwar nur um interne Stadtmeisterschaften beim Frauenboxen, aber das Publikum war eifrig bei der Sache; ihre Gegnerin war außergewöhnlich stark und siegesgewiss; und Simon und Elena sahen zu. Eigentlich war alles anders. Weg, dachte Joy, ich will hier weg. Heute nicht, gerade heute nicht.

Als der Gong ertönte, starrte Brigitte Joy in die Augen, die ihren Blick nur mit Mühe ertragen konnte, und eröffnete die erste Runde mit einer schnellen Geraden der Führhand, die Joy an der Schulter traf, und setzte sofort eine zweite mit der Schlaghand hinterher. Joy zog den Kopf ein, nahm die Deckung hoch und wurde fast von Brigitte überrannt, während ihr Herz wild schlug. Der Ringrichter unterbrach mit väterlicher Schelte und ließ neu ansetzen. Brigitte schien davon nicht im mindesten irritiert, sondern schlug sofort zwei schnelle Kombinationen und drängte Joy an die Seile. Die Luft wurde stickiger. Joy hatte das Gefühl, dass ihre Arme und Beine nur in Zeitlupe reagierten, mit jedem Augenblick schwerer wurden und nie das taten, was nötig war. Sie wusste, dass sie kurz davor war, ein Opfer ihrer Furcht zu werden, als sie einen Schlag in die Nieren, dann einen Haken an den Kopf bekam. Das leise Lachen von Brigitte klingelte in ihren Ohren, zugleich unterbrach der Gong den Kampf.

Erik schob Joy auf ihren Hocker und gab ihr zu trinken. „Okay, Nummer eins geht an sie, darüber brauchen wir nicht lange zu diskutieren. Und Nummer zwei und drei vielleicht auch.

Aber vorher wird noch ein bisschen was passieren, oder willst du die Sache so beenden, wie du sie begonnen hast?“

Joy atmete schnell. „Nein. Natürlich nicht. Ich bin nur noch nicht richtig da.“ Sie verbot es sich, an Simon und Elena zu denken.

Erik legte ihr beide Hände auf die Schultern und schaute ihr in die Augen. „Na, dann sieh zu, dass du ankommst. Und lass dich nicht einschüchtern. Wehr dich, aber box sauber. Verstanden?“

„Ja, verstanden.“

Brigitte schlug die Fäuste laut klatschend aneinander und lächelte fast mitleidig, als sie sich zum Beginn der zweiten Runde wieder in der Mitte des Ringes trafen. Für dich ist wohl schon alles gelaufen, dachte Joy, aber so einfach kommst du mir nicht davon. Endlich erwachte ihre Wut, zaghaft und fast erstickt von ihrer Beklemmung, doch deutlich spürbar, und Joy wurde zittrig vor Erleichterung. Sie setzte ein betont verschrecktes Gesicht auf, als der Gong ertönte. Brigitte verzichtete auf die volle Spannung in ihrer Deckung, als sie auf sie zustürmte und ausholte. Genau darauf hatte Joy gewartet. Sie schlug rasch und kraftvoll in Brigittes Fäuste hinein und traf deren Nase. Der Konter erwischte Joy über dem Auge, doch der Schmerz hörte in genau dem Augenblick auf, als die Wut zu vollem Leben erwachte. Joy holte tief Luft und verschmolz mit der Bewegung ihrer Fäuste. Die Schwere fiel von ihr ab, mit ihr das Zittern, und innerhalb eines Moments war sie wie elektrisiert – es gab nichts mehr außer diesem Kampf. Deckung hoch, mit dem Schlag laut ausatmen, zur Seite weichen, Beinarbeit, Schläge antäuschen, ducken, harte Doppelschläge, eine Schulter vor, Aufwärtshaken, schnell wegtänzeln, Schlaghand wechseln, die Gegnerin an die Seile drängen, Treffer ignorieren, überspielen, volle Konzentration in jeden einzelnen Schlag, in jede Bewegung, die Kraft mit dem Atem holen. Nicht denken, boxen. Sie hörte das laute Rufen und Schreien des Publikums wie durch einen dichten Nebel und sah, dass Brigitte nicht mehr lächelte. Dann der Gong – diesmal eine fast unwillkommene Unterbrechung.

„Klasse“, sagte Erik leise und tupfte Joy das Gesicht ab. „Du hast sie noch nicht im Sack, noch lange nicht, aber sie ist gewaltig angeschlagen, und das gefällt ihr überhaupt nicht. Sie ist ziemlich stinkig, denn mit dieser Wende hatte sie offensichtlich nicht gerechnet. Alles in Ordnung mit dir?“

Joy trank und schaute dann kurz hoch. „Es ist ein heftiger Kampf, nicht wahr?“

„Das ist er. Bleib schön bei dir, und es kann dir nichts passieren.“

„Das könnte von meinem Vater stammen.“

„Boxt er auch?“

Joy lächelte und stand dann ohne eine Antwort auf.

Zu Beginn des letzten Durchgangs stand Brigitte mit zornrotem Gesicht vor ihr. Sie glühte vor Gier, es Joy heimzuzahlen, aber nicht nur das, sie wollte ihr dabei auch so richtig weh tun. Der Gong war noch nicht verklungen, da fiel sie bereits über Joy her. Wenn sie ihre Wut in den Griff bekommt, wird sie erst wirklich gefährlich, überlegte Joy und gab den Gedanken im selben Moment wieder frei, um sich den Bewegungen zu überlassen, die ihr Körper aus zigtausend Übungsstunden kannte, ohne dass sie darüber nachdenken musste. Die Leichtigkeit flog ihr zu und half ihr, einige schwere Treffer einzustecken und mit schnellen Crossschlägen zu kontern. Die Handschuhe klatschten heftig gegeneinander, und Joy lief der Schweiß in die Augen. Brigitte hatte sich gefangen und kämpfte wieder konzentrierter – der Siegeswille stand ihr ins Gesicht geschrieben, und jetzt boxte sie kraftvoller denn je. Sie würde jede Möglichkeit wahrnehmen, den entscheidenden Punch anzubringen und Joy auf die Bretter zu schicken, so schnell und so hart wie möglich. Plötzlich standen sie einander ganz dicht gegenüber. Beide atmeten schwer und schauten sich in die Augen. Sie stirbt vor Wut und Scham und Angst, zu verlieren –

sie kann einfach nicht verlieren, durchfuhr es Joy, und seltsamerweise rührte sie der Gedanke, und die Gefühle berührten sie, als wären es ihre eigenen. Wir sind uns ähnlich, spürte sie, und von einem Augenblick zum nächsten breitete sich Stille in ihr aus. Als wäre sie in einen See gefallen. In tiefes, hellgrünes, kristallklares Wasser. Es schlug erst über ihr und dann auch über ihrer Gegnerin zusammen, alle Bewegungen wurden langsam, geräusch- und schwerelos und waren von einem leisen Summen begleitet. Joy wurde die Angst und die Scham und die Wut, doch je tiefer sie sank, desto schneller strömten alle Empfindungen wieder aus ihr heraus, und Klarheit nahm ihre Stelle ein. Dann spürte sie wieder Boden unter den Füßen. Brigitte wandte den Blick von ihr ab und versetzte ihr einen fast ansatzlosen Aufwärtshaken, der Joy wanken ließ, doch bevor sie von dem nächsten Schlag getroffen werden konnte, fing sie sich, wich aus und schlug mit einer Geraden zurück, die Brigitte mit voller Wucht im Magen traf und ihr die Luft nahm. Die Boxerin krümmte sich mit verzerrtem Gesicht leicht nach vorn, und Joy holte mit der Linken zu einer vollendeten Schlagbewegung aus – ihre Faust beschrieb einen sanften Bogen, und Joy folgte ihr mit den Augen. Der Schlag würde Brigitte genau auf den Punkt treffen und sofort und endgültig niederstrecken. Doch bevor er sein Ziel erreichen konnte, sah Joy ihre Gegnerin an. Brigittes Augen waren weit aufgerissen, und Joy tauchte wieder in ihren Blick ein. Sie hielt den Atem an und nahm ruckartig und ohne darüber nachzudenken im selben Moment ihren Oberkörper zurück und bremste die Bewegung ihres Armes ab. Das Summen wurde lauter und lauter, und plötzlich schien es, als würde ihre Faust an Brigittes Kopf vorbeigelenkt und mit einem leisen Klatschen die Wasseroberfläche durchbrechen. Das Summen erstarb, und es wurde schlagartig laut. Das Publikum tobte, der Gong erklang mittendrin. Joy blieb einfach stehen. Der Schweiß lief an ihr herab. Ihr ganzer Körper brannte. Sie hob ihre Fäuste und tippte kurz gegen Brigittes. Dann wandte sie sich um und ging in ihre Ecke. Erik nahm ihr den Mundschutz und den Helm ab und zerzauste ihr nasses Haar. Zwei Minuten später wurde bekanntgegeben, dass Brigitte knapp nach Punkten gewonnen hatte. Joy gratulierte ihr, und ihr Herz war federleicht.

Unten am Ring stand Simon. Sie hockte sich hin und blickte ihn an.

„Ich glaube, ich hab da was gehört, Papa“, sagte sie leise. „Oder gilt das Koan nicht, wenn man Boxhandschuhe trägt?“

„Doch, dann gilt es auch“, antwortete Simon. Er hob die Hand und strich ihr über das nasse Gesicht. „Was für ein Kampf.“

Joy lächelte. „Wahrscheinlich mein bester.“ Sie schaute zur Seite, wo Elena neben Simon trat.

„Du hast nur knapp verloren“, bemerkte sie.

„Das sehe ich anders.“ Joy richtete sich mit leisem Ächzen wieder auf. „Ich gehe jetzt duschen, und wir treffen uns dann zu Hause, okay? Ich bin völlig ausgehungert.“

„Feierst du nicht mit den anderen?“ frage Elena. „Ich habe mitbekommen, dass es nachher noch einen kleinen Umtrunk gibt.“

Joy schüttelte den Kopf. „Nein, dazu bin ich nicht aufgelegt.“

„Gut, dann bis gleich.“

Joy wandte sich zu ihrem Trainer um. Erik blickte ihr neugierig entgegen.

„Schade, dass du nicht in Hamburg bleibst“, sagte er. „Wir sind ein gutes Team, und wir könnten ein noch besseres werden.“

„Du bist ein klasse Trainer.“

„Hm. Eine Frage habe ich noch“, erwiderte Erik, während sie ihre Sachen zusammenklaubten und den Ring verließen. „Warum? Warum hast du deine Chance am Schluss nicht genutzt?“

„Ich habe sie genutzt“, antwortete Joy leise.

Erik sah sie an und nickte dann langsam. „Erklärst du mir das bei Gelegenheit genauer? Und lass dich blicken, wenn du mal wieder in Hamburg bist.“

„Bestimmt, Erik – und vielen Dank für alles.“

Sie ließ sich Zeit für die Heimfahrt. Zum ersten Mal seit ewigen Zeiten fuhr sie mit einem warmen und freudigen Gefühl nach Hause zu ihrem Vater, und sie genoss diesen Zustand, ohne ihn groß zu hinterfragen. Vielleicht war das auch gar nicht wichtig, im Moment jedenfalls nicht. Wichtig war, dass tief in ihr etwas in Bewegung geraten war und ihre Abwehr, ihre Angst, all ihren Zorn und ihre Verletztheit ins Bewusstsein gebracht und verringert hatte.

Als Joy nach Hause kam, roch es nach gebratenem Gemüse und Hühnchen. Ihr lief das Wasser im Mund zusammen. Sie blieb in der Küchentür stehen und sah einen Moment zu, wie Elena Gläser auf den Tisch stellte und Simon mit konzentriertem Gesichtsausdruck das Fleisch würzte, von dem er selbst nichts essen würde. Er war zwar kein hundertprozentiger Vegetarier, sondern aß hin und wieder mal ein Stück Fisch, aber Fleisch mied er. Elena suchte ihren Blick, als Joy grüßend den Raum betrat.

„Hallo, Champion“, rief sie fröhlich.

Joy winkte verlegen ab und setzte sich. Als Simon an den Tisch trat und prüfend seinen Blick darüber schweifen ließ, lächelte sie plötzlich, beugte sich vor und rückte rasch die Messer um ein winziges Stück nach rechts, bevor sie verblüfft über sich selbst den Kopf schüttelte und ihren Vater anschaute. Simon brach in Gelächter aus, und Joy bemerkte, dass er schon lange nicht mehr so herzlich gelacht hatte. Dorothea war immer ganz glücklich gewesen, ihn heiter oder gar ausgelassen zu sehen, und Joy hatte oft verblüfft oder auch verärgert reagiert, wenn sie nicht nachvollziehen konnte, was ihn fröhlich stimmte.

Das Essen war köstlich, und sie griffen alle drei hungrig zu. Elena bereitete anschließend für Joy und sich selbst einen Cappuccino zu und wandte sich dann mit ihrer Tasse zur Tür.

„Ich denke, ihr habt einiges zu besprechen“, sagte sie. „Ich werde nach oben gehen und ein bisschen Musik hören. Und übers Laufen nachdenken.“

Simon lächelte. „Tu das."

„Ich sage dir nachher noch gute Nacht", fügte Joy hinzu, und dann war es auf einmal still in der Küche. Sie legte die Hände um ihre Tasse und blickte Simon an. „Sag mir, warum du heute gekommen bist. Ausgerechnet heute."

„Ich hätte schon viel eher kommen sollen, doch heute war ein besonders guter Zeitpunkt, gerade nach den vielen Spannungen in der letzten Zeit und nach unserem kurzen Gespräch vorgestern abend", antwortete Simon. „Ich hatte das Gefühl, dass es ein besonderer Tag werden würde."

„Du warst immer gegen das Boxen", ließ Joy nicht locker.

„Ja, und das stand mir nicht zu. Außerdem habe ich gewertet, und das stand mir noch weniger zu. Doch deine Entscheidung für diesen Sport hat mich damals tief getroffen, zumal ich wusste, dass du es genau darauf angelegt hattest", erklärte Simon leise.

Joy nickte. „Das hatte ich. Ja, ich habe euch schockiert und auch vorgeführt, denn plötzlich waren die Grenzen eurer Toleranz offensichtlich – das hat euch von eurem Podest geholt, was fast schon wieder ein Trost war, weil das perfekte Bild Risse bekam. Und Mama hat sich fürchterlich aufgeregt." Joy lächelte entschuldigend. „Aber das allein war es nicht. Je länger ich dabei war, desto mehr begriff ich, dass das Boxen aus mehreren Gründen wichtig für mich war."

„Und zwar?"

„Es war meins, es war etwas Besonderes, und ich konnte etwas erreichen, wozu ich weder dich noch Mama brauchte. Ich war gut, ich bin gut und an Trainingsfleiß kaum zu überbieten. Auf mich allein kam es an, und ich musste mich immer wieder überwinden und bewähren. Allein im Ring sein heißt, auf sich gestellt sein und kämpfen. Nichts weiter. Entscheidend ist mein Einsatz, mein Können. Ohne viele Worte und Erklärungen."

„Warum genügt es nicht, einmal zu beweisen, dass du durchhalten und kämpfen kannst?"

„Weil es guttut, sich zu bewähren, ein ums andere Mal, und weil die Angst immer wieder neu überwunden werden muss. Vielleicht auch, um zu erfahren, ob sich seit dem letzten Kampf etwas verändert hat. Ob ich etwas gelernt, an Stärke, Schnelligkeit oder was auch immer gewonnen habe, ob die Angst vor dem Schmerz, vor der Niederlage vielleicht doch kleiner geworden ist." Joy trank den Rest ihres Cappuccinos und spürte, dass ihre Wangen heiß geworden waren. Sie konnte sich nicht erinnern, jemals so offen über ihre Empfindungen und Motive beim Boxen gesprochen zu haben, und schon gar nicht Simon gegenüber. Natürlich nicht. Wer hätte das gedacht.

„Und – hat sich etwas verändert?"

„Jeder Kampf ist anders, aber heute hat sich etwas Entscheidendes verändert. In der ersten Runde habe ich nichts anderes getan, als gegen meine nahezu lähmende Furcht anzukämpfen. Das kenne ich aus vielen Fights, allerdings war es diesmal besonders heftig, weil meine Gegnerin außergewöhnlich stark und selbstbewusst war und nur darauf gewartet hat, mich auf die Bretter zu schicken, und zwar möglichst schmerzhaft. In der zweiten Runde kam mir meine Wut zu Hilfe, auch das ist ein bekannter, immer wieder ähnlich ablaufender Mechanismus. Dann bin ich auf einmal nur noch Boxerin, Bewegung, Konzentration, alles andere wird nebensächlich. Aber entscheidend war das Ende der dritten Runde."

„Da hast du plötzlich gezögert, wenn ich es richtig gesehen habe. Ein winziges Innehalten." Simon beugte sich zu Joy vor. „Was ist geschehen?"

„Etwas ganz und gar Eigentümliches. Ich habe in den Augen meiner Gegnerin und in deren Angst mich selbst erkannt – mich selbst und meine Angst –, und auf einmal war es sehr still und klar um uns herum. Wie unter Wasser. Sehr merkwürdig. Völlig neu." Joy verschränkte ihre Hände und räusperte sich. Die Worte klangen fremd in ihren Ohren. „Jedenfalls konnte ich nicht wie sonst einfach zuschlagen und meine Gegnerin zu Boden schicken, als die Gelegenheit dazu da war. Doch – und das war beinahe noch erstaunlicher – es war auch gar nicht mehr nötig, denn ich hatte ja gerade alles überwunden, was im Kampf zu überwinden für mich wichtig ist: Angst, Wut und die Scham, zu verlieren."

„Überwunden, indem du die Gefühle in dir zugelassen hast?"

Joy schluckte. „Gute Frage. Ich bin mir nicht sicher. Darüber muss ich nachdenken."

„Und was war mit dem Klang der einen Hand?"

Joy drehte ihre Tasse zwischen den Händen. „Als ich die Faust an meiner Gegnerin vorbeigelenkt hatte, war ein Geräusch zu hören, als hätte ich Wasser durchstoßen. Aber ich habe nichts berührt."

Sie schaute Simon an und schüttelte den Kopf. „Wie war das gleich – intuitives und unmittelbares Erfahren der Wirklichkeit ohne Verstand und Logik? Verrückt, oder? So eine abgefahrene Geschichte kann man aber wirklich nur dir altem Zen-Freak erzählen!"

Simon lachte, und Fältchen zeigten sich unter seinen Augen.

„Dreizehn Jahre habe ich für dieses Koan gebraucht", fügte Joy in gespielter Empörung hinzu. „Findest du das normal?"

Simon lachte immer noch. „Es gibt Menschen, die verbringen ein ganzes Leben mit einem Koan, und sie beschäftigen sich anders als du damit. Ganz anders, denn, mal ehrlich, liebe Joy – als eifrige Zen-Schülerin kann man dich nun beim besten Willen nicht bezeichnen, oder?"

Nun lachte Joy. „Nein, sicher nicht – noch vor kurzem hätte mich jede Unterhaltung zu diesem Thema angeödet. Aber sag mal, wie ist denn das mit dir? Hast du auch ein Koan, mit dem du dich beschäftigst?"

Simon schmunzelte, dann wurde sein Gesicht ernst. „Eines, mit dem ich mich seit ungefähr dreißig Jahren immer wieder befasse, bist du. Du und deine Kämpfernatur, deine wilde Entschlossenheit, nicht nachzugeben, dein Stolz, dein Trotz, deine Heftigkeit. Deine Abkehr und Angst. Mein Wunsch, dir deine Freiheit zu lassen und zugleich immer wieder inständig zu hoffen, du würdest den Weg nehmen, den ich richtig und wichtig fand und finde, und die Überzeugung, ich wäre dazu da, ihn dir zu zeigen und schmackhaft zu machen. So viele Hoffnungen und Erwartungen, und das ausgerechnet bei mir!"

„Du warst enttäuscht?"

„Ja, aber im besten Sinne: Du hast mir immer wieder gezeigt, dass du nicht dazu da bist, meine Vorstellungen und Überzeugungen zu leben. Und wenn sie mir noch so wunderbar und wichtig erschienen und ich der Meinung war, dass du sie nur ablehnst, um mich zu brüskieren. Ich habe mich von mir selbst täuschen lassen, weil ich einem Traum nachhing, der nur meiner war, aber nicht deiner."

„Lass uns zum Friedhof gehen", sagte Joy plötzlich. Sie konnte nicht mehr ruhig sitzen. Alles war in Bewegung, also musste sie es auch sein.

Sie gingen nebeneinander und schwiegen. Es war ein schwüler Sommerabend, und die Grillen zirpten ermattet vor sich hin. Niemand außer ihnen war auf dem Friedhof. Sie traten nebeneinander an das Grab.

„Meinst du, sie hat sich so was vorgestellt zwischen uns, als sie mir den Brief hinterließ?" fragte Joy leise.

„Kann schon sein. Mir hat sie übrigens auch einen Brief hinterlassen."

Joys Kopf fuhr herum. „Was? Davon hast du nie etwas erwähnt!"

„Du bist mir zuvorgekommen. Dorothea hat auch mich gebeten, über meine Beziehung zu dir nachzudenken, etwas zu tun und nicht alles *auszusitzen!*"

„Das hat sie geschrieben?" Joy war perplex.

„Wortwörtlich."

Joy kicherte. Wenn ihr jemand vor einigen Wochen oder sogar noch Tagen gesagt hätte, sie würde in Kürze mit ihrem Vater am Grab ihrer Mutter stehen und kichern, hätte sie es für einen dummen und geschmacklosen Scherz gehalten. Simon legte ihr den Arm um die Schultern, und sie gingen langsam zurück.

Die Tür zu Elenas Zimmer war nur angelehnt, und ein schmaler Lichtstreifen fiel in den Flur. Joy lugte vorsichtig um die Ecke und sah, dass Elena mit einem dicken Wälzer auf dem Bauch eingeschlafen war. Sie schlich langsam näher, nahm das Buch und knipste das Licht aus. Elena brummelte etwas und drehte sich um. Joy deckte sie zu und verließ auf leisen Sohlen das Zimmer. Wir haben viel Zeit, dachte sie.

20

Das Wetter war so schön, dass sie am nächsten Morgen auf der Terrasse frühstücken konnten. Elena hatte einen kurzen Morgenlauf mit einem Besuch beim Bäcker verbunden und brachte frische Brötchen mit. Simon schenkte Kaffee und Tee ein. Eine friedliche Szene, dachte Joy. Sie ist hart errungen.

„Ich überlege, da wir ja ohnehin mit zwei Wagen hier sind, bereits heute nachmittag nach Berlin zurückzufahren", sagte Elena, während sie Quark und Honig auf eine Brötchenhälfte strich, und blickte kurz hoch. „Außerdem habt ihr dann noch ein wenig Zeit für euch. Wir könnten gemeinsam noch einen kleinen Ausflug machen – ich hätte zum Beispiel Lust, mich bei einem Bauern mit Brot und Käse und dem ganzen Biozeug einzudecken. Wann willst du denn aufbrechen?" wandte sie sich an Joy. „Morgen früh?"

„Ja, gleich nach dem Frühstück. Aber ... Ich meine, wir könnten doch auch zusammen losfahren ..."

Elena lächelte. „Ich weiß. Uns beiden läuft doch nichts weg, oder? Verbring noch einen Tag mit deinem Vater, und wir sehen uns dann in Berlin. Je länger ich darüber nachdenke, desto besser finde ich die Idee. Was meinst du, Simon?"

Simon hob die Hände. „Wie ihr möchtet – mir ist es recht."

Joy schaute Elena an. Es wäre ihr lieber gewesen, am folgenden Tag gemeinsam aufzubrechen, aber sie sagte nichts. Als sie später den Tisch abräumten, während Simon einige Telefonate erledigte, nahm Elena Joy kurzum die Teller aus den Händen und schloss sie in die Arme.

„He, du siehst ja ganz traurig aus. Ist es wirklich, weil ich fahre, oder hast du etwas anderes auf dem Herzen?" fragte Elena.

„Ich glaube, ich habe jede Menge auf dem Herzen. So viel, dass ich gar nicht weiß, wo und wie ich anfangen soll."

„Na, das sind doch wunderbare Aussichten."

„Meinst du, dass du noch ein bisschen Geduld aufbringen kannst?"

„Kann ich. Schließlich bleibt mir wohl auch gar nichts anderes übrig."

Elena lachte, als Joy einen Aufwärtshaken antäuschte, und küsste sie dann. Elenas Lippen waren warm. Honig, dachte Joy und war verwundert, wie plötzlich ihr Verlangen erwachte.

„Es ist etwas Entscheidendes mit dir bei diesem Boxkampf passiert, nicht wahr?" flüsterte Elena eine Weile später und legte ihre Hände auf Joys Hüften.

„Du sagst es. Eine richtig verrückte Geschichte, die ich erst einmal verdauen muss."

„Erzählst du mir mal davon?"

Joy lehnte ihren Kopf an Elenas Schulter. „Ja, später. Ich bin sicher, dass es dir gefallen wird."

„Ich auch."

Elena kaufte bei Simons Lieblingsbauern ein, als stünde ein langer, harter Winter in der Einöde bevor.

„Mein Gott, der Wagen hängt schon richtig durch", stichelte Joy, als sie Elenas Sachen packten. „Wann willst du denn diesen ganzen Kram essen – der ist doch so was von bio, dass er ab übermorgen anfängt zu gammeln!"

Elena stemmte die Hände in die Hüften und blickte Simon an. „So ein Lästermaul! Kannst du ihr das nicht noch rasch abgewöhnen?"

„Ich fürchte, dass das länger dauert als einen Tag."

„He!" rief Joy empört aus. „Was fällt euch denn ein?"

„Eine ganze Menge." Elena küsste sie auf die Nasenspitze. „Ich rufe nachher kurz durch."

„Gut, fahr vorsichtig. Bis dann."

Joy trat zur Seite, als Simon Elena umarmte.

„Alles Gute. Ich hoffe, wir sehen uns bald wieder", sagte er. „Es war schön mit dir."

„Das empfinde ich genauso. Danke für alles. Und was hältst du davon, wenn du zum Marathon nach Berlin kommst?"

Simon wandte sich zu Joy um. „Wie stehst du dazu?"

„Gute Idee. Bring etwas Zeit mit, dann kannst du dir die Hauptstadt in Ruhe ansehen, wenn die ganzen Läufer wieder zu Hause sind und ihre Füße kühlen."

Elena lachte. Dann stieg sie ein, kurbelte das Fenster herunter und fuhr winkend davon. Simon und Joy blickten ihr noch eine Weile nach und gingen dann zurück ins Haus.

Als es kühler wurde, setzten sie sich auf die Terrasse und tranken ein Glas Weißwein. Dazu gab es Käse, Melone, Baguette und üppige Fleischtomaten, die Simon in dünne Scheiben schnitt und mit Basilikum verzierte. Joy atmete die Abendluft tief ein. Sie dachte an das Gespräch, das Elena und Simon unter ihrem offenen Fenster geführt hatten. Großvater Karl und Simons Versuch, den Mann so zu nehmen, wie er war, und ihm nicht zum Vorwurf zu machen, dass er seinen Schwiegersohn für einen besseren Gärtner hielt. Joy blickte ihren Vater an, und plötzlich bemerkte sie, dass sie beide seit geraumer Zeit kein Wort gesprochen hatten – ohne dass die Stille bedrängend gewesen wäre.

„Darf ich dich etwas fragen?“ sagte sie leise.

„Nur zu.“

„Dein Vater – was für ein Verhältnis hattest du zu ihm? Ich kann mich kaum an ihn und deine Mutter erinnern.“

„Kein Wunder“, erwiderte Simon. „Du warst ja noch sehr klein, als mein Vater starb, und meine Mutter kam ja nur zwei Jahre später bei diesem Unfall ums Leben.“

„Du hast nie viel von ihnen erzählt.“

„Wir beide haben uns selten viel erzählt.“

Joy lächelte. „Wohl wahr. Habt ihr euch gut verstanden?“

Simon nahm sich ein Stück Melone und löste das Fruchtfleisch mit konzentrierter Miene von der Schale, bevor er wieder hochblickte.

„Nein, wir haben uns nicht gut verstanden“, sagte er. „Mein Vater war ein ehemaliger Wehrmachtsoffizier, ein strammer dazu, und als ich alt genug war, zu verstehen, was zwischen 1933 und 1945 passiert war, musste ich mich mit der unangenehmen Wahrheit vertraut machen, dass er einer von den besonders treuen Unterstützern des Nazi-Regimes gewesen war. Einer von den Unbelehrbaren, auch als längst feststand, was in den Lagern passiert war und wohin dieser Krieg geführt hatte. Ich gehöre zu der Generation, die den Vätern die Augen öffnen wollte für das, was sie angerichtet oder zugelassen hatten, und die sich vornahm, alles anders, nämlich menschlicher, gerechter und friedlicher zu machen. Wir sind im Krieg geboren oder kurz danach und waren unschuldig, also nicht verantwortlich für die Greueltaten der Älteren, aber dazu aufgerufen, die Verantwortung dafür zu übernehmen, dass wenigstens zukünftig alles für eine friedliche Weltordnung getan werden würde.“

„Hast du mit deinem Vater darüber diskutiert?“

Simon lächelte. „Mit meinem Vater konnte man nicht diskutieren, wie mit vielen anderen Vätern und Müttern dieser Generation ebenfalls nicht. Er ließ keine andere Meinung neben seiner gelten, schon gar nicht die eines jungen Rotzlöffels, wie er mich häufig bezeichnete, der vom wirklichen Leben keine Ahnung hat – und das wirkliche Leben bedeutete: Pflicht, Vaterlandstreue, Wehrmacht, Aufbau, die guten alten Zeiten.“

Joy schluckte. „Wie reagierte er denn, wenn du ihn überzeugen wolltest?“

„Er lachte mich aus, schnitt mir das Wort ab oder schlug zu – das letzte Mal kurz bevor ich Abitur machte.“

Joy starrte ihren Vater mit großen Augen an. Der nahm den Teller und bot seiner Tochter von der Melone an.

„Es ist lange her“, fuhr er fort, und Joy sah, dass er tief berührt war. „An jenem Abend ging es um die Kommunisten, um Kennedy, Vietnam, Berlin – alles ausgesprochen sensible Themen, und wir waren beide sehr erregt. Das war nicht ungewöhnlich. Mein Vater war ein überzeugter, zorniger Kommunistenhasser, und jeder Versuch, ihn zu einer fairen Diskussion oder überhaupt zu einer Diskussion aufzufordern, bei der nicht nur er zu Wort kam, machte ihn noch wütender. Irgendwann stürzte er sich auf mich, schüttelte und ohrfeigte mich, dass ich nur noch Sterne sah. Das war auch nicht allzu neu. Aber dann tat ich etwas, das absolut neu war und das ich später zutiefst bereut habe. Ich stand auf und schlug zurück. Er hatte mir so oft weh getan, mich eingeschüchtert und niedergebrüllt, dass ich fand, nun das Recht zu haben, mich einmal, nur ein einziges Mal wehren zu dürfen.“

Joy sagte nichts. Sie sah ihren Vater nur gebannt an.

„Er hatte damals bereits die Fünfzig überschritten und war in meinen Augen fast schon ein alter Mann“, erzählte Simon weiter. „Und plötzlich lag dieser alte Mann vor meinen Füßen und schaute zu mir hoch. Er blutete aus dem Mund, und einen Moment befürchtete ich, er würde sich erheben und wie wild auf mich einprügeln. Aber dann sah ich ihm in die Augen, und mir wurde klar, dass er genau das nicht tun würde. Ich hatte ihn erniedrigt. Er würde mich nie wieder anfassen, aber diesen Schlag, diese Szene würde er ebensowenig wie ich je vergessen. Von da an ließ er mich in Ruhe, und ich ging ihm aus dem Weg." Simon trank einen Schluck Wein. „Einige Jahre später, als ich nach dem Studium meinen ersten guten Job hatte, mit deiner Mutter glücklich war und Zen schon zu meinem Leben gehörte, wurde mir klar, dass ich etwas tun musste. Ein Vater ist und bleibt eben der Vater, egal, wie sehr man sich bemüht, ihn links liegenzulassen." Simon lächelte. „Da kannst du ja ein Lied von singen."

„Aber Papa, das kannst du doch nicht miteinander vergleichen", wehrte Joy ab.

„O doch, hier wie dort ein schwelender Konflikt, Verletztheit, Unausgesprochenes, tiefe Gräben. Mein Zen-Lehrer Matthias hat mich jedenfalls auf den Weg geschickt – damals hatte ich einiges zu tun, um verschiedene Aufgaben zu bewältigen."

„Was hattest du vor? Wolltest du dich entschuldigen?"

„Etwas in der Art, ja. Doch es war eine schwierige Situation, denn wie gesagt, mein Vater und ich hatten nur oberflächlichen Kontakt, und er war kein Mensch, mit dem man mal eben so locker ins Gespräch kam, schon gar nicht wenn es um heikle Themen ging. Ich war sein einziger Sohn, und ich hatte ihn schwer getroffen. Ihn allein daran zu erinnern konnte ihm, wenn ich es nicht richtig anfing, weitere Verletzungen zufügen. Wie geht man behutsam mit einem Mann um, der selbst alles andere als behutsam ist und auch gar nicht so behandelt werden will?"

„Und?"

„Der Rat meines Zen-Lehrers lautete: wie mit allen Dingen im Leben – offenen Herzens und voller Liebe und Mitgefühl."

Joy entwischte ein tiefer Seufzer, doch Simon nickte mit breitem Lächeln. „Ja, so ähnlich habe ich auch reagiert. Das klang nicht gerade nach einem praktischen Tip, aber Matthias meinte, er sei schließlich nicht dazu da, mir die richtigen Worte in den Mund zu legen. Erschwerend kam noch hinzu, dass mein Vater krank war – seine Lunge hatte im Krieg einiges abbekommen, er litt häufig an Lungenentzündung und konnte seinen Beruf als Ingenieur nicht mehr ausüben. Meine Mutter tat alles, um ihm das Leben so angenehm wie möglich zu machen – sie pflegte ihn hingebungsvoll und nahm seine Launen bewundernswert stoisch hin, doch man konnte wirklich nicht behaupten, dass er im Alter ein ruhigerer und umgänglicherer Mensch geworden wäre. Es war ein warmer und sonniger Oktobertag, als ich ihn besuchte. Er saß in eine dicke Decke gehüllt im Garten und sah zu, wie die Blätter fielen. Meine Mutter hatte ihm auf einem kleinen Tisch eine Tasse Tee und ein Stück Kuchen bereitgestellt. Ich nahm mir einen Stuhl und setzte mich zu ihm. Meinen Tee hatte ich mir aus der Küche mitgebracht. Auf meine Begrüßung reagierte er nur mit einer beiläufigen Erwiderung. Es sah aus, als wäre es ihm völlig egal, ob ich da war oder ein anderer oder gar keiner. Er hat ganz recht, eines ist so gut wie das andere, rief ich mir in Erinnerung. Herzlichkeit war nie seine Art, und ich bin nicht hier, um mich herzlich empfangen zu lassen. Ich bin hier, um ihn zu bitten, eine Schuld von mir zu nehmen, die mich drückt. ‚Was willst du?' fragte er plötzlich in die Stille hinein. ‚Kommst doch sonst auch nicht. Was ist auf einmal so interessant an mir krankem altem Mann?' ‚Wir haben uns nie sehr gut verstanden', sagte ich ein wenig hilflos zu ihm, worauf er kurz schnaubte und mir einen fast amüsierten Seitenblick zuwarf. ‚Was du nicht sagst! Und? Was gibt es darüber jetzt zu reden?' Er sprach in seinem üblichen kläffenden Ton, und ich hatte nicht übel Lust, meinen Tee auszutrinken und mich rasch wieder zu verabschieden. Was konnte ich hier schon erreichen? Der Mann war unzugänglich und hart wie Granit, und ich würde nichts daran ändern."

„Aber du bist nicht gegangen?"

„Nein. Ich trank meinen Tee und noch einen und blieb neben ihm sitzen. Die Blätter fielen weiter, und manchmal hörten wir, wie Kastanien auf den Boden schlugen. Ich entspannte mich, und ich spürte, dass er es auch tat. ‚Hundert werde ich nicht', sagte er plötzlich und zupfte seine Decke zurecht. ‚Ganz bestimmt nicht. Sieht ziemlich übel aus, meine Lunge, meint der Arzt. Kann noch ein Jahr gutgehen oder sechs Monate oder auch drei Jahre, das weiß man nie so genau.' Ich antwortete ihm, wie leid es mir täte, dass es ihm schlecht ginge, aber er wischte meine Worte beiseite. ‚Darum geht es nicht. Wenn du schon mal hier bist, kannst du was für mich tun.' Ich nickte rasch. Ja, natürlich wollte ich etwas für ihn tun, damit wären wir nämlich schon einen großen Schritt weiter. ‚Ich will nicht, dass deine Mutter dabei ist, wenn es soweit sein sollte. Sprich mit dem Arzt, er soll dich anrufen, und du holst dann deine Mutter ab. Kriegst du das hin?' Ich war verblüfft und verstand nicht, was das sollte. ‚Warum willst du Mama denn ausschließen? Sie pflegt dich, sie liebt dich, sie wird bei dir bleiben wollen.' Er schüttelte unwirsch den Kopf. ‚Sie erträgt es nicht. Sie soll nicht dabei sein, es würde ihr den Rest ihres Lebens versauen, und das will ich nicht, kapiert? Sie hat jetzt schon immer schreckgeweitete Augen, wenn ich anfange zu husten und zu rasseln. Ich sehe es genau, auch wenn sie versucht, sich nichts anmerken zu lassen. Ich glaube, ihre eine Schwester ist an Diphterie oder so gestorben – na, egal jetzt. Von sich aus wird sie jedenfalls nicht von meiner Seite weichen, und wenn du dich nützlich machen willst, holst du sie ab und bringst sie nach Hause. Dann kann sie mich so in Erinnerung behalten, wie sie möchte. Kriegst du das hin?' Ich war ziemlich perplex, denn mit einer solchen Wendung des Gespräches hatte ich nicht gerechnet, und, um ehrlich zu sein, so viel vorausschauende Rücksichtnahme hätte ich ihm nicht unbedingt zugetraut. Natürlich versprach ich ihm, mich zu gegebener Zeit um meine Mutter zu kümmern."

Joy beugte sich in ihrem Gartenstuhl vor. „Und? Ist es dazu gekommen?“

„Ja. Es vergingen noch knapp drei Jahre, bis es soweit war, denn mein Vater war zäh und ließ sich nicht so schnell unterkriegen. Du warst inzwischen ein fröhliches Kleinkind, und als mein Vater dann zum letzten Mal in die Klinik kam, ging ich von einem seiner kurzfristigen Aufenthalte aus. Doch schon zwei Tage später klingelte abends das Telefon, und eine Schwester sagte mir, dass es ihm sehr schlecht ginge und er sie gebeten hätte, mich zu informieren. Ich machte mich sofort auf den Weg, denn selbstverständlich erinnerte ich mich augenblicklich an mein Versprechen.“ Simon schwieg einen Moment. „Es ging ihm wirklich sehr schlecht“, fügte er schließlich hinzu. „Ich erschrak ziemlich, als ich ihn sah – so bleich und ... atemlos. Und meine Mutter saß bei ihm, und ihre Augen waren so voller Panik, dass mir noch elender wurde.“

„Wie hast du sie denn dazu bewegen können, ihn zu verlassen?“ fragte Joy.

„Mit einer Notlüge. Ich sagte ihr, dass der Arzt noch eine spezielle Untersuchung vorhätte und mein Vater dringend ein wenig Ruhe bräuchte. Meine Mutter sah etwas unschlüssig drein, aber als ich sie bei der Hand nahm, stand sie auf und kam mit, und mein Vater nickte mir leise zu, als wir das Zimmer verließen. Zu Hause gab ich ihr ein Beruhigungsmittel und überredete sie, sich hinzulegen und etwas zu schlafen, ich würde sie später wecken. Sie war so erschöpft, dass sie sofort einschlief.“

„Und du – was hast du getan? Gewartet?“

Simon schlug die Beine übereinander. „Zunächst ja. Ich habe mich ins Wohnzimmer gesetzt und gewartet. Ich habe mich auf mein Kissen gesetzt und den Atem gezählt, doch die Gedanken an meinen Vater haben mich nicht zur Ruhe kommen lassen. Ich hatte ihn häufiger besucht in den letzten Jahren, aber wesentlich näher waren wir uns nicht gekommen. Immerhin hatten wir gelernt, einander zu respektieren, und du“, Simon blickte Joy an, „hast ihm manchmal ein Lächeln entlockt, obwohl er deinen Namen nicht mochte. Schließlich habe ich mich auf den Weg in die Klinik gemacht. Als ich eintraf, lebte er noch, und er schien nicht einmal erstaunt, mich zu sehen. Sie gaben ihm Sauerstoff, und ein starkes Schmerzmittel hatte ihn schläfrig gemacht, aber er war bei vollem Bewusstsein, und seine Lunge rasselte laut. Fürchterlich laut. Ich setzte mich zu ihm, und ich dachte, dass ich einen hohen Preis zahlen musste für meine jugendliche Unbeherrschtheit – dafür, dass ich ihn damals geschlagen hatte, und zugleich schämte ich mich für diesen absurden Gedanken. Von Zen weit und breit keine Spur – ich hatte fürchterliche Angst. Angst, ihn sterben zu sehen, seinen Tod zu erleben und die Nähe nicht auszuhalten, nie wieder ruhig schlafen zu können, und bei all dem ging es nur um mich und meine Gefühle.“

Joy schluckte. „Das ist doch verständlich. Meine Güte, wie alt warst du damals?“

„Siebenundzwanzig, aber ich fühlte mich wie siebzehn, und was am Allerschlimmsten war: Er bekam es mit.“

„Konnte er noch sprechen?“ fragte Joy.

Simon schüttelte den Kopf. „Kaum noch. Ich fing schließlich an zu erzählen, um die quälende Atmosphäre irgendwie zu verändern. Ich erzählte von dir, von Dorothea, von meinem Job, meiner Zen-Gruppe, dem Rudern – alles kunterbunt durcheinander und ohne Rücksicht darauf, ob er sich auf all das überhaupt einen Reim machen konnte. Als mir schließlich der Stoff ausging, kam ich wie von selbst auf jenen Tag zu sprechen, an dem ich ihn geschlagen hatte. Ich versicherte ihm, wie leid es mir täte, und dann saß ich einfach nur da und weinte und zählte die rasselnden Atemzüge meines Vaters. Irgendwann nahm ich seine Hand und betete. Dann war es still.“

Joy atmete tief durch. Sie wusste nicht, was sie sagen sollte, also schwieg sie.

„Ungefähr ein Jahr später kam ich im Gespräch mit meiner Mutter durch Zufall auf jene Schlägerei zwischen meinem Vater und mir zu sprechen“, sagte Simon eine Weile später. „Sie war ganz perplex, als ihr klar wurde, wie lange ich unter Schuldgefühlen gelitten hatte, und erzählte mir, dass er an jenem Abend, nachdem ich aus dem Haus gestürmt war, kurz und knapp bemerkt hätte, dass ich dabei wäre, ein erwachsener Mann zu werden.“ Simon lächelte über Joys verblüfften Gesichtsausdruck.

„Ach je, alles umsonst?“ entfuhr es ihr.

„Nein, ein Schlag ist und bleibt ein Schlag, egal wie er hinterher interpretiert wird.“

Joy dachte an Isabell und ihre gewalttätige Auseinandersetzung, als es um ihren damaligen Boxtrainer Piet gegangen war. Auf den ersten Blick waren die Situationen nicht miteinander vergleichbar, auf den zweiten schon. Ein Schlag ist und bleibt ein Schlag.

Simon griff über den Tisch nach Joys Händen. „Und nun bin ich dafür, dass wir über etwas anderes reden. Ich bin froh und glücklich, dass du hier bist und wir aufeinander zugegangen sind. Wie geht es weiter für dich, wenn du wieder in Berlin bist?“

„Ich habe viel Stoff zum Nachdenken, und ich werde mich um meine Beziehung kümmern. Elena hat sehr viel Geduld mit mir bewiesen.“

„Der lange Atem der Marathonläuferin.“

„Ja, ich bin gespannt, ob sie es diesmal hinbekommt.“

„Wenn sie im Einklang mit sich selbst statt mit der Uhr läuft, spricht nichts dagegen“, erklärte Simon. „Vielleicht kannst du sie dabei ein wenig unterstützen.“

„Ich werde es versuchen.“

Beide schwiegen. Schließlich stand Simon auf, umarmte seine Tochter und zog sich zurück. Joy blieb sitzen und wartete, bis die Nacht hereingebrochen war. Ihr Herz war übervoll.

„Fahr achtsam“, sagte Simon, als sie am nächsten Morgen an Joys Wagen standen.

Es war noch früh. Joy spürte, dass sie den Abschied hinter sich bringen wollte. Wie widersinnig, dachte sie. Endlich gibt es Verständnis und Nähe zwischen uns, und dann habe ich Mühe, dieses warme Gefühl zu ertragen.

„Ja, das tue ich“, antwortete sie. „Ich hoffe, du kommst Anfang September nach Berlin.“

Simon legte die Hände auf ihre Schultern. „Ich komme gerne. Danke für deinen Besuch.“

„Ich danke dir auch. Und pass auf dich auf, Papa!“ Joy umarmte ihn kurz und stürmisch und stieg ins Auto. Sie fuhr los und sah im Rückspiegel, dass Simon langsam ins Haus zurückging.

21

Petras Lasagne war, wie versprochen, köstlich gewesen. Noch Stunden später duftete die Wohnung danach. Wir tranken ein Glas Weißwein, und ich ließ mir von Petra die Nase verarzten, bevor sie Nadine und mich allein ließ und ich von Joys Kampf und der Versöhnung mit ihrem Vater erzählte. Nadine war schwer beeindruckt und sehr nachdenklich.

„Sie hat nicht zugeschlagen“, sagte sie und sah mich an. „Und plötzlich hat sie ihren Vater verstanden?“

„Sie hat zunächst mal sich selbst verstanden, viel besser jedenfalls als zuvor – sie hat ihre Gefühle zugelassen, die unangenehmen, die bedrängenden vor allen Dingen, ihre Angst, und dann war die Niederlage der Gegnerin für ihr Selbstwertgefühl nicht mehr nötig – so wenig wie der Kampf gegen ihren Vater.“ Oder der Kampf gegen Elena.

„Einfach so?“

Ich lächelte. „Einfach so sicherlich nicht. Denk an dich: Du hast heute zugeschlagen und festgestellt, dass du dich damit nicht befreist. Einfach so geschah das auch nicht, oder?"

Nadine schlug die Beine übereinander. „Stimmt. Schade, dass Joys Mutter das nicht mehr mitbekommen hat."

„Ja, das hat Joy wohl auch bedauert." Die beiden hätten sich einiges zu sagen gehabt, fügte ich im stillen hinzu, und da wären wohl durchaus noch mal die Fetzen geflogen, aber auch Tränen geflossen. Bei allem neugewonnenen Verständnis – das verletzte Kind in Joy brauchte eine Weile, um zu verzeihen.

Nadine senkte den Blick.

„Ich weiß gar nicht so recht, was ich jetzt machen soll", sagte sie dann leise und sah mich wieder an. „Egal, worum es geht – ich bin total verunsichert."

„Zum Beispiel?"

„Nun – mache ich mit dem Boxen weiter oder höre ich doch auf? Versuche ich noch mal, mit meiner Mutter zu reden, oder lasse ich es? Sage ich Bernd, dass ich mich zur Zeit nicht wohl mit ihm fühle, oder meide ich das Thema? Lege ich ein Urlaubssemester ein, um mir klarzuwerden, ob dieses Studium das richtige für mich ist, oder schreibe ich wie geplant eine weitere Hausarbeit? Und so weiter und so fort."

„Eins nach dem anderen, Nadine", sagte ich behutsam. „Langsam vortasten. Nicht alles auf einmal. Komm nächste Woche zum Training oder lass es sein. Ich mag dich so oder so."

Sie blickte kurz zu Boden. „Verstehe." Dann stand sie plötzlich auf. „Ich muss jetzt los. Es ist schon spät. Vielen Dank für das leckere Essen, und grüß Petra noch mal von mir."

Ich brachte sie zur Tür. Sie hatte die Hand auf die Klinke gelegt, machte aber keine Anstalten, sie herunterzudrücken.

„Ich glaube, ich vermisse sie manchmal ziemlich", sagte sie und räusperte sich.

„Ja, das weiß ich. Und ich bin mir sicher, dass sie dich auch vermisst."

Nadine öffnete die Tür, blieb jedoch stehen. „Das verbirgt sie aber gut."

Ich lächelte. „Das gleiche behauptet sie vermutlich von dir."

Nadine trat in den Flur und wandte sich zur Treppe. „Kann schon sein. Bis bald, Charlotte."

Ich ging in die Küche und wusch ab. Petra würde maulen, wenn ich das Geschirr bis zum nächsten Tag stehenließ, und eine maulende Petra konnte ich schlecht ertragen. Sie hatte gekocht, also war ich mit dem Abwasch dran, egal wie spät es geworden war und ob mir die Nase weh tat. Nadine ist eine Tänzerin, dachte ich, doch das muss sie selbst erfahren.

Am nächsten Tag rief ich Joy an. Sie steckte mitten in der Arbeit – die Übersetzung eines norwegischen Fantasyromans – und klang zunächst ein wenig abwesend.

„Geht es dir gut, Joy?" fragte ich.

„Ja. Ich habe im Moment zwar viel zu tun, aber es geht mir gut."

„Mit Elena auch alles in Ordnung?"

„Klar", erwiderte Joy.

„Und was macht dein Training? Immer noch fleißig viermal die Woche im Club?"

Diesmal antwortete Joy nicht sofort, und es entstand eine kleine Pause. Dann räusperte sie sich. „Sag mal, Charlotte – ist denn bei dir alles in Ordnung? Du rufst doch nicht an, um mich zu fragen, ob ich viermal die Woche trainiere. Das weißt du doch."

Ich lächelte. „Du hast recht. Mir war einfach danach. Ich wollte deine Stimme hören."

„Das gefällt mir", sagte Joy. „Was hältst du davon, wenn wir bald mal zusammenkommen und klönen?"

„Das wäre schön."

Kurz darauf verabschiedeten wir uns und legten auf. Auf einmal freute ich mich unbändig, dass wir einander immer noch etwas bedeuteten.

22

Die Wohnung wirkte auf seltsame Weise fremd und vertraut zugleich. Eine Nachbarin hatte die Blumen gegossen und den Briefkasten geleert, und Elena war dagewesen: Auf dem Wohnzimmertisch stand eine Vase mit duftenden Rosen, an denen eine Karte lehnte. Joy stellte ihre Reisetasche ab und ließ den Rucksack zu Boden gleiten. *Herzlich willkommen, Champion!* las sie. *Melde Dich, wenn Du Lust hast.* Ich muss erst mal ankommen, dachte Joy, hier, bei mir. Sie durchstreifte alle Räume, öffnete die Fenster, überflog die Post und rief kurz ihren Vater an, um ihm Bescheid zu sagen, dass sie gesund und munter eingetroffen war. Der Sandsack trudelte hin und her, als sie ihm im Vorbeigehen einen Stoß gab. Sie packte ihre Sachen aus, setzte Kaffeewasser auf und entdeckte im Kühlschrank frisches Obst, Milch, Joghurt und zwei Tafeln ihrer Lieblingsschokolade. Sie stellte das Radio an und setzte sich mit ihrem Kaffee und einer Tafel Schokolade auf den Balkon. Straßenlärm drang zu ihr hoch – nach der Stille auf dem Land war Berlin chaotisch und schrill. Aber Joy wusste, dass sie sich nach wenigen Tagen wieder daran gewöhnt haben würde. Sie hatte die Schokolade zur Hälfte gegessen, als sie das Telefon holte und Elenas Nummer wählte.

„Hallo, ich bin's“, sagte sie, als Elena sich nach zweimaligem Klingeln meldete. „Ist dort die Rosenfrau?“

„Unter anderem ist hier die Rosenfrau“, sagte Elena, und ihre Stimme klang weich.

„Und wer ist sonst noch so da?“

„Hm, die Wartende, die Neugierige, die Liebeshungrige ...“

„... die Lauflustige?“

„Ja, die auch, allerdings ist *lustig* in dem Zusammenhang nicht das richtige Wort. Ich bin ein bisschen von der Rolle, doch das soll jetzt nicht unser Thema sein. Hattest du eine gute Fahrt?“

„Ja, keine Probleme, ich bin zeitig losgefahren und gerade dabei, mich wieder ein wenig einzuleben", erwiderte Joy. „Vier Wochen sind doch eine lange Zeit, zumal diese vier Wochen. Meine Wohnung sieht noch genauso aus wie vorher, aber meine Perspektive scheint sich ein wenig verändert zu haben. Na ja, ich weiß nicht genau, wie ich es ausdrücken soll. Ist auch egal jetzt, jedenfalls liebe Grüße noch mal von Simon. Er mag dich wirklich sehr."

„Ich ihn auch." Elena räusperte sich. „Und du?"

„Wie meinst du das?"

„Nun, ganz direkt gefragt: Kommst du jetzt besser mit ihm klar? Haben sich deine Gefühle zu ihm verändert, so wie es sich in den letzten Tagen angedeutet hat?"

„Ja, wir haben uns beträchtlich aufeinander zu bewegt und dabei einiges von dem, was zwischen uns stand, beiseite geräumt. Das ist ein guter Anfang."

„Was heißt das konkret?" fragte Elena.

„Das heißt zum Beispiel, dass ich mich nicht aufs Kissen setze, um Atemzüge zu zählen oder Koans zu lösen, aber wenn er es tut, ist es in Ordnung, und zwar für ihn und mich."

„Und wenn ich es tue?" Elenas Stimme klang leicht angespannt.

„Tja, damit habe ich längst gerechnet – nur zu."

„Bei unserem letzten Gespräch hast du anders reagiert", gab Elena zu bedenken. „Da warst du ziemlich empört über meine Begeisterung für die Auffassungen deines Vaters. Ist von dem ganzen Aufruhr wirklich nichts mehr übriggeblieben?"

„Es wäre gelogen, wenn ich das behaupten würde", sagte Joy. „Deine Begeisterung hat mich ja an lange zurückliegende Geschichten erinnert, und was sich über viele Jahre verhärtet hat, lässt sich nicht in wenigen Tagen oder Wochen gänzlich auflösen. Doch ich bin dabei, diesen Aufruhr zu verstehen. Mich zu verstehen."

„Warum bereden wir das eigentlich alles am Telefon? Ich habe solche Lust, dich zu sehen."

Joy atmete tief durch. Ja, ich dich auch, dachte sie, aber ...

„Oder bist du zu müde? Möchtest du dich ausruhen?"

„Eigentlich ist mir nach beidem zumute. Ich bin ziemlich groggy, doch es wäre schön, dich zu sehen", sagte Joy bedächtig. Sie wollte Elena nicht vor den Kopf stoßen, aber auch keine Hoffnungen wecken, von denen sie nicht wusste, ob sie sie erfüllen konnte.

„Na, was hältst du denn davon, wenn ich am späten Nachmittag oder gegen Abend für eine Stunde vorbeikomme? Wir essen eine Kleinigkeit zusammen, und dann verschwinde ich wieder."

„Das klingt gut."

Elena trug ein weißes T-Shirt und schwarze Radlerhosen, in denen ihre muskulösen Beine gut zur Geltung kamen. Joy zog sie in ihre Arme und ließ sich von der Wärme einhüllen.

„Kaffee, Tee, Sekt, Selters?" fragte sie nach einem langen Kuss.

Elena seufzte. „Alkohol ist in den nächsten Wochen eigentlich gänzlich tabu."

„Käsekuchen auch?"

„Na ja, zwei, drei Stücke in der Woche, mehr ist nicht drin – der viele fette Sahnequark ist jetzt einfach nicht mehr angesagt, und weißt du, wie Käsekuchen aus Magerquark schmeckt?"

„Nein, sag's mir."

„Wie Pappe."

Joy lachte. „Ach, du liebe Güte, das wird ja richtig hart für dich. Zum Glück gibt's noch ein Leben nach dem Marathon."

Sie setzten sich im Wohnzimmer aufs Sofa, tranken Bitter Lemon und aßen Thunfischsalat, den Elena mitgebracht hatte. Die erste halbe Stunde füllten sie mit belanglosem Geplauder, fielen einander ins Wort, lachten, doch plötzlich ging ihnen gleichzeitig der Gesprächsstoff aus, und es wurde von einem Moment zum nächsten still. Joy blickte Elena an. Die nahm ihre Hände, drückte sie sanft und schüttelte den Kopf, als Joy etwas sagen wollte. Sie beugte sich vor und küsste Joy auf die Wangen, auf die Nase und ganz zart auf den Mund. Joy spürte wohlige Schauer über ihren Rücken rieseln. Elena schloss sie in die Arme und streichelte ihren Rücken.

„Das ist es doch gar nicht, was du willst", entfuhr es Joy auf einmal, und sie sah hoch.

„Wie meinst du das?"

„So wie ich es sage." Joy horchte in sich hinein. Ein Anflug von Spannung machte sich bemerkbar, und sie hatte Angst, dass die friedliche Stimmung verfliegen würde, weil das Problemthema Sex wieder auf den Tisch kam. Vielleicht ist hier alles wie zuvor, dachte Joy. Sie will mehr, als ich geben kann, und Punkt. Es gibt ein sinnloses Streitgespräch, und sie geht, weil ich nicht sagen kann, was mich hindert. Nichts widerstrebte ihr mehr als das. Doch ich bin noch nicht soweit, dachte sie. Vielleicht in ein paar Tagen. Muss ich dann wieder ein Koan lösen?

Elena zerzauste ihre Haare. „Ich setze dich nicht unter Druck. Meinetwegen können wir zwei Stunden einfach nur so sitzen bleiben. Oder die ganze Nacht. Wie du willst."

„Ich spüre aber, dass du wartest."

„Das macht doch nichts. Außerdem kann ich das nicht ändern. Aber du gibst das Tempo an – darüber waren wir uns inzwischen doch einig, oder?"

Joy atmete tief aus. Sie lehnte sich an Elenas Schulter und schloss die Augen.

„Entspann dich, Champion", sagte Elena leise. „Und vertrau mir. Wir kriegen das schon hin."

Ich hoffe, du hast recht, dachte Joy. Sie hob den Kopf und blickte Elena an. „Und wenn nicht? Was ist, wenn ich es nicht schaffe, ich meine, wenn ich ..."

„Ja, was genau meinst du denn? Was befürchtest du nicht zu schaffen?"

„Du weißt, was ich meine – was ist, wenn ich nicht mit dir ins

Bett gehen möchte, wenn ich mich weiterhin zurückziehe? Oder wenn wir zusammen ins Bett gehen und ... es klappt einfach nicht?"

Elena schüttelte den Kopf. „Daran denke ich nicht."

„Du solltest diese Möglichkeit aber wenigstens in Erwägung ziehen. Es gibt Paare, die sich im Bett nie richtig verstehen", beharrte Joy auf ihrem Einwand. Ich will dich nicht enttäuschen, dachte sie. Und nicht verlieren. Aber mich auch nicht. Sie war erstaunt, wie klar und unmittelbar sie dies spürte. Doch sie konnte es nicht in Worte fassen.

Elena lächelte. „Ja, so was gibt es. Doch im Grunde deines Herzens weißt du längst, dass es bei uns anders sein könnte und dass es jetzt darum geht, den richtigen Zeitpunkt zu finden, um sich der Situation zu stellen. Oder liege ich mit dieser Einschätzung falsch?"

Joy sagte nichts, sondern deutete lediglich ein leichtes Nicken an.

„Und was kann dir denn Schlimmes passieren?" fuhr Elena fort. „Überleg mal, wie sich die Situation entwickeln müsste, um für dich schier unerträglich zu sein."

„Gute Frage. Ich weiß es nicht. Vielleicht ist es genau das."

„Was ist im Ring passiert, Joy? Bei deinem Kampf. Da hast du doch offensichtlich etwas Wichtiges erfahren – über dich, das Boxen und einiges mehr. Hat das nicht vielleicht auch etwas mit uns zu tun?"

Joy sah an ihr vorbei zum Fenster hinaus.

„Ja, wahrscheinlich schon. Ich weiß nur noch nicht genau, in welcher Weise", antwortete sie. Ein Schlag ist und bleibt ein Schlag. Ihre Angst, meine Angst, unsere Angst, unsere Wut, unsere Scham, alles ging in dieser verlangsamten Zeit durch mich hindurch, löste sich auf, erinnerte sich Joy an den Boxkampf, bis ich ganz und gar leer war, und das habe ich nie zuvor so erlebt. Doch jetzt geht es nicht ums Kämpfen, sondern um Liebe, um Zärtlichkeit, um Nähe. Offenheit, Vertrauen, Hingabe. Große Worte. Ich weiß nicht, was passiert, wenn ich mich in die lustvolle Wärme fallen lasse und in die Furcht, die mich warnen will.

„Ich mache mich jetzt auf den Weg", sagte Elena und unterbrach Joys Gedanken. „Ruh dich aus. Versuch, den Kopf freizubekommen. Bist du denn mit deiner Arbeit im Zeitplan?"

Joy nickte. „Ja, mein Abgabetermin ist nächste Woche, und den schaffe ich locker. Und was liegt bei dir an?"

Elena stand auf und reckte sich. „Ich muss zur Uni, Fachbereichssitzung. Dann habe ich Sprechstunde und später noch einen Termin mit zwei Kollegen."

„Ich dachte, du hast Semesterferien", sagte Joy.

„Tja, vorlesungsfrei heißt ja nicht, dass ich die ganze Zeit frei habe. Morgen abend treffe ich mich außerdem mit meiner Laufgruppe. Es gibt einige Studenten, die den Marathon in diesem Jahr zum ersten Mal angehen wollen, und ich habe versprochen, dass sie mir Löcher in den Bauch fragen dürfen."

Joy stand ebenfalls auf. „Na, dann viel Vergnügen."

Elena lächelte und strich ihr über die Wange. „Danke, und dir auch viel Spaß, Champion."

„Sag doch nicht immer Champion zu mir."

„Warum nicht?"

„Hört sich irgendwie protzig an."

„Na schön. Apropos – wann gehst du denn wieder zum Training?"

Joy überlegte. „Ich weiß noch nicht. Meine Schultern fühlen sich immer noch ziemlich lädiert an, aber in ein, zwei Tagen könnte ich bestimmt wieder etwas Bewegung gebrauchen."

„Da hätte ich einen Tip, der deine Schultern garantiert schont: Geh eine Runde laufen!"

Joy stöhnte. „Wie hätte es auch anders sein können."

Sie küssten sich, und eine Minute später war es ruhig in der Wohnung. Joy stellte sich unter die Dusche und deckte anschließend den Tisch im Wohnzimmer. Im Fernsehen gab es einen *Tatort*, doch Joy schaltete ab, bevor die erste Leiche gefunden wurde. Sie aß den restlichen Thunfischsalat und ein Brötchen mit Putenbrust – beides appetitlich auf einem Glasteller angerichtet. Elenas Rosen dufteten.

Joy benötigte zwei Tage, um sich wieder einzuleben. Während dieser Zeit telefonierte sie mehrmals mit Elena, und sie schickten einander alle paar Stunden eine eMail. Joy erhöhte ihr tägliches Seitenpensum, um ihre Arbeit schneller fertigzubekommen. Eine wissenschaftliche Zeitschrift hatte angefragt, ob sie Lust und Zeit hätte, ein Interview mit einer Krebsforscherin zu übersetzen. Lust schon, doch die Zeit musste sie erst hereinholen. Die körperliche Erschöpfung fiel von ihr ab, und gleichzeitig stieg die Lust auf Bewegung, auf Sport, auf kraftvolles Ausagieren. In ihrem Club waren viele noch im Urlaub, einschließlich ihres Trainers, und Joy entschloss sich spontan, in Charlottes Frauenboxclub vorbeizuschauen. Vielleicht ließen sich eine Trainingsrunde und ein Plausch miteinander verbinden.

Nur eine Handvoll Frauen waren an Hanteln, Sandsäcken und Fitnessgeräten beschäftigt, als Joy in der Mittagszeit die Halle betrat, in der sie vor vielen Jahren beinahe täglich trainiert hatte. Sie erfuhr, dass Charlotte unterwegs war, aber in Kürze zurückerwartet wurde. Joy zog sich um und absolvierte eine gute halbe Stunde Kraft- und Beweglichkeitstraining und ging anschließend mit einer Sportstudentin namens Sybille in den Ring, die erst seit einem knappen Jahr boxte, aber zehn Kilo mehr als Joy auf die Waage brachte und ganz ordentlich in Form war. Sie kämpften drei flotte Runden, und Joy fühlte sich von Minute zu Minute kraftvoller und spritziger. Sie reagierte schnell und intuitiv, und kein störender Gedanke drang zu ihr vor. Spaß, dachte sie, es macht einfach riesigen Spaß – wie lange habe ich das schon nicht mehr so hautnah gespürt!

Als das Sparring beendet war, schwitzten beide Frauen aus allen Poren.

„Klasse!“ sagte Sybille. „Du bist ja wirklich schnell. Bist du öfter hier?“

„Nein, ich trainiere sonst in Charlottenburg.“

„Schade.“

„Ja, das finde ich auch – du kannst sofort bei mir anfangen!“ ertönte Charlottes Stimme von unten, und Joy drehte sich um. „Hamburg ist dir wirklich gut bekommen, wie?“

„Durchaus.“ Joy winkte Sybille zum Abschied zu und kletterte aus dem Ring.

Sie standen voreinander. Charlotte überragte Joy um gut einen Kopf. Sie war breitschultrig und muskulös, und ihr Haar war wie immer dunkelrot getönt. Joy spürte, dass sie sich über ihren unerwarteten Besuch freute.

„Hast du Zeit für einen Kaffee oder wartet schon die nächste Schülerin auf dich?“ fragte Joy.

„Nein, ich habe noch eine gute halbe Stunde Zeit. Du bist übrigens das erste Mal seit damals wieder hier in meinen Ring gestiegen“, entgegnete Charlotte.

Ich weiß, dachte Joy. Es war besser, dir aus dem Weg zu gehen. Gerade hier im Ring. Zuviel Nähe. Und es war eine gute Entscheidung, sonst hätten wir damals den Kontakt abgebrochen. Ich hätte ihn abgebrochen.

„Stimmt“, sagte Joy und erwiderte Charlottes Blick. „Ich hatte einen interessanten Kampf in Hamburg. Soll ich dir davon erzählen?“

Eine Viertelstunde später saßen sie in Charlottes Büro. Joy hatte geduscht und sich umgezogen. Charlotte lehnte sich zurück und unterbrach nicht ein einziges Mal, während Joy erzählte.

„Und heute bist du hergekommen, um festzustellen, was es mit dem Boxen jetzt noch auf sich hat?“ fragte Charlotte eine ganze Weile, nachdem Joy geendet hatte.

„Kann schon sein."

„Und?"

„Es ist ein toller Sport, nach wie vor, und er macht gleich noch mal soviel Spaß, wenn ich einfach nur boxe und nicht gegen alles mögliche gleichzeitig anrenne."

Charlotte nickte. „Wohl wahr. Apropos anrennen – wie sieht es denn mit Elena und der Lauferei aus? Startet sie beim Marathon?"

„Und ob. Sie trainiert eifrig. In knapp sechs Wochen ist es soweit."

„Geht's euch gut?" Charlotte trank einen Schluck Kaffee und blickte Joy direkt an.

„Ja ... besser gesagt: es wird." Hoffe ich jedenfalls. Wünsche ich mir. Ersehne ich mit allen Sinnen. „Hör mal, Charlotte ... ich glaube, ich bin heute auch gekommen, um dir zu sagen, dass wir beide damals ..." Sie brach ab. Die Worte waren hervorgesprudelt, bevor sie darüber nachdenken und sie unterdrücken konnte.

„Es sollte wohl nicht sein", sagte Charlotte sanft.

Joy atmete tief durch. „Es lag nicht an dir, dass es mit uns nicht geklappt hat." Das war der Satz, der nötig und möglich war nach so vielen Jahren. „Ich weiß das jetzt, und ich möchte, dass du es auch weißt."

Charlotte lächelte. „Danke, dass du das sagst. Es bedeutet mir viel."

Joy stand auf. „Ich muss wieder los. Ich hoffe, wir sehen uns bald wieder."

„Jederzeit."

Joy verließ die Halle eiliger, als nötig gewesen wäre. Ihre Wangen waren heiß.

Zu Hause fand sie in ihrer Mailbox eine Nachricht von Elena vor, die fragte, ob Joy Lust hätte, sie am übernächsten Tag auf dem Fahrrad bei einem Lockerungslauf zu begleiten und anschließend mit ihr zu frühstücken – mit Schwarzbrot, Joghurt und Honig aus dem alten Land. Außerdem wären sie zu der Geburtstagsfeier von Ute, einer Laufkollegin, eingeladen. Joy griff zum Telefon und wählte Elenas Nummer.

„Frühstück hört sich gut an“, sagte Joy, als Elena sich gemeldet hatte. „Und wie viele Kilometer musst du vorher bewältigen, um anschließend in den Genuss zu kommen?“

„Ganz harmlos – zehn bis zwölf, und dabei geht es nur um lockeres Traben“, antwortete Elena.

„Klar – hört sich wahnsinnig harmlos an. Und lockeres Traben ist dann das Tempo, bei dem meine Lunge bereits pfeifen würde“, kommentierte Joy.

„Tja, wie das eben so ist bei euch Indoor-Sportlern“, gab Elena lachend zurück. „Ihr könnt hundertmal eine oder auch zwei Hanteln über euren Kopf schwingen – wie sinnvoll das auch immer sein mag –, doch nach zwei Kilometern in gutem Sechser-Tempo habt ihr schon eine rote Birne und macht euch taumelnd auf die Suche nach einem Sauerstoffgerät.“

„Nun ist's aber gut“, protestierte Joy. „Ganz so schlimm ist es ja wohl nicht, und eine Runde mit den Hanteln könnte euch frischluftfanatischen Parkhüpfern auch nicht schaden. Die kräftigen Beinmuskeln allein bringen es nämlich nicht. Und immer nur Rennen ist ganz schön einseitig.“

„Hört, hört! Fühlst du dich etwa angepiekt?“

„Überhaupt nicht, aber sag mal: Sechser-Tempo heißt, dass du für einen Kilometer sechs Minuten veranschlagst?“

„Genau. Ich brauche für zehn Kilometer also ungefähr eine Stunde, und das ist ein Tempo, bei dem ich mich locker unterhalten kann und das auch du schaffst.“

„Stimmt“, überlegte Joy laut. „Wenn ich in den Park gehe, weil mein Trainer mal wieder was von Grundlagenkondition erzählt, laufe ich meist so um die fünf Kilometer und bin eine gute halbe Stunde unterwegs.“ Allerdings reicht das dann allemal, fügte sie im stillen hinzu. Wenn ich sieben, acht oder gar zehn Kilometer laufe, was ganz selten vorkommt, bin ich anschließend ziemlich geschafft.

„Na, siehst du. Also, hast du Lust, auf dem Fahrrad mitzukommen?“

„Das mit dem Schwarzbrot klingt verlockend, und meine Übersetzung werde ich, wenn ich mich ranhalte, morgen fertig haben. Somit spricht nichts gegen einen kleinen Ausflug. Und was war das für eine Einladung, die du in deiner Mail erwähnt hast?“

„Ute, eine uralte Bekannte, die schon seit dreißig Jahren läuft und seit fünfzehn Jahren beim Berliner Marathon dabei ist, feiert ihren fünfzigsten Geburtstag, und wir sind zu einem großen Fest eingeladen“, antwortete Elena. „Hast du Lust? Es wird getanzt, die Leute sind nett und unkompliziert, viele Lesben und Schwule werden kommen. Und wir beide waren schon ewig nicht mehr schwofen.“

„Das stimmt“, bestätigte Joy. „Aber ich denke, du verzichtest zur Zeit ganz und gar auf Alkohol?“

Elena seufzte. „Ja, eigentlich schon. Allerdings habe ich erst letztens wieder gelesen, dass ein Glas Rotwein nahezu ein Muss ist, wenn man gesund bleiben und uralt werden will. Um mich mit dir zu amüsieren, bräuchte ich natürlich keinen einzigen Tropfen.“

Das glaube ich dir aufs Wort, dachte Joy und lächelte. „Danke für das Kompliment.“

„Gut, wir sehen uns also übermorgen um acht Uhr bei mir. Wir machen uns dann auf zum Schlachtensee.“

Als sie sich voneinander verabschiedet hatten, ging Joy schnurstracks ins Schlafzimmer und wühlte ihre Sportsachen durch. Ihre Laufschuhe standen im untersten Fach des Schuhschranks. Joy stellte sie heraus. Es sprach nichts dagegen, sie beim Radfahren anzuziehen, um dann eventuell selbst eine lockere Joggingrunde einzulegen. Von wegen rote Birne und Sauerstoffgerät nach zwei Kilometern!

Eine Runde um den Schlachtensee waren ungefähr sechs Kilometer. Elena würde also zwei Runden laufen – beinahe lächerlich, dafür überhaupt aufzubrechen, meinte sie. Joy verdrehte die Augen, als Elena vergnügt vor sich hin protzte, und beteiligte sich dann an ihrem Aufwärmprogramm.

„Was hast du denn vor?" Elena starrte sie entgeistert an.

„Mal gucken", gab Joy unbestimmt zurück.

Zahlreiche Jogger und Walker hatten sich bereits auf den Weg gemacht, als Elena die Uhr stellte und mit ihrer ersten Runde begann. Es war warm, aber bedeckt, und Joy radelte langsam hinter Elena her.

„Gib mir doch die Uhr", sagte Joy. „Dann guckst du auch nicht dauernd drauf."

Elena nestelte nach kurzem Überlegen das Armband ab und reichte Joy die Uhr. „Du hast recht. Bei dem Tempo kann ich sowieso nicht viel falsch machen. Sag mir einfach nach einer Runde Bescheid, damit ich, falls nötig, noch rechtzeitig korrigieren kann."

Bereits nach einer halben Runde fand Joy das Tempo zum radfahren ermüdend langsam. Öde, um genau zu sein.

„Hör mal", sagte sie zu Elena. „Ich fahre vor, stelle das Fahrrad oben am Weg ab, dehne mich noch ein bisschen und laufe dann die zweite Runde mit dir mit, okay?"

„Ich fasse es nicht! Was ist denn in dich gefahren?"

„Ganz einfach – diese Geschwindigkeit reicht gerade aus, dass das Rad nicht umfällt. Außerdem tu mal bitte nicht so erstaunt, schließlich laufe ich, wie du dich vielleicht erinnerst, nicht zum ersten Mal."

Elena grinste. „Okay, okay, nur keine Aufregung, dann bis gleich. Und verlier die Uhr nicht."

Joy wartete nur wenige Minuten, nachdem sie das Rad angeschlossen hatte, dann kam Elena, und sie liefen gemeinsam in die zweite Runde. Es war ein ruhiges Tempo, aber Joy kam trotzdem nach zehn Minuten ins Schwitzen und musste ihre Atmung regulieren. Elena klebte bereits das Shirt am Rücken, doch Joy schätzte, dass sie nicht schneller atmete als andere Leute, wenn sie strickten, und ihr Puls dürfte ähnlich ruhig sein. Nach weiteren zehn Minuten hatte sie sich an die gleichmäßige Belastung gewöhnt. Sie lockerte ihre Schultern und atmete tief in den Bauch hinein. Ihre Schritte wurden leichter, fließender.

„Nicht schneller werden", sagte Elena und berührte sie kurz am Arm.

Joy blickte sie erstaunt von der Seite an.

„Ja, du hast angezogen, und als Mitläuferin fällt man fast automatisch mit in die schnellere Gangart."

„Schon, allerdings habe ich doch höchstens einen Tick zugelegt", erwiderte Joy. „Wenn du das so genau spürst, dann verstehe ich, warum du Mühe hast, in einem Pulk von Läufern dein eigenes Tempo zu halten."

„Ja, das ist das größte Problem, gerade zu Beginn eines Rennens, wenn man noch sehr aufgeregt ist und sich mitreißen lässt."

Joy sah Elena gespannt an. „Was glaubst du, wie schnell könnte ich laufen?" Sie keuchte ein wenig, während sie sprach.

„Du bist austrainiert und sehr leicht – ich schätze, du kommst ganz gut in Fahrt, aber genau weiß ich es natürlich nicht. Probier es doch einfach aus." Elena lächelte. „Warum interessiert dich das plötzlich?"

„Nur so, schlichte Neugierde."

Das stimmte und stimmte doch wieder nicht. Als sie anderthalb Stunden nach Trainingsbeginn wieder bei Elena eintrafen, ging Joy als erste unter die Dusche, während Elena sich schon mal um das Frühstück kümmerte. Danach zog Joy sich im Wohnzimmer frische Sachen an und wollte gerade in die Küche gehen, um den Kaffee aufzugießen, als ihr Blick auf den kleinen Sofatisch fiel. Elena hatte dort einen Zettel liegenlassen, auf den Durchschnittszeiten, Geschwindigkeiten und Ähnliches notiert waren, und Joy studierte ihn aufmerksam. Wenige Wochen vor dem Marathon fanden sich überall herumliegende Blätter, auf denen Elena ihren langen Lauf in mehreren Varianten, die nach Joys Verständnis nur unwesentlich voneinander abwichen, geordnet und eingeteilt hatte – ihre verschiedenen Geschwindigkeiten waren auf die Minute genau festgelegt und auf zweiundvierzig Kilometer hochgerechnet. Hochwissenschaftlich.

Wenige Minuten später saßen sie am Frühstückstisch und langten ausgehungert zu.

„Hast du dich schon entschieden, was Utes Geburtstagsfeier angeht?" fragte Elena bei der zweiten Tasse Kaffee. „Hast du Lust?"

Joy nahm sich eine zweite Scheibe Brot. „Ja, habe ich. Lass uns hingehen."

Elena lächelte. „Gut, ich freue mich."

„Und was für ein Outfit ist angesagt?"

„Wie du möchtest – von sportlich-leger bis aufgepeppt oder auch elegant ist alles erlaubt."

„Das klingt gut. Und was schenken wir deiner Lauffreundin?" fragte Joy. „Ein Abo für Blasenpflaster?"

„Sehr witzig! Nein, Ute will unbedingt mal beim Boston-Lauf mitmachen, vielleicht schon im nächsten Jahr, und wir haben uns überlegt, ihre Reisekasse ein wenig aufzufüllen."

Plötzlich freute sich Joy auf das Fest. Elena hatte recht – auch sie konnte sich schon gar nicht mehr daran erinnern, wann sie das letzte Mal auf einer Fete gewesen oder um die Häuser gezogen waren. Zuviel anderes war dran gewesen, dachte Joy. Dorothea, Simon und einiges mehr.

Den Rest des Tages nutzte Joy, um ihren Schreibtisch aufzuräumen und verschiedene Telefonate zu erledigen. Zwei neue kleinere Aufträge winkten, und außerdem stand ein Kongress an, bei dem sie für gutes Geld dolmetschen würde. Am Abend stöberte sie in ihrem Kleiderschrank und legte schließlich mehrere Hosen und Blusen heraus, die für den Anlass geeignet waren und dringend gebügelt werden mussten. Schließlich entschied sie sich für eine taillenlange kurzärmlige rote Bluse und schwarze Stretchhosen. Sie zog beides zur Probe an, blickte in den Spiegel und lächelte.

23

Ute feierte ihren Geburtstag in dem großen Saal eines Vereinsheimes, der bunt geschmückt und bereits gut gefüllt war, als Elena und Joy eintrafen. Auf den ersten Blick hätte Joy Ute in sportlicher Hinsicht alles mögliche zugetraut, nur nicht ausgerechnet eine mittlerweile jahrzehntelange Karriere als Langstreckenläuferin. Die Fünfzigjährige war groß, kräftig, vollbusig und machte eher den Eindruck einer energiegeladenen Kraftsportlerin. Im bürgerlichen Leben war sie Juristin mit Schwerpunkt Familienrecht, worauf Joy auch nicht so ohne weiteres getippt hätte. Als sie Elena und Joy unter den Neuankömmlingen entdeckte, kam sie mit ausgestreckten Armen freudestrahlend auf sie zu und drückte Elena an ihren Busen, bevor die überhaupt Luft holen konnte, um ihr zu gratulieren.

„Toll, dass du gekommen bist! Nun kann ja nichts mehr schiefgehen“, meinte sie. „Und die Kleine hier ist also deine Liebste? Wie heißt du doch gleich?“

„Ich bin Joy – herzlichen Glückwunsch und vielen Dank für die Einladung.“

Ute zog ohne große Umstände auch Joy an sich. „Na, dann wollen wir uns mal kräftig amüsieren. Wenn Elena in Stimmung kommt, ist sie ja kaum noch zu bändigen. Normalerweise lässt sie dann keinen Tanz aus und flirtet, was das Zeug hält."

Elena stieß Ute einen Ellenbogen in die Seite, während Joy fragend die Augenbrauen hochzog. „Ach ja?"

„Ich dachte, mit Fünfzig hört man auf, so fürchterlich vorlaut zu sein", bemerkte Elena und setzte eine gespielt säuerliche Miene auf, während sie Joys Hand nahm. „Für dich scheint das aber eher nicht zu gelten."

„Natürlich nicht", gab Ute mit breitem Grinsen zurück. „Für mich gilt so einiges nicht. Du hast dich ja in letzter Zeit ziemlich rar gemacht – wie läuft das Training?"

Elena warf Joy einen Blick zu. „Wir beide waren zusammen verreist, und das Training läuft so lala."

Ute stöhnte. „Da bin ich ja gespannt – was heißt denn bei dir so lala? Du packst doch die zehn Kilometer immer noch in fünfundvierzig Minuten, oder sind es beim letzten Testlauf etwa sechsundvierzig geworden?"

Elena zuckte mit den Achseln. „Was nützt mir schon eine schnelle Zeit über zehn Kilometer, wenn es mir nicht gelingt, mir die zweiundvierzig vernünftig einzuteilen? Das alte Spiel ..."

Ute verdrehte ihre hellgrünen Augen und sah Joy an. „Ihre Probleme möchte ich haben – ich bin immer glücklich und zufrieden, wenn ich vor dem Besenwagen ins Ziel komme, doch Elena mault, weil sie die dreidreißig nicht schafft. Na, da kannst du wahrscheinlich ein Lied von singen. Und du? Welche Zeit strebst du an?"

Joy lächelte. „Gar keine. Ich bin Boxerin."

„Stimmt ja, Elena hat davon erzählt. Interessant."

Joy sah, dass sie es eher bedenklich als interessant fand, aber daran war sie längst gewöhnt. Und auch an den ihr Gesicht abtastenden Blick, der auf der Suche nach eindeutigen Malen war.

„Na ja", fügte Ute einen Moment später hinzu. „Muss ja jede selbst entscheiden, was gut für sie ist, nicht wahr? Und nun kommt mit, es gibt ein wunderbares Buffet."

Gut und gern fünfzig, sechzig Leute waren in dem Festsaal versammelt, und als Elena und Joy in einer großen Schlange um das Buffet wanderten, wurde die Musik lauter gestellt, und die ersten Pärchen schoben übers Parkett. Elena kannte einige der Gäste vom Sport und grüßte und winkte, während Joy die quirlige Atmosphäre auf sich wirken ließ. Sie kostete von der Fischsuppe und der Entenbrust und nahm reichlich Käse und Weintrauben. Elena sieht klasse aus, dachte sie und betrachtete die Freundin voller Bewunderung – die weiße Jeans saß knackig und das tief ausgeschnittene schwarze Top passte hervorragend dazu. Sie setzten sich auf eine der langen Bänke, und Elena wünschte einer jungen Frau in Latzhose, die ihnen gegenübersaß und gerade eine Hühnerkeule verspeiste, guten Appetit.

„Das ist Grit“, erklärte sie Joy und stellte die beiden einander vor. „Sie hat vor zwei Jahren mit dem Laufen angefangen und will nun ihren ersten Marathon wagen. Ich zweifle nicht daran, dass sie es schaffen wird, und zwar in einer ordentlichen Zeit.“

Grit und Joy nickten einander zu, und Joy überlegte amüsiert, ob es außer ihr wohl noch einen Menschen im Saal gab, der sich nicht auf den Marathon vorbereitete oder Läufe über zwanzig Kilometer für eine übermenschliche, nicht in jedem Fall nachahmenswerte Leistung hielt. Gleich will sie meine Halbmarathonzeit wissen, mutmaßte sie, als Grit ihr freundlich zulächelte.

„Und du?“ fragte Grit. „Neu im Geschäft?“

Joy steckte sich eine Weintraube in den Mund. „Du meinst, so rein läuferisch?“

Grit hatte ein auffallend schmales Gesicht mit hohen Wangenknochen und tiefblaue Augen. „Ja, klar.“

„Ich bin keine Läuferin“, sagte Joy und hob mit einer bedauernden Geste die Hände. „Jedenfalls nicht im Sporthauptberuf.“

Grit wirkte in der Tat überrascht.

„Das scheint hier wirklich fast ein Makel zu sein“, fügte Joy hinzu und blickte Elena kurz von der Seite an, bevor sie sich wieder Grit zuwandte. „Ich hoffe, du nimmst mir das nicht übel. Sport treibe ich trotzdem – ich boxe seit vielen Jahren."

Grit legte ihre Hühnerkeule auf den Teller zurück. „Ach? So richtig mit allem Drum und Dran?"

„Was meinst du damit?"

Joy hörte, dass Elena leise aufseufzte, und drückte ihr unter dem Tisch beruhigend die Hand.

„Na ja, so richtig im Ring, mit Draufhauen, K.o. und so weiter. Wie bei den Männern", erwiderte Grit.

„Ja, so ähnlich."

„Finde ich echt ätzend."

Joy lächelte. Grits Vorurteil berührte sie zwar unangenehm, aber ihr Unmut hielt sich in Grenzen. Sie hatte schon Dutzende solcher Gespräche geführt und verspürte nicht den Wunsch, Grit zu belehren oder ihre Meinung im Detail auseinanderzupflücken. Sie zuckte die Achseln. „Tja, das ist dann wohl so. Ich boxe nun mal, und mir macht es Spaß."

„Soviel Gewalt ..." Grit schüttelte den Kopf und warf ihr einen fast mitleidigen Blick zu. „Wie kommst du bloß damit klar? Ein Großteil unseres Lebens besteht doch schon aus Aggressionen und Brutalität."

Joy steckte sich ein Stück Käse in den Mund und kaute es sorgfältig, bevor sie antwortete. „Weißt du, Grit, mach du das, was du für richtig hältst, und lass mich machen, was ich für richtig halte. Und was die Brutalität angeht – ich bemühe mich um einen sauberen, fairen Boxstil und habe nach einem Kampf meist weniger Beulen als eine Handballerin oder Hockeyspielerin." Und Blutblasen habe ich auch nicht an den Füßen, fügte sie in Gedanken hinzu, geschweige denn, dass ich nach stundenlangem Gerenne ausgetrocknet bin und mit einem Kreislaufkollaps am Straßenrand zusammenbreche.

„Okay, schon gut", erwiderte Grit und knabberte ihre Keule ab. „Das ist natürlich deine Entscheidung, und ich habe gehört, dass das Boxtraining an sich ja ziemlich fit machen soll."

„Das macht es in der Tat. Und ein paar Runden Jogging gehören übrigens auch dazu."

Grit lächelte und stand auf. Sie hatte es plötzlich eilig. „Na denn – ich gehe noch mal an die Fleischtöpfe. Viel Spaß noch, ihr beiden, und nichts für ungut."

Elena gab Joy einen Kuss auf die Wange.

„Du warst ja richtig zahm heute", sagte sie, als Grit außer Hörweite war, und legte ihr den Arm um die Schultern.

„Ich gebe mir Mühe", antwortete Joy und atmete einmal kräftig aus. „Allerdings geht mir dieses ewige Gequatsche vom Gewaltsport ziemlich auf den Keks. Die haben noch nie einen richtig guten Boxkampf gesehen, wissen aber selbstverständlich alles darüber."

„Tanzt du eine Runde mit mir?"

„Gern." Joy stand auf und reichte Elena die Hände. „Was ist denn heute angesagt – Schieber oder Techno-Freistil?"

„Ach, weißt du was – wir machen da gar kein Problem draus. Ich zeig dir einfach, wie's geht, in Ordnung?"

„Angeberin!"

Elena kicherte und zog Joy auf der Tanzfläche in ihre Arme. Der DJ hatte gerade ein wunderbar schmalziges Stück von Eros Ramazzotti aufgelegt, und Joy schmiegte sich an. So könnte es bleiben, dachte sie, wir tanzen durch die Nacht, verstehen uns ohne viele Worte, und weit und breit sind keine dunklen Wolken in Sicht, heute nicht und morgen auch nicht. Eros Ramazzotti wurde von Ricky Martin abgelöst.

„Ende mit Schmuseschwof", sagte Elena. „Ich hab's geahnt."

Eine gute Stunde später waren sie wie zahlreiche andere Tänzerinnen und Tänzern außer Atem und verschwitzt. Elena besorgte zwei Gläser Wein, und sie stießen miteinander an.

„Ist das der Rotwein fürs lange Leben, den auch Läuferinnen trinken dürfen?" fragte Joy.

„Genau der." Elena beugte sich vor und küsste Joy auf den Mund. „Er ist gut fürs Herz. Und überhaupt."

„Bleiben wir noch lange?" fragte Joy plötzlich.

„Wonach ist dir denn?"

„Wenn du schon so fragst, schlage ich vor, wir tanzen noch eine kleine halbe Stunde, sofern die Musik so gut bleibt, und schleichen uns dann durch die Hintertür davon."

„Hervorragende Idee." Elena nahm Joys Glas und stellte es beiseite. „Lass uns keine Zeit verlieren."

Fünf Tänze später schlenderten sie engumschlungen zur Garderobe.

„Das könnte euch so passen!" erscholl es plötzlich hinter ihnen. Ute verschränkte die Arme vor der Brust, lachte aber breit, als Elena und Joy zusammenzuckten. „Erwischt! Ihr wollt doch nicht etwa abhauen? Jetzt, wo es erst so richtig losgeht! Also echt, seid ihr langweilig!"

Elena setzte ein schuldbewusstes Gesicht auf. „Nicht sauer sein, Ute, aber uns reicht es einfach. Es war eine wunderbare Feier, und nächstes Mal halten wir auch länger durch."

„Na, wer's glaubt ..." Ute musterte sie beide mit strafendem Blick, grinste aber dann. „Schon gut, wie ihr meint. Sehen wir uns denn die Tage beim Laufen, Elena?"

„Klar, oder wolltest du kneifen?"

„Meine Güte – alles, nur das nicht!"

Elena drückte Joy plötzlich ihren Rucksack in die Hand und wies mit dem Kopf in Richtung der Toiletten. „Bin gleich wieder da, Herzchen. Ich will mich nur ein wenig frisch machen."

Joy gab ihr einen Schubs. „Beeil dich."

Als Elena um die Ecke verschwunden war, sah sie Ute einen Moment nachdenklich an. Dann gab sie sich einen Ruck. „Kann ich dich in eigener Sache mal anrufen?"

Ute legte den Kopf schief und lächelte amüsiert. „In eigener Sache? Da bin ich ja mal gespannt. Erzähl."

„Es geht ums Laufen", sagte Joy. „Elena steht ziemlich unter Spannung. Irgendwie will sie es gerade dieses Jahr unbedingt schaffen, ihre persönliche Bestleistung zu bringen."

Ute nickte. „Ja, sieht ganz so aus." Sie spähte über Joys Schulter hinweg in Richtung der Toiletten. „Da klappt gerade eine Tür, nur dass du Bescheid weißt."

„Okay. Um es kurz zu machen: Ich würde gerne mehr über das Marathonphänomen erfahren", sagte Joy rasch. „Und ich habe da so ganz verschwommen eine Idee – schließlich bin ich ja nur eine schlichte Boxerin –, wie ich Elena vielleicht unterstützen kann."

„Und warum fragst du nicht gleich deine Süße? Sie weiß wesentlich mehr darüber als ich."

„Ich will mich erst ein wenig schlau machen, bevor ich einen Vorstoß wage."

Ute nickte nachdenklich. „Verstehe." Sie griff in ihre Hosentasche und zog eine Visitenkarte heraus. „Ruf mich an. Wenn ich helfen kann, gerne. Da hinten kommt übrigens dein Herzblatt – ich finde, sie sieht ziemlich unternehmungslustig aus."

„Und ich kann mich darauf verlassen, dass das Ganze unter uns bleibt?"

„Logisch. Ich bin doch kein Tratschmaul."

„Danke."

Joy drehte sich um und lächelte Elena entgegen. „Na endlich."

Elena nahm ihre Hand. „Meine Liebe, deine Ungeduld ist ausgesprochen reizend. Fahren wir zu dir oder zu mir?"

„Zu mir", erwiderte Joy leise, und sie spürte, wie sich ihr Herzschlag beschleunigte.

Als sie vor der Haustür standen und Joy den Schlüssel herauskramte, wurden ihre Knie weich, und die fröhlich-aufgekratzte Stimmung der letzten Stunden war auf einmal gedämpft. Bitte nicht, dachte Joy und öffnete die Tür, diesmal nicht, es ist doch alles so wunderbar. Elena lief hinter ihr die Treppen hoch, und als sie einander im Wohnungsflur gegenüberstanden, hörte Joy ihr Herz unruhig pochen. Jeder einzelne Schlag tat weh, und ihre Beklemmung wuchs. Elena strich ihr über das Haar und schaute sie an. Plötzlich war es sehr still. Vielleicht ist es besser, du gehst, dachte Joy, geh, wir versuchen es ein andermal, später, morgen, übermorgen, nächste Woche, nicht jetzt, ich bin müde, viel zu müde. Ich kann nicht. Gerade jetzt nicht. Später, später irgendwann, nur nicht ausgerechnet jetzt. Ich bin nicht in Stimmung. Ich will dich nicht verlieren. Sie biss sich auf die Unterlippe. Du bist so schön. Lass mich nicht allein. Ein wehes Ziehen verengte ihren Hals.

Elena lächelte sie an. „Es ist ein wunderbarer Abend, Joy. Mach dir keine Sorgen. Es besteht keinerlei Anlass dazu, nicht der geringste, hörst du?“

Joy konnte nichts erwidern. Sie blickte zur Seite.

„Hörst du, was ich sage? Ich fordere nichts von dir.“

Joy nickte. „Ja, ich habe es gehört. Aber so geht das doch nicht weiter. Ich meine ...“

Elena legte ihr zwei Finger auf die Lippen. „Darf ich bleiben? Einfach so. Wir legen uns hin und reden und kuscheln. Und wenn du willst, gehe ich auch wieder. Oder wir trinken etwas und reden über dein Lieblingsthema: die Verschiebung der anaeroben-aeroben Schwelle beim Ausdauersport.“

Joy spürte, wie der Druck geringer wurde; sie lächelte, und zugleich dachte sie: Gott, wie lächerlich. Je länger du wartest, um so schlimmer wird es, und du stellst dich an wie eine frigide Jungfrau! Sie erschrak über den abfälligen Gedanken und die zittrige Spannung, die sich dahinter verbarg. Mach's nicht so kompliziert, fuhr sie sich selbst an, wenn es nicht geht, dann geht's eben nicht. Dann klinke ich mich aus – wie sonst auch. Elena wird sich damit abfinden müssen. Nein. Heute ist es anders. Ausklinken funktioniert nicht mehr.

„Ja", sagte sie schließlich, nur um etwas zu sagen. „Was möchtest du trinken? Vielleicht eine Cola oder einen Cappuccino?"

„Cappuccino ist eine gute Idee."

Sie gingen in die Küche, und Joy setzte Wasser auf. Es war gut, etwas zu tun. Etwas ganz Gewöhnliches, Alltägliches. Elena stellte das kleine Radio auf der Fensterbank an. Schmuserock. Joy nahm zwei Tassen aus dem Küchenschrank und die Büchse mit dem Cappuccinopulver. Elena holte die Milchflasche aus dem Kühlschrank und reichte sie Joy. Ihre Fingerspitzen berührten sich. Ein angenehm weiches Gefühl. Joy atmete tief ein. Sie nahm die Flasche. Das Glas war beschlagen vor Kälte. Der Wasserkocher begann zu brodeln. Elena lehnte ihren Kopf an Joys und lächelte. Ihr Mund war sehr nah. Joy schloss die Augen und spürte Elenas Hände auf ihren Hüften. Sie überließ sich der Berührung und trat dicht an Elena heran. Sie küssten sich. Behutsam, zart, suchend. Immer noch Schmuserock. Ein Gefühl von Schwere in den Beinen, im Bauch. Elena streichelte ihren Rücken. Du mit deinem langen Atem, dachte Joy, und eine tiefe Zärtlichkeit stieg in ihr hoch. Warm, wärmer. Ihr eigener Atem beschleunigte sich. Elena legte eine Hand auf Joys Nacken, die andere auf ihren Po, die Lippen wanderten über ihren Hals. Joy hatte plötzlich das Gefühl, nackt im kalten Wind zu stehen. Sie erschauderte.

„Ich glaube, wir sollten jetzt den Cappuccino machen", sagte sie und löste sich vorsichtig aus der Umarmung.

Elena goss das Wasser in die Tassen, während Joy die Milch aufschäumte und über dem Kaffee verteilte. Sie steckte einen Finger in den Rest des süßen, flockigen Schaums, doch bevor sie ihn ablecken konnte, hatte Elena sich vorgebeugt und nahm ihren Finger in den Mund. Joy spürte den festen Druck ihrer Lippen und dann die Spitze ihrer Zunge. Elena saugte an ihrem Finger. Der Cappuccino roch betörend bittersüß. Wenn ich jetzt falle, habe ich keine Chance mehr, dachte Joy. Sie zog vorsichtig ihre Hand zurück, aber Elena lächelte.

„Vergiss die Schokolade nicht“, sagte sie. „Gehen wir ins Wohnzimmer?“

Wie beim ersten Mal, erinnerte sich Joy. Ich habe Schokoflocken verstreut, und wir waren beide so aufgeregt. Sie setzten sich aufs Sofa. Elena zündete eine Kerze an, und sie beugten sich beide über ihre Tassen. Irgendwo im Haus fiel eine Tür krachend ins Schloss. Wenn ich es doch schon hinter mir hätte, dachte Joy. Alles wäre vorbei und wunderbar, Test bestanden, Elena zufrieden, alles okay, sie liebt mich. Ihr kamen so plötzlich die Tränen, dass sie sie nicht zurückhalten konnte. Elena sah sie an. Merkwürdigerweise wirkte sie weder erstaunt noch erschrocken. Sie strich Joy über die Wangen. Weglaufen, dachte Joy einen Moment. Ach so, das kommt ja nicht in Frage. Bringt nichts, gar nichts. Sie stellte ihre Tasse auf den Tisch. Das Kerzenlicht flackerte unruhig.

„Tu etwas, Elena“, sagte sie leise. „Bitte. Ich weiß kaum noch, wohin mit mir. Ich bin völlig durcheinander.“

Elena lächelte. „Was soll ich tun?“

„Frag nicht! Tu einfach etwas.“

„Komm zu mir“, erwiderte Elena, streckte sich auf dem Sofa aus und öffnete die Arme.

Joy schmiegte sich mit dem Rücken an Elenas Brust und spürte ihren Atem. Elena umfasste sie von hinten und verschränkte ihre Hände vor Joys Bauch. Ihr Mund war dicht an Joys Ohr. „Gut so?“

„Ja.“

Elena küsste sie aufs Ohr, auf den Hals, und Joy spürte ihren Atem. Ein zarter Biss in den Nacken. Elena seufzte leise, und ihre Oberschenkel spannten sich an. Joy legte ihre Hände auf Elenas Beine und ließ ihren Kopf auf deren Schulter sinken. Elena löste ihre Hände und begann langsam Joys Bluse von unten nach oben aufzuknöpfen. Haut auf Haut. Joy fing an zu zittern, als Elena ihre Hose öffnete und ihren Bauch mit kreisenden Bewegungen streichelte. Der Daumen im Nabel. Die andere Hand wanderte langsam nach oben. Der kleine Finger strich über ihre Schamhaare. Und ein Stück tiefer. Joy atmete schneller. Erregung durchflutete sie und gleich darauf das bange Gefühl der Hilflosigkeit. Keine Chance, dachte sie. Auch diesmal nicht. Ich hasse dich, schrie sie innerlich auf. Verschwinde. Aber es tat ihr den Gefallen nicht. Joy legte ihre Hand auf Elenas. „Warte. Bitte nicht."

„Was ist?"

„Ich weiß nicht."

Elenas Mund war dicht an ihrem Ohr. „Doch, du weißt es – versuch es zu beschreiben. Gib dem Gefühl einen Namen."

„Das hat doch keinen Sinn. Was soll das bringen?"

„Wir versuchen etwas Neues", erwiderte Elena energisch. „Sag mir, was los ist. Rede, erkläre, beschreibe." Sie ließ ihre Hand auf Joys Bauch ruhen.

„Ein kaltes Gefühl, das mich einschnürt. Angst zu fallen. Sie kommt jedesmal, wenn ich so erregt bin", antwortete Joy, und ihre Stimme war bleischwer.

„Lass sie kommen."

„Nein!" Joy wollte hochfahren, aber Elena hielt sie umfasst.

„Denk an den Boxkampf", sagte sie leise. „Dort hattest du auch Angst. In jedem Kampf hattest du Angst. Und hast sie überwunden – im Kampf. Aber was ist letzte Woche im Ring geschehen? Das war doch anders als sonst."

Letzte Woche war das erst? Joy stellte sich den Ring vor und ihre Gegnerin. Deren Augen. Die plötzliche Stille. Ich war Brigitte. Und die Angst, dachte Joy. Ja, ich war die Wut, die Angst, die Scham. Nein, bitte nicht. Elena streichelte ihre Brustwarzen, küsste sie hinters Ohr. „Erzähl, was dort passiert ist, komm." Ihre Finger wanderten zu Joys Oberschenkel. „Rede!"

„Ich war mittendrin in all diesen Gefühlen", flüsterte Joy und schloss die Augen. „Und umgekehrt: Sie waren in mir während des Kampfes. Kein Unterschied mehr, verstehst du? Meine Fäuste, ihre Fäuste, ihre Angst, meine Angst." Sie spürte, dass ihr Gesicht nass war und ihr Schoß. Elenas Finger waren in ihr, bewegten sich sanft, gleichmäßig. Die Erregung schoss in ihr hoch, und sie spannte den Bauch und die Beine an. Wenn ich die Deckung hochnehme, kann mir kein Gefühl mehr etwas anhaben. Doch, dann fühle ich die Mauer. Ich hätte Brigitte niederschlagen können, und ich habe es im entscheidenden Moment nicht getan. Denn darum ging es gar nicht. Schon lange nicht mehr. Kein Kampf. Keine Deckung. Nähe. Zu mir selbst. Joy bewegte sich in Elenas Armen.

„Sieh mich an", sagte Elena.

Joy konnte nur mit Mühe ruhig atmen. Ihr Herz raste.

„Sieh mich an."

Joy drehte den Kopf. Elenas Gesicht war neben ihr. Liebe, dachte sie, meine Geliebte. Lass mich jetzt bloß nicht allein. Und danach auch nicht. Die Angst schwoll an, nahm ihr die Luft, und plötzlich wusste Joy, was sie tun musste, um sie zu ertragen und aufzulösen. Sie sah ihr entgegen und nahm sie mit tiefem Einatmen an. Zum ersten Mal in ihrem Leben. Die Angst drängte sich in ihr Herz, in ihren Kopf, in jede Zelle ihres Körpers, in Hände, Füße, in den Mund. Und nun? fragte Joy. Da bist du nun. Ich kann noch atmen, ich lebe, ich bin nicht vereist. Ich rede sogar mit dir. Du bist nicht ich. Was willst du? Ich gebe mich dir hin. Sie kostete den Moment der Leere aus, der darauf folgte. Eine unendlich tiefe, friedliche Leere. Dann sah sie, dass Elena lächelte, und merkte, dass ihre Finger immer noch in ihr waren, sich inmitten der Feuchtigkeit bewegten. Und Joy bewegte sich mit.

„Weiter", sagte sie leise. „Mach bloß weiter."

Wenige Augenblicke später krallte sie ihre Fingernägel in Elenas Knie und kam und schrie und lachte und weinte. Elena küsste ihr Ohr, hielt sie fest, lachte mit, wiegte sie in ihren Armen. Dann schwiegen sie lange und atmeten tief durch. Joy horchte in sich hinein, und da war nichts außer ihrem regelmäßigen und leichten Herzschlag. Ihre Erregung ebbte ab.

„Und nun?“ fragte sie später und wandte sich zu Elena um, schaute sie strahlend an. „Was machen wir jetzt?“

Elena zwinkerte verblüfft, dann lachte sie. „Noch einen Cappuccino? Was war denn da drin? Der hat ja Wunder gewirkt.“

„Gute Idee!“ Joy richtete sich auf. „Und dann lass uns endlich ins Bett gehen.“

Sie liebten sich bis zum Morgengrauen, dann schliefen sie vollkommen erschöpft ein, und Joys letzter Gedanke lautete, dass ihr Leben nun genau so war, wie sie es schon immer hatte haben wollen.

Gegen Mittag wachten sie auf und gingen zusammen unter die Dusche. Joy spürte jeden Muskel in ihrem Körper wie nach einem anstrengenden Training, und Elena ging es ähnlich. Sie sprachen nicht viel, als befürchteten sie, die dichte Atmosphäre mit Worten unnötig zu verwässern.

„Bist du glücklich?“ fragte Elena später, als sie vor einem reich gedeckten Frühstückstisch saßen.

Ihre braunen Augen sind noch brauner als sonst, fand Joy, und sie lächelte über diesen albernen Gedanken. „Ja, ich glaube, so fühlt es sich an, das Glück. Und du?“

Elena häufte Himbeermarmelade auf ihr Brötchen. „Es geht mir wunderbar. Ich bin ... ja, ich bin glücklich – jetzt ... ohne Wenn und Aber.“ Sie lächelte.

„Schaffen wir es?“ fragte Joy.

„Was meinst du?“

„Können wir unser Glück festhalten?“

„Das ist eine rhetorische Frage, oder?“

Joy seufzte. „Ja und nein. Natürlich weiß ich, dass es nicht funktioniert, aber schön wäre es doch trotzdem – gib es wenigstens zu!“

„Es gibt keinen Stillstand – niemals", erwiderte Elena. „Aber das ist ja eigentlich auch nicht schlimm. Vielleicht wird es ja noch besser mit uns beiden, und das würden wir nicht erleben können, wenn wir die jetzige Situation einfrieren."

Joy hob die Augenbrauen. „Eher wird es ein Auf und Ab wie bei anderen Paaren auch – meinst du nicht? Klingt aber wahnsinnig vernünftig und abgeklärt."

„Auf und Ab?" Elena lachte sie an. „Nein. Das hatten wir zur Genüge, ohne dass sich etwas Wesentliches geändert hat. Und was meine Vernunft und Abgeklärtheit angeht – sie hindern mich nicht daran, dich seit mittlerweile fast anderthalb Jahren, wenn ich richtig gerechnet habe, zu lieben."

Joy nickte. „Anderthalb Jahre. Hattest du zwischendurch eigentlich mal aufgegeben?" Sie stützte ihr Kinn in die Hand.

Elena erwiderte ihren Blick. „Ja, fast. Ich wusste mir einfach keinen Rat mehr."

„Aber jemand anders wusste Rat."

„Ja, so könnte man es ausdrücken."

Joy lächelte. „Da bin ich aber froh."

„Und ich erst."

Joy goss ihnen beiden Kaffee nach. „Sag mal, du Läuferin – musst du heute noch deine Runden drehen, oder ist Pause angesagt?"

„Keine Pause", antwortete Elena und grinste verschmitzt. „Aber nach der Nacht muss ich mich erst ein wenig erholen. Ich mache mich gegen Abend auf den Weg und hoffe, dass ich dann keine weichen Knie mehr habe."

„Wieviel liegt denn heute an?"

„Zwanzig, fünfundzwanzig. Davon zehn schnell gelaufene. Sag mal, täusche ich mich oder hat dein Interesse am Laufen irgendwie zugenommen?"

Joy machte ein unschuldiges Gesicht. „Interesse am Laufen? Wie kommst du denn darauf? Nicht die Bohne. Es interessiert mich einfach, was du wann und warum machst."

„Aha. Na, dann bin ich ja beruhigt. Kommst du auf dem Fahrrad mit und trägst mir die Wasserflasche?"

„Mal sehen. Meine Knie sind auch ein wenig weich, aber fürs Rad dürfte es wohl reichen."

Elena beugte sich über den Tisch und küsste Joy auf den Mund. Himbeermarmelade.

Jede von uns hat ihr Koan, dachte Joy. Dreidreißig ist bestimmt der helle Wahnsinn.

Elena lief zehn lockere Kilometer durch den Grunewald und absolvierte anschließend zehn schnelle, denen sie weitere fünf langsame folgen ließ. Joy war beeindruckt. Es war warm, das Tempo war hoch, und Elena fühlte sich bestimmt alles andere als ausgeruht und frisch, aber sie wirkte entspannt, und obwohl sie vor Schweiß glänzte, schien sie zu keinem Zeitpunkt überanstrengt. Sie ist beflügelt, dachte Joy. Nach anderthalb Jahren mit vielen Tiefpunkten sind wir nun endlich einmal mitten in einer wundervollen Hochphase, und das macht sie schnell und frei. Und mich auch. Wie lange braucht eine trainierte Frau, die bislang nicht allzuviel mit dem Laufsport anfangen konnte, um sechs, sieben Kilometer in für sie rasantem Tempo durchzuhalten?

„Magst du heute bei mir übernachten?" fragte Elena, nachdem sie die Wasserflasche geleert hatte und sie sich auf den Rückweg machten.

Sie trat dicht an Joy heran, und die schloss lächelnd die Augen, als Elena ihr die Hand zwischen die Schulterblätter legte und mit sanftem Druck die Wirbelsäule nach unten fuhr.

„Du bist doch viel zu müde, um überhaupt noch mitzubekommen, wer warum neben dir im Bett liegt", wandte Joy ein und schmeckte dem Kribbeln nach, das inzwischen gleichzeitig Haarspitzen und Fußsohlen erreicht hatte.

Elena lachte. „Ich merke schon – du kennst mich nicht besonders gut, jedenfalls nicht in diesem Bereich."

„Wir werden sehen. Ich nehme dich beim Wort."

Elena war nach der Dusche und einem reichlichen Essen am Abend hellwach und kaum zu bändigen. Es war wunderbar, die Lust mit ihr zu erleben, sich nicht bedrängt und in die Ecke getrieben zu fühlen. Auf die Deckung verzichten zu können. Als sie sich schließlich erschöpft aneinanderschmiegten, schlief Elena sofort ein und Joy keine zwei Minuten später. Mitten in der Nacht wachte sie noch einmal auf. So wie sie werde ich Sex nie erleben, dachte sie plötzlich, und der Gedanke stand klar und ruhig vor ihr – so losgelöst und leidenschaftlich, so wild und intensiv. Aber das macht nichts. Ich bin auch so glücklich. Sie betrachtete Elenas Gesicht und berührte es vorsichtig. Nichts bleibt, wie es ist. Davor hat meine Mutter immer Angst gehabt. Ihr Glück als zerbrechlich zu erleben. Und das hat sie mich spüren lassen. Elena seufzte leise im Schlaf, und Joy zog ihre Hand zurück. Und wenn morgen alles vorbei wäre? Hätte ich wieder das Gefühl, mich zu sehr geöffnet zu haben und enttäuscht worden zu sein? Frei nach dem Motto: Wenn ich mich schon hingebe, musst du mich auch nehmen. Joy drehte sich um. Ihr Herz klopfte schneller. Die Angst, zurückgestoßen zu werden, dachte sie, werde ich immer wieder haben. Ich weiß das und Elena auch.

24

Joy fiel es am Montag alles andere als leicht, ihren gewohnten Alltag aufzunehmen. Als sie gegen Mittag in ihre Wohnung kam, riss sie als erstes alle Fenster auf und schaltete den PC ein. Natürlich war schon eine Mail von Elena eingetroffen. Joy schrieb sofort zurück. Dann ging sie ins Schlafzimmer, um sich umzuziehen. Utes Visitenkarte fiel ihr in die Hände, als sie ihre Hose in den Wäschekorb stopfen wollte. Sie kehrte in ihr Arbeitszimmer zurück und wählte Utes Büronummer. Eine Sekretärin stellte sofort durch. Sie klingt ganz anders, dachte Joy, als Ute sich in geschäftsmäßigem Ton meldete.

„Ich bin's, Joy. Ich hoffe, du erinnerst dich noch an mich."

Einen Moment war es still. Dann folgte ein lauter Ausruf. „Ja, klar, Joy – die Boxerin, die Freundin von Elena. Wie war euer Abend denn noch? Ich behaupte mal, dass ihr was verpasst habt."

Na, wenn du meinst, dachte Joy bei sich und grinste, aber damit liegst du ziemlich daneben, und ich werde dir sicherlich nicht auf die Sprünge helfen.

„Also ein unvergessliches Geburtstagsfest? Das freut mich aber sehr", erklärte Joy lahm.

„Man hört es dir förmlich an", gab Ute trocken zurück. „Na schön – dann erzähl mal. Was willst du denn für unsere Marathonläuferin tun?"

Joy sammelte sich einen Moment. „Elena ist eifrig dabei, ihr Rennen vorzubereiten. Sie legt fest, welches Tempo sie in welchem Abschnitt des Laufs einhalten muss, um ihre Zielzeit zu erreichen. Die ersten zehn Kilometer will sie zum Beispiel langsam in fünfzig Minuten laufen, und ..."

Ute stöhnte. „Langsam! *Langsam* nennt sie das. In meinem ganzen Leben bin ich noch nie zehn Kilometer in fünfzig Minuten gelaufen. Allerdings ist das bei meinem Gewicht auch kein Wunder. Ich bin figürlich nicht gerade ein Windhund."

„Das muss ja auch nicht sein", sagte Joy höflich und hoffte, dass Ute diese Bemerkung als Kompliment auffassen würde.

Ute kicherte in den Hörer. „Gib dir keine Mühe, Kleine. Und bevor wir hier lange weiterquasseln – hast du Lust, dich mit mir zum Mittagessen zu treffen? Was hältst du vom CAFÉ BILDERBUCH in Schöneberg? Da ist es ganz gemütlich. Ich muss jetzt noch einige Telefonate erledigen – sagen wir in ungefähr einer Stunde?"

Joy war einverstanden. Wenig später machte sie sich mit der S-Bahn auf den Weg. Als sie eintraf, saß Ute bereits vor einer großen Kaffeetasse und hatte die Nase in einen dicken Aktenordner gesteckt.

„Ach, da bist du ja! Klasse", grüßte Ute überschwenglich. „Hast du auch Hunger? Die haben hier tolle Salate und Nudelgerichte."

Joy war noch satt vom Frühstück und begnügte sich mit einem Milchkaffee, während Ute Pasta mit Schinken und einen Ruccolasalat bestellte. Mit ihrem beigefarbenen Hosenanzug und dem Aktenkoffer, der neben ihrem Stuhl stand und aus allen Nähten zu platzen drohte, sah sie wesentlich geschäftsmäßiger aus als am Samstagabend, und dennoch stellte Joy sich unter einer Fachanwältin für Familienrecht etwas anderes vor als diese temperamentvolle, burschikose und offensichtlich meist gut aufgelegte Frau, die in ihrer Freizeit durch den Wald joggte und Parties liebte. Tja, so kann man sich täuschen, dachte Joy.

„Elena will es also diesmal wirklich wissen", stellte Ute fest, als sie ihren Teller zur Hälfte geleert hatte, und sah Joy an.

„Genau. Sie will unter dreidreißig bleiben. Was genau ist nun der springende Punkt bei diesem Vorhaben?"

„Der springende Punkt ist bei ihr immer der gleiche: Sie muss am Anfang ruhig laufen, dann zwanzig Kilometer so richtig, aber dennoch kontrolliert Gas geben, um den Schluss in einem gemäßigteren Tempo durchhalten zu können, auf dass dann am Ende die berühmt-berüchtigten Dreidreißig herauskommen."

„Und warum läuft sie nicht gleich komplett die erste Hälfte ruhig und locker, um dann mit der aufgesparten Kraft loszulegen?" meinte Joy verwundert.

„Gute Frage. Ich schätze, Elena befürchtet, dann nicht richtig ins Rennen zu finden und immer nervöser zu werden, was ja auch Kraft kostet. Also lässt sie die Zügel bei zehn los, und wenn sie nicht aufpasst, rennt sie zwanzig Kilometer in einem Affenzahn.

Oder läuft sogar von Anfang an viel zu schnell." Ute machte mit wenigen Bissen dem Ruccolasalat den Garaus und zog ein betrübtes Gesicht. „Das ist ihr nicht erst einmal passiert."

Joy nickte. „Letztens hat ihr jemand vorgeschlagen, ganz ohne Uhr zu laufen, nur sie und ihr Körper."

Ute kratzte sich am Hinterkopf. „Da war sie wahrscheinlich mittelprächtig entsetzt, stimmt's?"

„Sie kann es sich nicht vorstellen – allerdings glaube ich ihr, dass es inmitten eines Pulks ganz schön schwierig sein kann, sein individuelles Tempo zu finden."

„Sie kann sich an den Zwischenzeiten orientieren", wandte Ute ein, um dann sogleich abzuwinken. „Doch das muss sie allein entscheiden. Was genau schwebt dir denn vor, um dein Herzblatt zu unterstützen?"

Joy lehnte sich zurück. „Ich bekomme ja nun einiges mit zum Thema Laufsport, wie du dir denken kannst. Letztens habe ich etwas aufgeschnappt, was mir keine Ruhe lässt. Es gibt doch die sogenannten Hasen, die in einem Rennen vorneweg gehen und das Tempo bestimmen, um dann nach ungefähr zwei Dritteln der Strecke erschöpft auszuscheiden und den Eliteläufern, die die ganze Zeit bemüht waren, an ihnen dran zu bleiben, die Spitze zu überlassen."

Ute nickte. „Ja, Pacemaker. Manchmal gehen sie auch nicht aus dem Rennen, weil sie sich ganz und gar nicht erschöpft fühlen, und gewinnen dann, weil sie gerade so schön in Schwung sind, aber darum geht es dir wohl nicht, oder?"

Joy lachte vergnügt. „Nein, nein. Ich denke eher daran, bei Kilometer siebenunddreißig einzusteigen, um Elena auf dem letzten, für sie so schwierigen Abschnitt zu begleiten und sie vielleicht ein bisschen zu ziehen, wenn sie einen Durchhänger hat. Wie klingt das in deinen Läuferohren?"

Ute blies ihre Wangen auf. „Das klingt toll – nur: du bist Boxerin."

„Ja, eine Boxerin, die durchaus auch mal fünf bis acht Kilometer läuft, wenn's sein muss sogar zehn, aber das finde ich schon ziemlich heftig."

Ute kratzte sich am Hinterkopf. „Na gut, lass mich mal kurz durchrechnen ..." Sie zog eine Grimasse, während sie halblaut vor sich hin murmelte, dann nickte sie und blickte Joy an. „Du müsstest die fünf Kilometer in schätzungsweise sechsundzwanzig Minuten schaffen, um auf dem Rest der Strecke eine Hilfe für Elena zu sein, falls sie bis dahin die anderen Abschnitte in etwa so bewältigt hat wie vorgesehen. Doch ich glaube, dass sie eher schneller sein wird. Wie flott bist du denn, wenn ich mal fragen darf?"

Joy zog die Schultern hoch. „Auf die Sekunde weiß ich es nicht, aber so schnell mit Sicherheit nicht. Dreißig Minuten brauche ich im Moment bestimmt. Allerdings habe ich keine Mühe, mich an einen Trainingsplan zu halten, und es bleiben noch gut vier Wochen. Kann man das hinkriegen?"

Ute musterte sie aufmerksam. „Warum nicht? Versuch es einfach. Es gibt Leute, die werden mit schnellen Zeiten geboren, andere trainieren ihr Leben lang und schaffen die zehn Kilometer kaum je unter einer Stunde, haben aber trotzdem viel Spaß."

„Kannst du mir ein paar Trainingstips geben? Ich denke mal, dass es nicht besonders sinnig ist, nun jeden Morgen in den Park zu gehen und wie verrückt Fünf-Kilometer-Läufe durchzuziehen, um nach drei Tagen erschöpft im Gebüsch zu liegen."

Ute grinste. „Nein, das wohl nicht. Ich kann dir natürlich einige Anhaltspunkte geben, aber Elena weiß darüber hundertmal mehr."

„Elena soll sich auf ihren Lauf vorbereiten. Wenn ich soweit bin, erzähle ich ihr von meinem Vorhaben, und dann kann sie entscheiden, ob sie das will. Und falls ich es nicht schaffe, hab ich die Pferde nicht unnötig scheu gemacht."

„Verstehe." Ute trank ihren Kaffee aus. „Was aber ist, wenn du topfit bist, sie jedoch deinen Vorschlag ablehnt?"

Daran hatte Joy auch schon gedacht. „Fände ich nicht besonders toll, aber ich würde es wegstecken."

Ute lächelte. „Und vielleicht bist du dann längst infiziert und läufst deinen eigenen Marathon."

Joy stöhnte. „Na, warten wir's einfach ab."

„Okay." Ute schaute auf die Uhr. „Ich habe demnächst einen Gerichtstermin und muss los. Gibst du mir deine eMail-Adresse? Dann schicke ich dir den einen oder anderen heißen Tip. Und halt mich im wahrsten Sinne des Wortes auf dem laufenden."

„Na klar doch, und vielen Dank."

„Keine Ursache. Vielleicht kannst du ja, wenn alles klappt, dann im nächsten Jahr für mich den Hasen machen – ich würde gerne unter fünf Stunden ins Ziel kommen und habe meinen ersten Durchhänger bei Kilometer zweiundzwanzig – spätestens."

Joy lachte. „Ich merke dich vor."

Einige Minuten später brachen sie gemeinsam auf. Ute hatte schwer an ihrem Aktenkoffer zu schleppen, und Joy schaute ihr einen Moment nach.

Am nächsten Tag schickte Ute Joy per eMail zwei verschiedene Wochenpläne zur Auswahl, nach denen sie, wie Ute frech anmerkte, gute Chancen hätte, fit zu werden. Da gab es kurze und längere langsame Einheiten, schnelle Läufe und Intervalltraining mit wechselndem Tempo. Am Ende einer jeden Woche sollte Joy einen Fünf-Kilometer-Lauf absolvieren, um ihren Leistungsstand zu überprüfen.

Halb so wild, dachte Joy und stand morgens eine Stunde eher auf, um nicht in der Mittags- oder Nachmittagssonne trainieren zu müssen. Wenn sie mit Elena zusammen war, verschob sie das Laufen auf die Abendstunden, denn nach wie vor hielt Joy es für besser, ihr nichts von dem Vorhaben zu erzählen, was den unschätzbaren Vorteil mit sich brachte, dass sie sich, sollten ihre Laufbemühungen nicht über den Leistungshorizont einer gemächlichen Wald- und Wiesen-Joggerin hinauswachsen, ganz für sich allein blamieren konnte. In den ersten Tagen hatte sie solchen Muskelkater, dass sie Elena etwas von einem neuartigen Oberschenkeltraining beim Boxen erzählen musste – was ja nicht mal völlig gelogen war. Im Boxclub dagegen berichtete sie ungeniert von ihrem Vorhaben, und ihr Trainer, der mittlerweile aus dem Urlaub zurückgekehrt war, zeigte sich durchaus angetan, frei nach dem Motto: Bewegung kann nie schaden. Allerdings war er nicht so begeistert, dass sie das Boxen dafür einschränkte. Der Fünf-Kilometer-Test am Ende der Woche fiel ernüchternd aus. Obwohl Joy das Gefühl hatte, förmlich durch den Park zu rasen und dabei eine tiefe Rennspur in die Erde zu graben, zeigte die Uhr knapp neunundzwanzig Minuten an – lächerlich, das fiel bei Elena noch unter Trimmtraben, für das es sich kaum lohnte, die Schuhe zu wechseln, geschweige denn in Schweiß zu geraten! Immerhin, eine Woche später waren es nur noch achtundzwanzig Minuten, wenn sie auch das Gefühl hatte, dass ihre Lungen jeden Moment bersten würden. Dieses ganze Theater für eine einzige Minute, dachte Joy auf dem Heimweg und wischte sich den Schweiß von der Stirn. Ich fasse es nicht! Und noch eine Minute und noch eine.

Elena zog währenddessen ihr Training mit großer Disziplin durch, wurde aber zunehmend nervöser. Wenn Joy mal zufällig einen Blick auf ihren Wochenplan warf, hatte sie Mühe, ein gequältes Stöhnen zu unterdrücken – jetzt, wo sie einen ersten Vorgeschmack erhalten hatte, verursachten ihr Angaben wie viermal viertausend Meter flottes Tempo eine Gänsehaut. Doch Ute, die sich in regelmäßigen Abständen bei ihr meldete, sprach ihr immer wieder Mut zu. Die Anfangsphase sei eine Herausforderung, sie solle sich keinesfalls unterkriegen lassen, denn danach ginge es wesentlich leichter, und eines Tages könne sie sich ein Leben ohne regelmäßiges Laufen gar nicht mehr vorstellen. Letzteres hielt Joy für maßlos übertrieben, und auf die Frage, wie lange denn eine Anfangsphase dauere und woran man merken könne, dass sie allmählich vorbeiginge, drückte Ute sich nicht sonderlich konkret aus.

Die wenige Zeit, die neben Job und Sport noch übrigblieb, verbrachten Joy und Elena meist zusammen, und Joy konnte sich nicht erinnern, dass es jemals harmonischer zwischen ihnen gewesen war, schon gar nicht über einen so langen Zeitraum. Ich genieße es, dachte sie, ich genieße es mit allen Sinnen, und ich weiß, es kommen auch wieder andere Zeiten. Es war ihr bewusst, dass sie den endlich erreichten Frieden, die früher kaum für möglich gehaltene kribbelnde Erotik und die Harmonie zwischen ihnen nur allzu gern festhalten wollte. Außerdem stellte sie fast erstaunt fest, dass sie eifersüchtig war. Ein Gefühl, das sie sich früher nie eingestanden, sondern empört von sich gewiesen hätte. Nun registrierte sie sehr deutlich, dass Elena eine attraktive und erfolgreiche Frau war, die sich dessen auch bewusst war und schon allein deshalb viele Blicke auf sich zog und oft mit charmantem Lächeln zurückgab. Joy erinnerte sich an Utes Bemerkung, dass Elena flirtete, was das Zeug hielt, und nahm sich vor, das Thema bei Gelegenheit mal unverfänglich anzusprechen.

Zwei Wochen vor dem Marathon kochten sie am Samstagabend zusammen eine Reispfanne mit Garnelen, und Joy erzählte von einem Gespräch mit Simon, mit dem sie regelmäßig alle ein, zwei Wochen telefonierte.

„Ich soll dich ganz herzlich grüßen", sagte sie und gab ordentlich Curry über das Essen. „Immer ruhig bleiben und nicht mit der Zeit um die Wette rennen, das würde sowieso nicht funktionieren, lässt er dir ausrichten. Na, du weißt ja, wie er das meint."

Elena seufzte. „O ja, ich weiß ganz genau, wie er das meint. Wenn es doch nur so einfach wäre, wie es sich anhört. Und sag mal – es bleibt dabei, dass er zum Marathon kommt?"

„Na klar, und wenn mich nicht alles täuscht, ist er sogar ein bisschen aufgeregt."

„Kann ich gut verstehen." Elena trat neben Joy an den Herd und schnupperte. „Hm, das riecht lecker, aber wenn du noch mehr Curry reintust, hat nichts anderes mehr auf unseren Tellern Platz."

Joy stieß ihr in die Seite. „Seit wann bist du denn so zimperlich, meine Schöne? Gegen scharfe Sachen hast du doch auch sonst nichts einzuwenden." Sie warf Elena einen frechen Seitenblick zu und fing an zu lachen, als die sie tatsächlich für einen Moment fassungslos ansah. „Apropos, da fällt mir doch glatt was ein", fügte Joy schnell hinzu: „Du erinnerst dich noch an Utes Geburtstag?"

Elena hob eine Augenbraue und zeigte ihr Grübchen. „Wie sollte ich den wohl je vergessen? Selbstverständlich, in allen Einzelheiten sogar."

Joy nahm zwei Teller aus dem Schrank und stellte sie auf den Tisch. „Du wirst es kaum für möglich halten, das meinte ich jetzt gar nicht."

„Sondern?" Elena kramte Besteck aus der Schublade.

„Ute hat dich gleich bei der Begrüßung ein wenig geneckt."

Elena machte ein ratloses Gesicht, aber Joy wusste, dass sie längst ahnte, worum es ging.

„Du feierst und flirtest gerne und bist dann kaum zu bändigen – so in etwa waren ihre Worte. Wie hat Ute das denn gemeint?"

Joy stellte das Essen auf den Tisch und setzte sich, Elena tat ihnen beiden auf und gab sich dabei den Anschein höchster Konzentration, bevor sie ebenfalls Platz nahm und fröhlich einen guten Appetit wünschte.

Joy verdrehte die Augen. „Nun tu nicht so – die Unschuld vom Lande passt ohnehin nicht zu dir."

„Nein?"

„Nein. Nun erzähl mal – wie war denn das vor mir? Hast du ein wildes Leben geführt?" hakte Joy nach. „Oder führst du es vielleicht immer noch?"

Elena ließ ihre Gabel sinken. „Jetzt spinnst du wirklich. Wann soll ich denn dieses wilde Leben bitteschön führen?"

Joy hob die Hände. „Okay, ich ziehe diesen Teil der Frage zurück, aber nun erzähl trotzdem mal. Es interessiert mich einfach."

Elena sah sie einen Moment ernst, dann amüsiert an. „Danach hast du noch nie gefragt. Was hat das zu bedeuten?"

Joy zog die Schultern hoch. „Ich mache mir so meine Gedanken über dies und jenes, was ja nie schaden kann, und was mein Gefühlsleben betrifft, so geht es da seit geraumer Zeit auch ziemlich stürmisch zu, wie du weißt."

„Ja, ich weiß. Glücklicherweise. Und um deine Frage nun endlich zu beantworten: Ja, ich hatte mal nach dem Ende einer Beziehung eine ziemlich wilde Zeit, die liegt einige Jahre zurück, und ich habe sie sehr genossen. Es war ein anstrengendes, aufregendes Leben. Doch die Zeiten haben sich geändert und meine Bedürfnisse und Schwerpunkte auch. Ich möchte jetzt kein wildes Leben mehr führen – jedenfalls nicht in der damaligen Form. Mit dir ist es ja durchaus nicht unwild. Reicht dir diese Antwort?"

„Klingt sehr allgemein, doch ich denke, damit kann ich mich zufriedengeben", antwortete Joy zögernd. Was sich da in ihrem Herzen breit machte, war eindeutig Erleichterung, und das erstaunte sie ein wenig, denn sie hatte Elena nie als wilde Draufgängerin eingeschätzt. Andererseits – man konnte ja nie wissen, so lange kannten sie sich nun wiederum auch noch nicht, und Utes Anspielung hatte sie ja schon stutzen lassen.

„Na, wunderbar", erklärte Elena. „Warum kommt dir eigentlich ausgerechnet heute Ute in den Sinn?"

„Ach, nur so", wiegelte Joy ab. „Ich finde sie sehr sympathisch."

Elena nickte. „Ich auch. Wir waren übrigens mal zusammen."

Nun ließ Joy die Gabel sinken. Sie schluckte. „Du und Ute?"

„Ja, warum nicht?"

„Wann war denn das?“

„Vor ungefähr zehn Jahren. Wir haben aber bald festgestellt, dass wir als Freundinnen besser miteinander klarkommen. Ich habe dir nichts davon erzählt, weil die Geschichte wirklich uralt ist.“

„Sie ist ziemlich aufbrausend“, überlegte Joy und lächelte schief.

„Ja, ich habe offensichtlich eine Vorliebe für Hitzköpfe. Aber bei Ute ist das lediglich eine Seite ihres Wesens“, entgegnete Elena.

„Und die andere Seite?“

Elena lehnte sich zurück und sah auf einmal sehr ernst aus. „Ute hat schwere Depressionen. Schon damals war sie deswegen in Behandlung.“

Ach, du liebe Güte, dachte Joy. „Das hätte ich nie für möglich gehalten“, sagte sie. „Sie wirkt so fröhlich und forsch. Ist das alles Masche, ein reines Ablenkungsmanöver?“

„Nein, das glaube ich nicht, aber hinter einer lauten, frechen Maske lässt sich natürlich einiges verbergen. Ihr Beruf, in dem sie übrigens sehr gut ist, gibt ihr Halt, und das Laufen ist sehr, sehr wichtig für sie.“

„Es macht den Kopf frei und das Herz leichter“, stimmte Joy zu, und Elena sah sie verblüfft an.

„Das sind ja wirklich eigentümliche Töne!“

„Hab ich irgendwo gelesen. Keine Ahnung, ob es stimmt, das ist schließlich dein Gebiet.“

„Du liest ja tolle Sachen.“

Sie lachten sich an. Zum Nachtisch gab es Vanilleeis mit Himbeeren, aber Joy ließ Elena ihre Portion nicht aufessen, sondern küsste sie mit kalten Lippen und klaubte ihr die Früchte mit der Zunge wieder aus dem Mund.

„Das ist unfair“, sagte Elena atemlos. „Du klaust mir die Hälfte meiner Beeren.“

„Du hast recht, und ich mache es wieder gut", gab Joy zu, ließ sich vom Stuhl gleiten und kroch unter dem Tisch zu Elena. Sie schlängelte sich zwischen ihre Beine und öffnete ihre Hose. Joys Zunge war eiskalt. Elena krallte beide Hände in Joys Haare und warf den Kopf zurück.

„Nun darfst du dein Eis aufessen", sagte Joy einige Minuten später mit Unschuldsmiene, als sie wieder am Tisch saß und amüsiert in Elenas erhitztes Gesicht blickte.

„Soviel zum Thema wildes Leben", sagte Elena und griff nach ihrem Löffel.

Zwei Tage später schaffte Joy die fünf Kilometer in siebenundzwanzig Minuten. Sie war hinterher vollkommen ausgepumpt, aber immerhin hielt sie es nun für möglich, sich in der verbleibenden Zeit noch einmal zu steigern. Ute, die sich eine Bänderzerrung zugezogen hatte und nicht beim Marathon starten würde, stimmte ihr zu, und Simon, mit dem sie das Thema auch erörtert hatte, war der gleichen Meinung. Er hatte ziemlich begeistert geklungen, als sie ihm von ihrer Idee erzählt hatte. Wenn Joy jetzt mit Ute sprach, versuchte sie, auf Zwischentöne zu achten, aber sie kannten sich noch nicht lange genug und vielleicht waren da auch gar keine.

Eine Woche vor dem Marathon ging Joy morgens in aller Herrgottsfrühe in den Park, nachdem Elena zu einem ruhigen zweistündigen Dauerlauf aufgebrochen war und davon ausging, dass Joy noch wie ein Murmeltier schlief. Der letzte Testlauf, und sie war aufgeregt, als ginge es um einen wichtigen Wettkampf. Zwanzig Minuten machte sie sich warm, lief sich ein und dehnte sich, bis sie den Eindruck hatte, nun rundherum gewappnet zu sein. Sie blickte auf die Stoppuhr an ihrem Handgelenk, legte einen Finger auf den Startknopf und beugte sich vor. Nicht gleich volles Tempo laufen, dachte sie, als sie die Uhr gedrückt hatte und losrannte, fünftausend Meter sind fünftausend Meter sind fünftausend Meter ... Nach knapp einem Kilometer hatte sie Probleme mit der Luft und musste das Tempo drosseln, weil sich Seitenstiche bemerkbar machten; nach zwei Kilometern schmerzten die Waden; nach drei Kilometern fand sie einen Laufrhythmus, der ihr guttat. Weitgreifende Schritte, von den Armbewegungen unterstützt, den Kopf gerade, Atem und Herzschlag wurden eins. Ihre Bauchdecke hob und senkte sich wie von allein, und sie schaltete alle Gedanken aus. Sie hörte ihre schnellen, knirschenden Schritte, spürte die Unebenheiten des Bodens und genoss jeden Atemzug. Ihr Kopf war leicht und frei wie ihr Körper. Die Sonne schien ihr direkt ins Gesicht. Sie lächelte. So also konnte Laufen sich anfühlen. Die letzten Meter zog sie noch einmal an, dann drückte sie die Stoppuhr ab und lief aus. Es dauerte ganze fünf Minuten, bis sie sich traute, auf die Anzeige zu schauen, denn Joy wusste, dass sie in wenigen Tagen kaum würde schneller werden können und ihre Zeit heute ausreichen musste, um mit Elena über ihre Idee zu sprechen. Sie hob den Arm. Sechsundzwanzig Minuten. Joy lächelte. Das dürfte reichen. Ihre Beine zitterten, als sie eine Lockerungsrunde einlegte und sich dann auf den Rückweg machte.

Zu Hause trank sie einen halben Liter Apfelschorle und duschte ausgiebig. Eine Stunde später traf Elena ein, und im Gegensatz zu Joy sah sie alles andere als zufrieden aus. Sie massierte sich die Waden, zog ihre Schuhe aus und streckte sich kurzerhand der Länge nach auf dem Fußboden aus. Joy setzte sich zu ihr. „Na, was ist? Geschafft?"

„Ja, ziemlich, ich bin schon jetzt so nervös, dass ich kaum eine ruhige, lockere Runde laufen kann. Die Schultern tun mir weh, die Knie auch, und ich schnaufe nach zehn Kilometern wie ein Walross. Das kann ja heiter werden."

„Du setzt dich viel zu sehr unter Druck."

„Klar – aber das Wissen darum vermindert ihn nicht. Irgendwie muss es in diesem Jahr sein, und dabei ist eine solche Vorgabe in der Tat albern." Elena setzte sich auf und zog die Knie an. Sie griff nach ihrer Wasserflasche und leerte sie mit einem großen Schluck.

„Was für Zeiten läufst du denn im Moment auf zehn Kilometer?" fragte Joy.

„Zwischen vierundvierzig und fünfundfünfzig ist alles drin", erwiderte Elena. „Je nach Gesamtstrecke. Aber das wird dir jetzt nicht ganz so viel sagen."

„Vielleicht schon." Joy lächelte. „Wenn ich es richtig verstanden habe, willst du zu Beginn langsam loslegen – so um die fünfzig Minuten auf den ersten zehn Kilometern. Dann, bis Kilometer dreißig, gibst du Fersengeld: mit einem Zehn-Kilometer-Schnitt von schätzungsweise um die siebenundvierzig Minuten, auf gar keinen Fall aber schneller, sonst ist die Puste raus. Nun kommt die entscheidende Phase: Du wirst das Tempo drosseln, musst aber die zwölf Kilometer bis zum Ziel dennoch ungefähr in vierundsechzig Minuten bewältigen. Und das wiederum bedeutet, dass du die letzten fünf Kilometer in sechsundzwanzig bis siebenundzwanzig Minuten läufst. Dann kommst du unter dreidreißig an. Stimmt's?"

Elena starrte Joy sprachlos an, schluckte und schüttelte den Kopf. „Ich glaube, ich habe Halluzinationen – liegt wahrscheinlich am großen Flüssigkeitsverlust! Stell dir vor, ich habe gerade gehört, dass du mir meine komplette Renneinteilung heruntergebetet hast. Witzig, oder?"

„Ja, ziemlich witzig", gluckste Joy. „Ich schlage vor, du gehst jetzt mal duschen, und dann erzähle ich dir bei drei bis vier Litern Fitnessdrink und einer Schüssel Obstsalat was über meine Pläne für den nächsten Sonntag."

Joy konnte sich nicht erinnern, dass Elena je eiliger aus ihren Sportsachen geschlüpft wäre. Zehn Minuten später lagen sie bäuchlings im Wohnzimmer auf dem Fußboden, wo Joy den Marathonstreckenplan mit den einzelnen Kilometer- und Versorgungspunkten ausgebreitet hatte. Sie tippte auf den Punkt mit der eingekreisten Siebenunddreißig.

„Rate mal, wer hier am Hohenzollerndamm steht?“ fragte sie.

„Keine Ahnung.“ Elena schüttelte den Kopf. „Der schönste Punkt ist am Wilden Eber, kurz vor Kilometer sechsunddreißig. Da spielt die beste Samba-Band, und die Zuschauer sind nahezu euphorisch.“

„Ich weiß, da ist richtig viel los. Ein paar Meter weiter wird es wieder ruhiger, und da stehe ich dann.“

Elena schaute sie an. „Aha. Toll, aber worauf willst du hinaus?“

„Ich habe Laufklamotten an, bin warm und gehe ins Rennen, sobald ich dich gesichtet habe, und zwar als Häschen. Und dann hast du nichts anderes zu tun, als an mir dranzubleiben.“

Elena war perplex, und gleichzeitig sah sie aus, als müsste sie Joy eine unangenehme Nachricht überbringen und wollte es möglichst schonend tun. „Mein Herz, ich finde es wunderbar, wie sehr du dich engagierst, aber ... nimm es mir nicht übel ... ähm, du joggst zwar ab und zu mal und bist eine starke Boxerin, doch so schnell, also ... ich denke, das schaffst du nicht.“

Joy stand auf und holte die Stoppuhr, die auf dem Tisch lag. Sie reichte sie Elena. „Das ist die Zeit, die ich heute morgen gelaufen bin.“

Elena starrte auf die Zahlen, blickte Joy an, starrte wieder auf die Zahlen und schluckte erneut.

„Ich trainiere mit Utes Hilfe seit fast vier Wochen, um einen flotten Fünf-Kilometer-Lauf hinzubekommen“, erzählte Joy. „Heute bin ich die nötige Zeit gelaufen, die dir unter Umständen helfen könnte. Wenn du aber von diesem Vorschlag nichts hältst, vergessen wir das Ganze sofort wieder.“

Elena rollte sich auf den Rücken und wieder zurück auf den Bauch. „Du trainierst seit Wochen, um bei dem Rennen den Hasen für mich zu machen?“

„Ja. Ich hab davon gehört und dachte, warum nicht?"

Elena legte den Arm um Joy und zog sie zu sich heran. „Das ist eine wundervolle Idee, ich bin völlig von den Socken. Übrigens scheinst du ein ziemliches Lauftalent zu sein, wenn es dir innerhalb weniger Wochen gelingt, eine solche Zeit zu erreichen."

Joy gab Elena einen Kuss. „Mag sein. Aber glaub ja nicht, dass ich deswegen die Boxhandschuhe an den Nagel hänge."

„Darauf wollte ich auch gar nicht hinaus. Ich schätze mal, dass du ohne dein Boxen auch gar nicht so laufen könntest."

„Da ist sicher was dran."

Joy ließ sich in den nächsten Tagen von der steigenden Aufregung anstecken. Die halbe Stadt schien sich im Marathonfieber zu befinden, die Zeitungen waren voll davon, im Radio und Fernsehen liefen Sondersendungen, und Joy hatte Mühe, sich auf ihre Arbeit zu konzentrieren. Sie absolvierte gemeinsam mit Elena noch zwei kurze Läufe, beide aßen Nudeln und Reis bis zum Abwinken, und Joy war zum ersten Mal in ihrem Leben auf der Marathon-Messe unter dem Funkturm, wo es kaum jemanden gab, der keine Laufschuhe trug. An jedem zweiten Stand wurden Powerdrinks und Fitnessriegel angeboten; es konnten Schuhe, Shirts und Tights in allen Farben und Preisklassen erstanden werden, und wer Lust hatte, ließ seine Fitness testen oder abonnierte eine der zahlreichen Zeitschriften.

Simon würde bereits am Freitagabend in Berlin eintreffen, und als Joy das Bettzeug bereitlegte und im Wohnzimmer aufräumte, stellte sie verblüfft fest, dass ihr Vater in Berlin zum ersten Mal ihr Gast war. Zwei Kurzbesuche hatte es vor Jahren mal gegeben, doch die waren ihr als nicht sehr angenehm in Erinnerung geblieben. Damals wollte Dorothea mit ihrem Mann über den Ku'damm bummeln und bei der Gelegenheit die Tochter in Augenschein nehmen. So hatte es Joy jedenfalls empfunden, und in den zwei Stunden, die sie zusammen verbracht hatten, war kaum eine Spur Wärme aufgekommen. Das ist vorbei, dachte Joy. Endlich ist das vorbei. Schade nur, dass Dorothea diese Entwicklung nicht mehr miterleben konnte.

Joy legte Kerzen bereit und stellte Blumen auf den Tisch. Sie hatte den japanischen Tee gekauft, den ihr Vater so liebte. Simon sollte sich wohlfühlen.

25

Nadine kam nach drei Wochen Trainingspause wieder in den Club. Doch sie trug keine Sportsachen und machte auch keine Anstalten, sich umzuziehen. Sie setzte sich auf eine Bank und sah zu, wie ich mit zwei Anfängerinnen Grundschläge und Beinarbeit übte. Ich beschäftigte die beiden für eine Weile und ging zu ihr.

„Kein Training?“ fragte ich und zupfte am Ärmel ihres beigefarbenen Kaschmirpullovers.

„Nein.“ Sie lächelte ein wenig verlegen und senkte den Blick.

„Lass mich raten – ein anderer Club hat dir mehr geboten!“

Sie lachte vergnügt, und ich legte ihr kurz den Arm um die Schultern. „Du hörst auf?“

„Vielleicht – vielleicht mache ich aber auch nur eine Pause“, antwortete sie. „Weißt du, was mir hier ein bisschen fehlt? Die Musik.“

„Das kann ich mir gut vorstellen. Gehst du zurück zum Ballett?“

„Nein, nein. Aber Tanztheater mochte ich mal ausprobieren, und Jazzdance finde ich auch spannend.“

„Was sagt dein Freund dazu?“

Nadine lächelte. „Das ist unwichtig. Außerdem sind wir nicht mehr zusammen.“ Sie zuckte betont gleichmütig die Schultern.

Ich erkundigte mich nicht nach ihrer Mutter, aber wir kannten uns inzwischen gut genug, dass sie die Frage spürte.

„Ich habe meine Mutter zum Essen eingeladen“, sagte Nadine

nach einer Pause. „Da werde ich ihr dann erzählen, dass ich ein Urlaubssemester einlege und in der Zeit ein Verlagspraktikum machen werde."

„Sie wird wahrscheinlich nicht begeistert sein", wagte ich vorsichtig zu prognostizieren.

„Wohl kaum, aber Mami hat Manieren – in einem Lokal wird sie mir keine Szene machen." Nadine setzte tatsächlich ein kleines Grinsen auf, dann wurde sie wieder ernst. „Ich hab hier viel gelernt. Danke, Charlotte", fügte sie schlicht hinzu.

„Gern geschehen. Ich hoffe, wir sehen uns hin und wieder mal."

Nadine stand auf und strich ihre Hosen glatt. „Unbedingt." Sie gab mir die Hand und lächelte verlegen, als ich sie fest drückte.

„Mach's gut", sagte ich.

Sie nickte, dann drehte sie sich um und verließ eilig die Halle.

Plötzlich war ich mir ziemlich sicher, dass ich sie nicht wiedersehen würde, und spürte einen Anflug von Melancholie. Es gibt Schülerinnen, die ich nie vergesse, und Nadine, die Tänzerin, ist neben Joy eine davon. Dann drehte ich mich um und ging zu den Neulingen. Eine von ihnen war schnell, höchst aufmerksam und sprühte vor Energie. Ich war gespannt, wie sie sich im Ring bewegen würde. Während ich sie betrachtete, spürte ich Freude in mir hochsteigen.

26

Joy lachte, als ihr Vater ihr nach der Begrüßung einen großen Korb in die Hände drückte – Hamburger Landbrot, Obst, Käse, Möhren, Honig ...

„Wie schön, da wird Elena sich auch freuen", rief sie. „Die Fuhre, die sie sich von dir mitgenommen hatte, ist ja längst aufgefuttert!"

„Das dachte ich mir. Wie geht's ihr denn – zwei Tage vor dem großen Ereignis?"

„Sie ist sehr unruhig, aber insgesamt recht guter Stimmung – zumindest versucht sie, diesen Eindruck zu erwecken", berichtete Joy, während sie in die Küche gingen. „Sie kommt morgen vormittag vorbei, wir verbringen den Tag zusammen, und sie schläft dann auch hier. Ich werde sie am frühen Morgen zum Start fahren und dich später abholen. Heute trifft sie sich mit einigen Marathonanfängern aus ihrer Laufgruppe, die wahrscheinlich noch nervöser sind als sie selbst und ihre seelische Unterstützung brauchen. Außerdem will sie mir ein T-Shirt vom Marathon-Organisationskomitee besorgen, damit es keinen Ärger gibt, weil ich mich einfach so ins Rennen mogele." Sie sah ihren Vater an und lächelte verlegen. „Nun habe ich dich aber ziemlich zugeschüttet. Du möchtest bestimmt einen Tee trinken und hast Hunger, oder?"

„Das macht gar nichts. Doch eine Tasse Tee wäre wunderbar, und Hunger habe ich in der Tat."

Sie ließen sich viel Zeit beim Essen, und die Atmosphäre war entspannt und vertraut wie in den letzten Tagen von Joys Besuch bei Simon. Es wurde wenig Überflüssiges gesprochen.

„Ich habe den Eindruck, dass es dir sehr gutgeht", sagte Simon und blickte sie an.

„Es ist mir nie besser gegangen."

Simon lächelte. „Das freut mich sehr. Und was macht das Boxen?"

„Im Moment komme ich nur wenig dazu, aber wenn ich trainiere, macht es mir Spaß."

„Hat sich da auch etwas verändert?"

Joy überlegte einen Moment. „Ja, es ist dabei, sich zu verändern. Ich boxe, doch ich muss mir nichts mehr beweisen – weder mit besonders harten Trainingseinheiten noch im Sparring. Das macht die Sache einfacher, unbeschwerter. In den Ring möchte ich zur Zeit nur im Training." Sie schaute ihn an. „Es ist gut so, wie es ist."

Simon nickte. „Das finde ich auch."

„Und du?" fragte Joy. Wie oft sitzt du auf dem Kissen und trauerst, während du die Atemzüge zählst?

„Ich tue, was zu tun ist", antwortete er. „Der Schmerz ist nach wie vor sehr stark. Doch ich versöhne mich mit ihm."

Meiner nicht, dachte Joy. Manchmal versetzt es mir einen Stich, wenn ich ganz plötzlich begreife, dass sie nicht wiederkommt. Sie schüttelte den Kopf. Simon betrachtete sie aufmerksam.

„Jeder leistet seine eigene Trauerarbeit", sagte er.

Angesichts des bevorstehenden anstrengenden Wochenendes beschlossen sie, früh schlafen zu gehen. Joy telefonierte noch einige Minuten mit Elena, bevor sie sich ins Bett legte. Fast war es schon ungewohnt, ohne sie an ihrer Seite einzuschlafen.

Der Samstag verging bis zum späten Nachmittag mit verschiedenen Erledigungen und Vorbereitungen – alles mit einer gewissen Hektik verbunden. Joy sprach sich mit Ute und zwei anderen Frauen ab, die ebenfalls an wichtigen Punkten entlang der Strecke stehen würden, um Elena anzufeuern, die Zeiten zu stoppen und sie an Joy weiterzugeben. Handynummern wurden getauscht, Beine und Füße massiert, Elena trank abwechselnd Kräutertee und Mineralwasser, hörte Trommelmusik über Kopfhörer und aß am frühen Abend jeweils eine Portion Reis, Nudeln und Kartoffeln. Dazu etwas Gemüse und zum Nachtisch Joghurt. Joy verzog das Gesicht.

„Puh, wie aufregend!" kommentierte sie und warf Simon ein Lächeln zu, der, wie ihr nicht entgangen war, das Geschehen mit einer Mischung aus Amüsement und Erstaunen verfolgte. „Ich hoffe, es spricht nichts dagegen, wenn ich mich bei den Kohlenhydraten auf Nudeln beschränke und das Ganze mit Geflügelwürstchen garniere. Was meinst du dazu, Papa?"

Simon zog die Schultern hoch. „Ich fürchte, ich kann dazu nicht allzuviel sagen, außer dass ich hoffe, es schmeckt und bekommt euch und ihr fühlt euch wohl."

Elena schaute ihn an. „Das ganze Theater ist dir ziemlich fremd, nicht wahr?"

„In dieser Ausprägung verblüfft es mich ein wenig", gab er diplomatisch zurück. „Offensichtlich ist der Marathon für viele Menschen ein wichtiges Ereignis."

„Habt ihr beide euch eigentlich schon abgesprochen?" fragte Elena und sah Joy und Simon abwechselnd an.

Joy nahm sich ein weiteres Würstchen. „Es ist alles bestens organisiert. Wir bekommen bei Kilometer dreißig per Handy Bescheid, wenn du um die Ecke düst. Dann fange ich an, mich warm zu machen. Mein Vater nimmt meine Klamotten und hält Ausschau, wann du auftauchst. Ich gehe so auf die Straße, dass ich noch ungefähr zweihundert Meter Vorsprung habe, damit für dich auch der nötige Ansporn da ist. Richtig so?"

Elena stöhnte leise. „Wir hätten es vielleicht doch mal üben sollen."

„Unsinn", gab Joy zurück. „Jede Wette – das hätte dich noch kribbeliger gemacht." Und mich auch, fügte sie in Gedanken hinzu.

„Na ja, kann sein. Was ist übrigens danach mit Simon? Er kann ja nicht alleine da oben stehenbleiben."

„Ach, nee?" Joy schüttelte lachend den Kopf. „Natürlich nicht. Er nimmt das Fahrrad und fährt damit querfeldein zum Ziel, wo wir uns alle treffen. Das haben wir heute morgen schon ausgetüftelt."

„Ich habe einen sehr guten Orientierungssinn", fügte Simon hinzu.

Elena lächelte. „Daran habe ich nicht gezweifelt."

„Magst du später eine Runde mit mir gemeinsam den Atem zählen?" fragte Simon, als sie den Tisch abräumten.

„Das ist eine gute Idee."

Joy schaute die beiden an. „Geht ruhig schon nach nebenan. Ich kümmere mich um den Abwasch."

Nach einer guten Stunde wurde die Wohnzimmertür wieder geöffnet, und Elena sah tatsächlich ruhiger aus. Fast ein wenig heiter. Sie nahm ihre Laufschuhe, säuberte sie sorgfältig und befestigte den Chip, mit dem die korrekten Zeiten erfasst werden, an den Schnürsenkeln. Bei Zigtausenden von Läuferinnen und Läufern kommen die Sportler im hinteren Feld erst über die Startlinie, wenn die Spitzenathleten schon die ersten Kilometer hinter sich haben, und der Chip gewährleistet die individuelle Zeitmessung mit der Überquerung der Start- und Ziellinie sowie an prägnanten Zwischenabschnitten, damit nicht gemogelt werden kann. Elena legte ihre Startnummer, die Uhr, das T-Shirt, Socken und kurze Hosen bereit. Sie stellte den Wecker auf Viertel nach fünf, sagte Simon gute Nacht und legte sich ins Bett.

„Du kannst ruhig noch aufbleiben", meinte sie, als Joy auch ins Schlafzimmer kam und Anstalten machte, sich auszuziehen. „Ich werde ohnehin noch nicht schlafen können."

„Das ist schon in Ordnung", erwiderte Joy und legte sich zu ihr. „Langsam kriege ich nämlich auch einen trockenen Mund. Kann man da eigentlich irgendwas gegen machen, außer das siebzehnte Glas Wasser zu trinken?" Sie kuschelte sich an Elenas Seite.

„Hm? Du denkst in Richtung Ablenkungsmanöver?"

„Denken ist der falsche Begriff." Joy hob den Kopf und gab Elena einen Kuss hinters Ohr. „Oder schwächen dich ein paar Zärtlichkeiten zu sehr?"

„Wieso mich? Du machst doch morgen dein erstes Rennen, und ich will dich auf keinen Fall überfordern."

„Wie rücksichtsvoll", bemerkte Joy und zog Elena das Schlaf-Shirt über den Kopf. „Aber vollkommen unnötig. Die paar Meter schaffe ich spielend – Hauptsache, du verlierst den Anschluss nicht."

Elena zog sie auf ihren Bauch und fuhr mit beiden Händen unter ihr Höschen. „Das werden wir ja sehen." Sie knetete hingebungsvoll Joys Pobacken. „Und sei nicht so laut – wir sind nicht allein in der Wohnung."

Elena war so bleich wie der heraufdämmernde Morgen, und sie hatte Mühe, ihr Frühstück herunterzubringen. Joy war froh, dass sie sich mit ihrer ersten Mahlzeit noch ein wenig Zeit lassen konnte. Sie ersparte Elena jedwede aufmunternden Floskeln, für die sie jetzt ohnehin kein Ohr gehabt hätte. Simon hielt es ebenso. Er verabschiedete Elena um kurz vor sieben mit einem Lächeln und einer Umarmung.

„Wir sehen uns gleich", sagte Joy beim Hinausgehen zu ihrem Vater. „Ich bin in ungefähr einer halben Stunde zurück."

Sie hielt in der Uhlandstraße in der Nähe des Ernst-Reuter-Platzes, wo es nur so von Menschen wimmelte, die mit großen blauen Plastiktüten zum Startbereich strebten. Joy schluckte. Elena neben ihr auch.

„Toi toi toi", wünschte Joy ihr und zog sie in die Arme. „Bitte achte auf dich, versprochen?"

„Versprochen – wir sehen uns nachher. Pass mal auf, es wird ein großartiger Lauf für dich!"

„Es ist dein Lauf", widersprach Joy. „Du bist dran." Sie blickte auf Elenas Handgelenk. „Willst du die nicht doch hierlassen?"

Elena schüttelte den Kopf. „Nein, mein Herz, zumindest diesmal noch nicht. Vielleicht im nächsten Jahr."

„Okay, ich erinnere dich daran."

Elena stieg aus und reihte sich in die Läuferschar ein. Sie ging aufrecht und trug ein Lächeln auf den Lippen. Immerhin, dachte Joy. Sie fuhr rasch zurück, nahm gemeinsam mit Simon ein kleines Frühstück ein und überprüfte ihren Rucksack und das Handy. Der Startschuss war um neun Uhr, infolgedessen dürfte Elena einige Minuten vor zehn Uhr am ersten wichtigen Durchgangspunkt eintreffen. An der Leipziger Straße stand eine Bekannte, die sofort anrufen würde, wenn Elena durchkam. Joy und Simon packten das Fahrrad ins Auto und fuhren in Richtung Ku'damm, um den Wagen in der Nähe des Ziels abzustellen, damit sie nach dem Lauf bequem nach Hause fahren konnten. Dann ging es mit der S-Bahn weiter zum Wilden Eber, wo bereits eine ansehnliche Zuschauermenge versammelt war und die Samba-Band mitsamt Tänzerinnen kräftig einheizte. Hier wollten Joy und Simon zunächst das bunte Treiben genießen. Der Anruf erfolgte pünktlich. Joy atmete tief durch, als sie hörte, dass Elena knapp fünfzig Minuten, also nicht zu schnell gelaufen war.

„Alles in Ordnung", sagte sie zu Simon. „Nun haben wir etwas Zeit. Ich muss um kurz nach elf anfangen, mich fertigzumachen. Elena dürfte gegen zwölf bei Kilometer siebenunddreißig eintreffen." Sie atmete tief durch. „Wenn alles klappt."

Die ersten Spitzenläufer tauchten schon anderthalb Stunden nach dem Startschuss auf – vorneweg Simon Biwott, der, wie Elena ihr erklärt hatte, ein professioneller Hase war und demnächst also aus dem Rennen gehen würde. Doch der Mann sah verdammt fit aus. Irgendwie beruhigt mich das, dachte Joy. Sie war inzwischen kribbelig bis unter die Haarspitzen. Es wurde allmählich warm, und der Samba-Rhythmus ging ihr in die Beine. Ute rief an, um zu melden, dass Elena Kilometer zwanzig passiert hatte – innerhalb ihrer Zeitvorgabe – und prima aussah. Gut, sehr gut, dachte Joy und drückte die Daumen. Wenig später wanderte sie mit ihrem Vater einen Kilometer weiter, wo es vergleichsweise ruhig zuging, zog ihr Sweatshirt aus und begann sich aufzuwärmen. Ein mulmiges Gefühl machte sich in ihr breit, und ihre Knie waren weich. Simon legte ihr eine Hand auf den Rücken. „Du kannst nichts falsch machen, gar nichts."

Joy schaute ihn abwartend an.

„Du läufst so, wie du es in der kurzen Zeit gelernt hast. Nicht besser und nicht schlechter."

„Du hast recht."

Sie lief auf dem Grünstreifen auf und ab, hüpfte auf der Stelle, trank noch etwas. Das Handy läutete zu früh. Elena war schneller geworden, berichtete die Anruferin. Nicht sehr viel schneller, aber eben doch schneller. Joy stöhnte leise und gab Simon das Handy, nachdem sie das Telefonat beendet hatte.

„Sie ist zu schnell", erklärte sie mit angespannter Stimme. „Kann sein, dass sie gleich um die Ecke prescht."

„Nur nicht aufregen." Simon drückte sie kurz an sich. „Und nun geh schon mal ein paar Schritte. Wir sehen uns dann gleich im Ziel."

Joy gehorchte, strich ihr T-Shirt glatt und blickte dann hinter sich. Auf der Straße herrschte ein dichtes Gedränge. Sie war noch nie im Pulk gelaufen, fiel ihr plötzlich ein. Das muss man lernen. Dann muss ich es jetzt lernen. Als ihr Vater den Arm hob, sah sie Elena auch schon. Weitgreifende Schritte, dunkles T-Shirt. Joy spürte ihr Herz wild schlagen, aber sie ging auf die Straße, reihte sich ein und fing an zu laufen. Rechts bleiben, hatte Elena ihr eingeschärft, damit die anderen nicht behindert werden und dich überholen können. Joy gewann schnell an Tempo, obwohl ihre Beine schlotterten. Ihr Atem beschleunigte sich. Dann war Elena plötzlich hinter ihr. Joy spürte sie, hörte ihren Atem. Sie klang erschöpft. Nicht denken, dachte Joy. Jetzt gibt es überhaupt nichts zu denken oder sich auszumalen oder vorzustellen. Nur laufen, einfach laufen, Schritt für Schritt. Elena schloss zu ihr auf. Der Schweiß rann ihr in Strömen über das Gesicht. Ihre Haare waren nass, und die Augen leuchteten groß in dem schmalen, abgezehrten Gesicht. Joy verschärfte das Tempo. Sie würde Seitenstiche bekommen und wahrscheinlich Muskelkrämpfe. Alles zu seiner Zeit. Am Fehrbelliner Platz hatte Elena neununddreißig Kilometer bewältigt, und sie wurde eindeutig langsamer. Der tote Punkt kam später als sonst, aber er kam. Joy hörte, dass sie leise fluchte, und sie versuchte, das Fluchen aus ihrem Kopf zu bekommen, dafür hatte sie keinen Platz. An einem Getränkestand goss Elena sich zwei Becher Wasser über den Kopf, den dritten stürzte sie im Laufen hinunter. Joy trank nichts und lief weiter, um ja nicht aus dem Rhythmus zu geraten, den sie gerade gefunden hatte.

„Komm!“ rief sie plötzlich zwischen zwei Atemstößen. „Du schaffst es, Elena! Diesmal schaffst du es! Nicht aufgeben. Bitte!“

Elena schloss wieder auf.

„Gute Zeit“, stöhnte Joy. „Komm, ich bin doch nur eine kleine Boxerin! Das wäre doch gelacht, wenn du nicht mithalten könntest!“

Kilometer vierzig – Brandenburgische Straße, gleich um die Ecke begann der Ku’damm. Laute Musik dröhnte ihnen entgegen, und einzelne Läuferinnen und Läufer wurden von einem Ansager, der auf einem Ausguck saß, namentlich genannt und angespornt. Joy hatte Seitenstiche, und sie atmete in den Bauch hinein, nahm die Schmerzen mit sich fort. Schritt für Schritt. Elena war neben ihr, aber sie hatte allergrößte Mühe mit dem Tempo. Leute streckten die Hände aus, jubelten, schrien sich die Kehle wund, an jeder Ecke gab es Musik, Spruchbänder wurden hochgehalten. Joy lief ihr Tempo, und Elena hielt keuchend mit. Je näher sie dem Ziel kamen, um so dichter gedrängt standen die Leute. Joy blickte auf die Gedächtniskirche und wandte dann den Kopf zu Elena um. Mein Herz, meine Geliebte, sagte sie lautlos, mobilisiere deine letzten Kräfte, du kannst es. Ich liebe dich. Ihr Puls überschlug sich fast, als sie von weitem die große Uhr erblickte: drei Stunden siebenundzwanzig, aber es waren noch ein paar Meter. Noch verdammt viele Meter. Ihre Oberschenkelmuskeln fingen an zu brennen.

„Los! Lauf!“ schrie sie Elena zu. „Jetzt oder nie.“

Als sie durchs Ziel flogen, stand die Uhr bei dreineunundzwanzig, und Joy riss die Arme hoch. Sie hüpfte wie ein Gummiball auf und ab, weinte, lachte, umarmte Elena, die sie mitzog, mitstolperte und ihr immer wieder atemlos sagte, dass sie jetzt nicht einfach stehenbleiben dürften, das würde der Kreislauf ihnen übelnehmen. Sie gingen engumschlungen weiter, und Joy wusste gar nicht, was sie machen, denken, fühlen sollte vor lauter Freude. Elena bekam eine Medaille umgehängt und eine Wärmefolie, unter die Joy auch schlüpfte. Sie lehnten die Köpfe aneinander, Joy umfasste Elenas Taille. Beide atmeten immer noch schwer, und Elena war so aufgewühlt, dass sie kaum sprechen konnte. An einem Getränkestand versorgten sie sich mit Tee und einem Elektrolytgetränk, das die ausgeschwitzten Salze und Mineralien ersetzte, und blieben endlich stehen.

„Du hast es geschafft", sagte Joy schließlich leise. „Du bist in der Zeit ins Ziel gekommen, die du laufen wolltest: dreineunundzwanzig. Hörst du, dreineunundzwanzig, ist das nicht toll?"

Elena nickte, beugte sich vor und strich mit beiden Händen über ihre schmerzenden Oberschenkel. „Das ist es, und es fühlt sich großartig an, ist aber schwer zu beschreiben, vielleicht gar nicht, jedenfalls jetzt nicht, zumal es nicht mal stimmt", lächelte sie und richtete sich wieder auf.

„Was stimmt nicht?"

„Du musst bedenken, dass das nur die Bruttozeit ist. Von der kannst du noch mal ungefähr drei Minuten abziehen. Du weißt schon, deswegen trage ich doch den Chip."

Joy starrte Elena an und schlug sich vor den Kopf. „Ja, natürlich, das habe ich ganz vergessen. Die Zieluhr zeigt ja nur die Zeit an, die seit dem Startschuss gefallen ist! Meine Güte, was für ein Rennen! Und wie geht es dir sonst so?"

Elena atmete tief durch, und plötzlich sah Joy, dass sie Tränen in den Augen hatte. „Es war ein verdammt gutes Rennen. Ich habe endlich meine Leistungsfähigkeit ausgeschöpft. Endlich habe ich es geschafft!"

Joy nahm sie in die Arme. „Das hast du."

„Und du bist ein wunderbarer Hase", sagte Elena an ihrem Ohr und schaute sie dann an. „Ohne dich hätte es wieder richtig eng werden können. Ich war ganz schön groggy, als du eingestiegen bist."

„Na ja – wir ergänzen uns eben ganz gut, nicht wahr?"

Elena lächelte und lockerte das Armband ihrer Uhr.

„Sie hat dir also doch gute Dienste erwiesen?" fragte Joy.

„Wie man's nimmt."

Joy sah sie fragend an.

„Sie ist nach zwanzig Kilometern stehengeblieben", sagte Elena mit breitem Lächeln. „Und da hinten entdecke ich übrigens deinen Vater – sieht aus, als könnte er nicht länger warten, um uns zu gratulieren!"

Joy lachte, hakte sich bei Elena ein, und sie gingen hinüber zu Simon, der über das ganze Gesicht strahlte. „Ihr seht richtig glücklich aus."

„Wir sind glücklich", sagte Joy. „Sag mal, hast du mitbekommen, wer gewonnen hat?"

„Bei den Frauen eine Japanerin namens Kazumi Matsuo und bei den Männern Simon Biwott."

„Der Hase!" riefen Joy und Elena wie aus einem Munde.

Am Abend saßen sie zu dritt auf dem Balkon, tranken Wasser, Saft und ein Glas Sekt, aßen Salat und Fisch und zum Nachtisch Eis. Sie ließen das Rennen noch einmal Revue passieren und sahen dann schweigend in die Dunkelheit. Irgendwie haben wir in den letzten Monaten unseren Frieden gefunden, dachte Joy. Oder etwas Ähnliches. Jede und jeder auf seine Weise. Ich bin nach Jahren des Kampfes meinem Vater begegnet und er mir; ich habe gelernt, mir selbst zu vertrauen, meine Angst zu überwinden und Nähe zu Elena zuzulassen. Elena ist den bislang besten Marathon gelaufen und hat dabei wahrscheinlich jede Menge über sich selbst erfahren. Und Dorothea, meine Mutter, die all das in Gang gesetzt hat, lebt nicht mehr. Auf den ersten Blick ist das widersinnig und auch traurig, schmerzvoll. Auf den zweiten ist es wohl das, was mein Vater als die allem innewohnende Vergänglichkeit bezeichnen würde, dachte Joy, und die Kunst des Lebens besteht darin, sie offenen Herzens anzunehmen. Joy lächelte.

Die Deutsche Bibliothek – CIP-Einheitsaufnahme
Kuck, Manuela:
Die Boxerin: Roman / Manuela Kuck.
Berlin : Krug & Schadenberg, 2002
ISBN 3-930041-29-4

Alle Rechte vorbehalten
© 2002 Verlag Krug & Schadenberg
Heimstraße 19, 10965 Berlin
Tel. (030) 694 12 43 Fax (030) 694 12 31
krug.schadenberg@t-online.de
www.krugschadenberg.de

Originalausgabe
1. Auflage 2002

Lektorat: Andrea Krug, Berlin
Umschlagfoto: Christiane Pausch
Satz und Gestaltung: Dagmar Schadenberg, Berlin
Druck: Clausen & Bosse, Leck

Die Trilogie um lesbisches Leben und Lieben in Wolfsburg

„Ein kluger und witziger Roman über den Ausbruch aus heterosexuellen Lebensentwürfen.“

XTRA!

Manuela Kuck
Lindas Entscheidung
ISBN 3-930041-11-1

„Ein sensibel geschriebener Roman über Höhen und Tiefen einer Frauenbeziehung und die schwierige Kunst, den Alltag miteinander zu leben.“

WEIBERDIWAN

Manuela Kuck
Neue Zeiten für Linda
ISBN 3-930041-13-8

„Manuela Kuck schreibt verblüffend lebensnah, klug und unprätentiös. *Lindenstraße* auf die wahrhaft damenhafte Art.“

LESPRESS

Manuela Kuck
Lindas Ankunft
ISBN 3-930041-18-9

Verlag Krug & Schadenberg | Heimstr. 19 | 10965 Berlin
Besuchen Sie uns: www.krugschadenberg.de

Lesen in lila Nächten

Alex ist fit und hellwach. Muss sie auch sein. Denn Alex ist Personenschützerin. Sie muss die Situation jederzeit unter Kontrolle haben – ob sie eine reiche Erbin begleitet, eine Anwältin, die bedroht wird, oder einen umstrittenen Pharmakologen. Auch im Privatleben hat Alex alles im Griff. Bis sie sich in Barbara verliebt …

Manuela Kuck
Die Schattentänzerin
360 Seiten, gebunden
ISBN 3-930041-23-5

Megs Entschluss, die vierjährige Kimble zu adoptieren, zwingt sie, Klarheit in ihr Leben und ihre Liebschaften zu bringen und vor allem: sich mit ihrer eigenen Rolle als Tochter auseinanderzusetzen.
Der Roman für Töchter – mit wie ohne Kinderwunsch.

Patricia Grossman
Wunschtochter
240 Seiten, gebunden
ISBN 3-930041-28-6

Verlag Krug & Schadenberg | Heimstr. 19 | 10965 Berlin
Besuchen Sie uns: www.krugschadenberg.de

Lesen macht glücklich und schön.

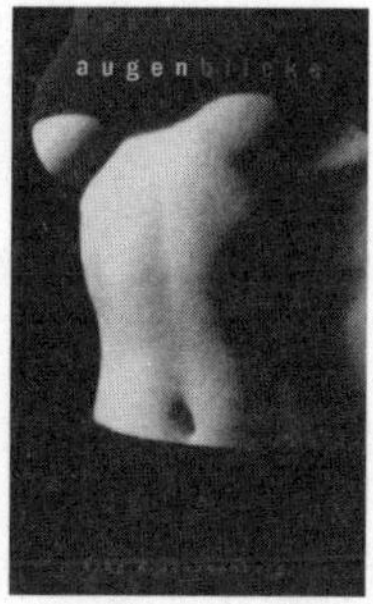

Sex ist eine Kunst, die gelernt sein will. Sie brauchen: Zeit für sich, kindliche Neugier, pubertäre Experimentierlust und erwachsene Sehnsüchte ... *Tantra für Genießerinnen* regt Frauen an, sich auf spielerisch-lustvolle Weise (wieder) mit ihrer Sexualität zu beschäftigen.

Christa Schulte
Tantra für Genießerinnen
336 Seiten, gebunden
ISBN 3-930041-25-1

Über Femmes und Feministinnen, Nonnen und Nichten, Verkäuferinnen und Vertreterinnen, Gärtnerinnen und (Ex)Geliebte, Kellnerinnen und Kauffrauen – Erzählungen über lustvolle Augenblicke, in denen der Funke überspringt.

Andrea Krug,
Dagmar Schadenberg (Hg.)
Augenblicke
Erotische Erzählungen
ISBN 3-930041-19-7

Verlag Krug & Schadenberg | Heimstr. 19 | 10965 Berlin
Besuchen Sie uns: www.krugschadenberg.de

Reisestoff fürs Lesefieber ...

Phoenix Bay ist Job und Geliebte los. Sie hängt durch. Sie findet Unterschlupf bei ihrem langjährigen Freund Rennie. Als dann auch noch dessen reizende Schwester Cecelie ihren Besuch ankündigt, tritt endlich eine Wende in Phoenix Bays Leben ein ...

Nisa Donnelly
Die Liebesgesänge der Phoenix Bay
Roman
ISBN 3-930041-21-9

Ev Anckert, Verlegerin in Paris, begegnet Isabelle Coache, Psychologin und Autorin aus Quebec – eine betörende Liebesgeschichte voller Lust und Leidenschaft, Zorn und Zärtlichkeit beginnt ...

Louise Auger
Eine Sommerliebe in Paris
Roman
ISBN 3-930041-24-3

Verlag Krug & Schadenberg | Heimstr. 19 | 10965 Berlin
Besuchen Sie uns: www.krugschadenberg.de

Traude Bührmann(Hg.)

Lesbisches Berlin

Die Stadtbegleiterin

2. aktualisierte und
überarbeitete Auflage

ISBN: 3-929823-59-4
15,50 Euro

Auch vom Sessel aus sind die Spaziergänge vorbei an Cafés, Clubs und wichtigen Orten der Frauen- und Lesbengeschichte interessant ...
Kompetent und nicht nur für Lesben lesenswert.

Berliner Zeitung

Die perfekte Reisebegleiterin für Berlinbesucherinnen. Sie liegt gut in der Hand und passt in jede Jackentasche ... Für reiselustige Frauen ist dieses Buch ein Muss.

Lespress

Mehr Infos zu anderen Büchern und Lesungen unter

www.*orlanda*.de
oder
Orlanda, Zossener Str. 56-58, 10961 Berlin